블루덴 대륙

드래곤의 섬

N
W E
S

류블라드

데인

미도스

드래곤의

노스 산맥

칼라할 사막

리플라

그린젬 대륙

아폴

이스

니아 섬

엠파이어 산

훈트 반도

에니

알

슈켄트

자이르 강

에이스

아브

엠파이어
산맥

에덴

사카

다바드

모르간

빌

니아

베론

무아브

제논

라카스

훈트
연합국

로컬트

오브 강

미다가스 반도

메노스 산맥

드워프의 산
△ Ars Nova
○   Oma
○

빌로우 노스 산맥

후디스 제국

디아스

포카트

포카트
●

토요
●

푸트라 강

브라마 강

모노 산
△

마오

셀레베스 만

브레그마
●

하이트론 성국

헤이트
●

윌리나 강

시피 강

바리진 평
△

바스테르 산

카이렌

미드 산맥

트라이어드 산

라디칼
●

이스트 산맥

바스테르 산맥

엘프의 숲

강

몰 산맥

타르
●

랑라
○

그람

벨 강

비스
●

마케인 제국

사우스 산맥

론

로피탈

레세프 호수

포스 산
△

하쿠
●

케르마 사막

레사프 강

라이어 강

알류 섬

케이

Kei

케이 7

신가 판타지 장편 소설

초판 1쇄 찍은 날 § 2004년 9월 3일
초판 1쇄 펴낸 날 § 2004년 9월 10일

지은이 § 신가
펴낸이 § 서경석

편집장 § 문혜영
편집책임 § 김민정
편집 § 장상수 · 김희정 · 유경화
마케팅 § 정필 · 강양원 · 이선구 · 김규진 · 홍현경

펴낸곳 § 도서출판 청어람
등록번호 § 제1081-1-89호
등록일자 § 1999. 5. 31
어람번호 § 제1-0536호

주소 § 경기도 부천시 원미구 심곡1동 350-1 남성B/D 3F (우) 420-011
전화 § 032-656-4452 팩스 § 032-656-4453
http://www.chungeoram.com
E-mail § eoram99@chollian.net

ISBN 89-5831-233-5 04810
ISBN 89-5831-000-6 (SET)

신가 판타지 장편 소설

The Page of Oracle

케이
:kei

7

반란의 진압과 피어오르는 음모

도서출판

청어람

차례

케이의 작위

케이의 작위

퓨어의 일격으로 인해 케이는 왼쪽 뺨에 빨간 자국을 남긴 채 아침 식사를 마쳤다. 자일론과 브라이튼은 각자의 일이 바쁜 듯 아침 식사를 하는 모습을 볼 수 없었다.

그럴 수밖에 없는 것이 둘은 거의 3년 만의 귀향이었다. 가족들이 그들을 순순히 놓아줄 리 없었다.

케이와 퓨어 간의 일을 모르는 일행은 묘한 어색함을 느꼈지만 평화롭다면 평화로운 식사 시간이었다. 다들 식사를 마치고 여유로운 티타임을 즐기고 있을 때 자일론이 찾아왔다.

"아, 케이. 여기 있었구나. 나랑 같이 가자. 그리고 엘다 누나랑 소울리 누나도 함께 가요."

일행을 보자마자 다급히 말하는 그의 모습에 다들 어리둥절해했지만 자일론은 별다른 말 없이 셋을 데리고 식당을 빠져나갔다. 그 모습에 다른 일행은 멍하니 그저 식당의 문을 바라보고만 있었다.

"대체 무슨 일이야, 자일론?"

자일론의 손에 이끌려 빠르게 걸음을 옮기는 와중에 케이가 물었다.

"아, 곧 버려진 땅에서 일어난 반란에 대한 대책회의가 열리거든."

"그런데?"

현재 일개 용병이기에 왕궁의 회의와는 아무런 관계도 없는 일행이었기에 자일론의 대답에 다들 의아해했다.

"큰형이 데리고 와달라고 해서. 케이와 엘다 누나, 소울러 누나를."

자일론의 대답에 셋의 얼굴에 떠오른 의혹은 더욱 깊어졌다.

넓은 왕궁의 복도를 빠르게 걷기를 한참 그사이 눈앞에 궁이 두어 번 바뀐 후에 회의가 열릴 대전에 도착했다. 대전의 입구는 근위기사 넷이 절도있는 자세로 지키고 있었다.

자일론이 케이들을 이끌고 나타나자 그를 알아본 기사들은 근위기사다운 모습으로 예를 표했다. 가볍게 고개를 끄덕여 그들의 인사를 받은 자일론은 대전 안으로 들어섰다.

이미 상당수의 귀족들이 대전에 모여 있었다. 저마다 이야기를 나누던 귀족들은 자일론이 모습을 드러내자 자리에서 일어나며 예를 표했다. 그러다가 자일론과 함께 들어선 케이들을 발견한 그들의 얼굴에는 의혹이 떠올랐다. 그러나 감히 묻는 사람은 없었다.

"자일론, 여기다."

미리 와 있던 로이드는 자일론이 대전에 들어서자 자신이 앉은 자리로 불렀다. 로이드의 부름에 자일론은 즉시 로이드의 곁에 자리를 잡았다. 케이와 퓨어, 세린은 그런 로이드와 자일론의 뒤에 시립했다.

늑대로 왕궁에 머물던 시절 가끔씩 대전의 회의를 구경한 적이 있던 케이였기에 그런 모습은 무척이나 자연스러웠다.

"케이, 엘다 누나, 소울러 누나. 미안해요. 잠시만 참아줘요."

그들에게 불편을 주는 것이 미안했는지 자일론이 의자에서 뒤돌아보며 살짝 눈을 찡긋하고는 작은 목소리로 말했다. 퓨어와 세린은 그런 자일론의 모습에 웃음으로 답했다. 다만 케이만이 무뚝뚝한 얼굴로 서 있었다. 이런 답답한 자리는 천성적으로 좋아하지 않았던 것이다.

"국왕 폐하 드십니다!"

자일론이 대전에 자리잡고 얼마 지나지 않아 대전의 한곳에서 시종장의 우렁찬 목소리가 울렸다. 그 목소리와 함께 대전에 자리하고 있던 모든 사람이 자리에서 일어나 허리를 숙이고 예를 취했다.

그리고 곧 위엄이 가득한 걸음으로 카류일 국왕이 모습을 드러냈다. 잠시 대전 안을 둘러보던 그는 곧 왕좌에 등을 기대고 앉았다.

"모두들 자리에 앉으시오."

국왕의 말이 떨어지자 그제야 허리를 숙이고 있던 귀족들은 허리를 바로 하고는 자신의 자리에 엉덩이를 붙였다.

그리고 곧 이어 회의장이 시끄러워지며 반란 진압에 관한 의견들이 오가기 시작했다. 카류일 국왕은 귀족들의 그런 모습을 잠자코 지켜보고 있었다.

전날 회의는 반란군의 동태를 확인하는 정도로 끝냈지만 오늘은 각 귀족들이 저마다 생각해 온 의견들을 말하고 있었다. 하지만 그들의 의견을 듣고 있는 카류일 국왕의 얼굴은 그다지 밝지 못했다. 귀족들이 떠들어대는 의견이 영 신통치가 않았던 것이다.

그런 국왕의 안색을 살핀 콘티넌트 공작이 자리에서 일어서며 말했다.

"폐하, 신을 버려진 땅으로 보내주십시오. 카이져 기사단을 이끌고 한 번에 쓸어버리겠습니다."

당당한 그의 말에 카류일 국왕의 얼굴엔 한줄기 미소가 떠올랐다. 역시 카류일 최고의 소드 마스터다웠다.

"안 됩니다!"

그 와중에 카나카인 후작이 자리에서 일어나며 강경한 어조로 반대했다. 갑작스런 그녀의 행동에 좌중의 시선이 그녀를 향했다.

"왜 안 된다는 겁니까, 카나카인 후작?"

출진을 자처한 콘티넌트 공작이 가장 먼저 물었다.

"카이져 기사단은 그야말로 우리 카이렌 최고의 돌격 기사단입니다. 카이렌 군부의 핵이라 해도 과언이 아니죠. 그런 기사단을 일개 반란을 진압하는 데 출진시킨다니 말도 안 되는 일입니다."

카나카인 후작의 말에 몇몇 귀족들이 고개를 끄덕였다.

"하지만 그렇다고 반란 진압 부대를 구성한다며 시간만 끌면 우리에게 좋을 것이 없소. 시간이 흐를수록 반란군은 세력을 넓힐 것이고 그러면 카이렌 전역에 혼란을 야기시킬 수도 있소. 차라리 카이져 기사단으로 일거에 쓸어버리는 것이 나을 것이오."

카나카인 후작의 말에 대한 콘티넌트 공작의 반박이 이어지자 또 다른 몇몇 귀족들이 고개를 끄덕였다.

두 사람의 주장 모두 일리가 있었던 것이다.

카류일 국왕이 보기에도 그랬다.

"하지만 카이져 기사단이 버려진 땅으로 출병한 후 다른 나라가 카이렌을 침략한다면 어쩌실 겁니까?"

카나카인 후작은 콘티넌트 공작을 보며 물었다. 후작은 왕국의 최강 전력이 일개 반란을 진압하기 위해서 수도를 비운 후 타국의 움직임이 걱정되었던 것이다.

"지금 대륙의 정세에서 감히 우리 카이렌을 침략할 국가가 있다고 생각하시오? 헤이트론은 종교국이라 전쟁 자체를 금하고 있소. 또 남의 마케인은 이미 우리와 동맹 이야기가 오고 간 나라요. 서의 훈트 연합국과 우리 사이에는 미드 산맥이라는 천연의 방벽이 버티고 있소. 그런데 무엇이 걱정이란 말이오?"

콘티넌트 공작은 카나카인 후작의 물음에 생각할 것도 없다는 듯 쉽게 대답했다.

"공작께서는 북쪽을 잊고 계시군요. 북의 후디스 제국 말입니다. 공작께서 카이져 기사단을 이끌고 고립되다시피 한 버려진 땅으로 들어갔을 때 후디스가 병력을 이끌고 내려오면 어쩌하시려는 겁니까?"

동서남북 네 방위 중 콘티넌트가 빠뜨린 부분을 카나카인이 날카롭게 지적했다. 사실 콘티넌트도 후디스에 대한 우려는 있었지만 자신이 출병하기 위해 일부러 빠뜨린 것이었다. 하지만 집요한 카나카인은 그 부분을 회의장에 모인 모두에게 상기시켰다.

"후디스가 미치지 않고서야 지금 전쟁을 일으키겠소?"

콘티넌트 공작은 카나카인 후작의 날카로운 지적에 택도 없다는 표정으로 대수롭지 않게 말했다.

"그들이 미치지 않았다면 이런 기회를 놓칠 리 없겠죠."

카나카인 후작은 콘티넌트 공작의 말에 가소롭다는 듯 웃으며 대답했다. 그녀의 대답에 콘티넌트 공작의 얼굴이 딱딱하게 굳었다. 그녀의 입에 걸린 웃음 속에 숨어 있는 조롱의 뜻을 눈치 채지 못할 그가 아니었기 때문이다.

"그게 무슨 말이오, 후작!"

콘티넌트 공작의 언성이 커졌다. 그녀의 말에 기분이 상한 것이다. 같은 소드 마스터라고는 하나 그녀는 자신보다 작위도 낮았고 나이도 어렸다. 그리고 지금은 공식 회의 석상이다. 그런 자리에서 저런 웃음이라니, 콘티넌트 공작으로서는 화가 날 만도 했다.

다만 카류일 국왕의 앞이라 극도로 자제하고 있었다. 하지만 화를 감추기는 어려운 듯 높아진 언성은 어찌하지 못했다.

"제 말 그대로입니다, 공작 각하. 후디스 제국이 바보들만 모인 곳이 아니라면 이런 호기를 놓칠 리가 없다는 것이죠."

그녀의 말에 일순 회의장은 웅성거림으로 가득 찼다. 갑작스러운 소란스러움에 국왕의 눈살도 찌푸려졌다. 아니, 사실은 카나카인 후작의 말이 거슬렸던 것이다.

'카나카인 후작이라고? 저 여자 제법 똑똑한걸.'

자일론의 뒤에 서서 묵묵히 회의장을 지켜보던 케이는 현 상황을 정확히 꿰뚫어 보고 있는 그녀의 모습에 작게 감탄했다.

"케이 씨, 당신 생각은 어떻습니까?"

귀족들의 모습을 지켜보던 로이드가 뒤를 돌아보며 케이에게 작은 목소리로 살며시 속삭였다.

"저 같은 일개 용병이 무엇을 알겠습니까?"

로이드의 질문에 케이는 완곡한 표현으로 그 대답을 피했다. 그러나 로이드는 여전히 빙글빙글 웃으며 케이를 바라보고 있었다.

이미 로이드는 포스 산에서의 전투에서 케이의 비범함을 알아채고 있었다. 콘티넌트 공작도 감당할 자신이 없다는 그의 검술 실력도 실력이지만 그 당시 상황에 따른 적절한 대처와 판단은 지금 다시 생각해 보아도 정말 탁월했다.

케이의 그런 전략적인 판단과 행동은 그의 검술에 가려 간과하기 쉬웠지만 로이드는 결코 놓치지 않았다. 그랬기에 지금 이렇게 집요하게 케이의 의견을 구하고 있는 것이다.

"크음. 그럼 미천한 제가 미욱한 의견이나마 말씀드리겠습니다."

결국 로이드의 눈빛에 진 케이는 작은 목소리로 대답했다.

"카나카인 후작님의 안목은 실로 탁월합니다."

케이의 대답을 들은 로이드는 고개를 끄덕이며 고개를 돌리고 바로 앉았다. 이유를 구태여 묻지 않은 것은 곧 카나카인 후작 그녀가 직접 설명하는 것을 들으면 되었기 때문이다.

"조용!"

회의장이 더없이 소란스러워지자 카류일 국왕이 왕좌를 세차게 내려치며 소리를 질렀다. 그러자 순간 정적이 찾아왔다. 카류일 국왕이 왕좌를 내려치며 울려 퍼진 소리만이 회의장 안을 감돌 뿐이었다.

"카나카인 후작, 자세하게 설명해 보시오."

카나카인 후작을 보며 말하는 카류일 국왕의 목소리는 곱지만은 않았다. 그러나 카나카인 후작은 한 치의 흔들림도 없었다. 과연 그녀다운 태도였다.

"예, 폐하. 현재 블루덴 대륙의 패권은 마케인과 후디스 둘이 서로 나누어 가지고 있습니다. 물론 우리 카이렌의 국력 역시 충분히 강력합니다만 두 국가에 객관적으로 전력이 밀리는 것 또한 사실입니다. 현재 대륙이 전례에 없는 평화를 맞은 것도 두 제국의 힘이 거의 비슷하기 때문에 어느 한쪽에서 감히 먼저 도발을 못 하는 것입니다."

카류일의 일갈에 조용해진 회의장 안에서는 오직 카나카인 후작의 목소리만이 낭랑하게 울리고 있었다.

"후작, 그대가 한 가지를 간과하고 있구려. 우리의 진정한 힘은 그들보다 강하면 강했지 결코 못하지 않소."

회의장을 울리던 카나카인의 목소리에 카류일 국왕의 목소리가 더해졌다. 두 제국에 객관적 전력에서 밀린다는 그녀의 말이 국왕의 귀에 거슬렸던 것이다.

"알고 있습니다, 폐하. 하지만 그 힘은 사용할 수 없는 힘, 결국 객관적 전력에서는 밀리는 것입니다."

카이렌의 모든 정보를 총괄하는 실버 기사단의 단장인 만큼 그녀는 국왕이 말하고 싶어하는 것을 정확히 알았다. 그리고 정확히 알았기에 전력에서 제외한 것이다. 그녀의 대답에 카류일 국왕은 별다른 반박을 하지 못했다.

그녀의 말대로였던 것이다. 가지고 있으되 사용할 수 없는 힘. 그가 말하는 힘은 그런 힘이었다.

"후우, 계속해 보시오."

결국 카류일 국왕은 한숨을 내쉬며 카나카인 후작에게 말을 잇게 했다.

"네, 폐하. 결국 이번에 마케인에서 우리 측의 동맹 제의에 긍정적인 반응을 보인 것도 후디스를 제압하기 위한 포석의 하나로 보시면 됩니다. 물론 후디스가 먼저 마케인에 도발할 경우 우리를 방패막이로 사용하려는 의도도 있겠지요. 아무튼 우리와 마케인의 동맹이 결성되면 일단 마케인이 후디스와의 경쟁에서 한발 앞서게 됩니다. 공교롭게도 갑자기 터진 반란 때문에 동맹이 체결되지는 않았습니다만 두 제국이 서로 앞서기 위해 애쓰고 있다는 것만은 분명한 사실입니다."

카나카인 후작이 말을 이어감에 따라 회의장 안의 귀족들은 모두 그녀를 주시했다. 마주 서서 그녀와 논쟁을 벌이던 콘티넌트 공작 역시 마찬가지였다.

"마케인이 그렇듯 후디스 역시 마케인에 앞서 대륙의 패권을 차지하려 틈을 노리고 있겠지요. 마케인과는 지금 동맹에 관한 사항이 오가고 있으니 상관없습니다만 후디스엔 버려진 땅에서의 반란은 절호의 기회죠. 반란으로 인해 카이렌 내부가 혼란스러워진다면 후디스가 침략하기 더없이 좋으니까요. 게다가 그런 혼란 속에서 카이렌 최강의 돌격 기사단이라는 카이져 기사단이 스스로 버려진 땅 안으로 들어가 고립되어 준다면 더없는 최상의 기회입니다."

카나카인 후작은 거기까지 말한 뒤 잠시 호흡을 고르며 주위를 둘러보았다. 모두 얼굴이 딱딱하게 굳어져 있었다. 콘티넌트 공작 역시 별반 다르지 않았다.

"후디스 제국 정도 되는 나라가 현재 우리 나라의 상황을 모를 리 없습니다. 마케인과 동맹에 관한 이야기가 오고 간 것도 어느 정도는 알고 있겠죠. 더욱이 그렇기 때문에 지금 우리 나라가 흔들린다면 당장에 후디스가 쳐들어올 것입니다. 하지만 수도에 카이져 기사단이 버티고 있다면 또 이야기는 달라집니다. 카이져 기사단을 상대하는 것은 상당한 피해를 감수해야 하니까요. 아무리 후디스라 하더라도 말이죠. 카이져 기사단과 상대가 될 만한 기사단은 무아브 최강의 기사단이라는 라카스 기사단 정도니까요. 후디스로서도 얻는 것보다 잃는 것이 많은 전쟁은 피하려 할 겁니다. 애써 우리 나라의 일부를 손에 넣는다 하더라도 카이져 기사단을 상대하며 약해진 틈을 마케인이 찌르고 들어갈 수 있으니까요. 즉 카이져 기사단은 수도에 존재하는 것만으로도 든든한 전력인 거죠."

그렇게 길고 긴 카나카인 후작의 설명이 끝을 맺었다. 그녀는 자신의 설명을 모두 마치고 자리에 앉았다. 그녀의 설명이 끝이 났을 때 콘티넌트 공작의 얼굴에는 작은 미소가 걸려 있었다. 비록 자신과는 반대되는 의견을 말했지만 그 내용이 자신의 카이져 기사단을 칭찬하는 말 일색이니 기분이 나쁠 리 없었던 것이다.

"흐음. 후작의 말을 들으니 충분히 일리가 있군. 이래서는 도저히 카이져 기사단을 출병시킬 수가 없겠어. 어떻게 생각하시오, 공작?"

카나카인의 의견을 경청한 카류일 국왕은 콘티넌트 공작을 바라보며 물었다.

"저 역시 거기까지는 미처 생각지 못했었습니다, 폐하. 후작의 설명을 들으니 도저히 출진하겠다는 말을 못하겠군요."

국왕의 물음에 대답을 마친 콘티넌트 공작은 조용히 자신의 자리에 앉았다. 그 모든 과정을 지켜본 로이드는 잠시 뒤의 케이를 힐끔 보고는 빙그레 미소를 지었다.

"폐하, 미욱하오나 신이 한말씀드리겠습니다."

귀에 익은 목소리에 카류일 국왕은 소리가 들려온 곳을 바라보았다.

"아, 세자인가? 그래, 말해 보거라."

국왕은 로이드의 모습에 웃으며 말했다.

"네."

자리에서 일어선 로이드는 주위를 잠시 둘러본 후 입을 열었다.

"지금 제가 하려는 말은 이번 반란과는 직접적인 연관이 없을 수도 있고 있을 수도 있습니다."

그의 말에 회의장은 다시금 웅성거리는 소리로 차오르기 시작했다.

"그게 무슨 말인가, 세자?"

카류일 국왕 역시 의아한 마음에 로이드를 보며 물었다.

"저는 한 인물에게 작위를 내리기를 청하고 싶습니다."

국왕을 바라보며 힘주어 말하는 그의 행동에 회의장의 소란스러움은 장내를 꽉 채운 후 밖으로 비집고 나가려 했다. 그렇게 모두가 동요할 때 콘티넌트 공작만은 로이드의 마음을 짐작했음인지 빙그레 웃으며 케이를 바라보고 있었다.

"으흠. 대체 무슨 생각을 하고 있는지 모르겠구나. 이 상황에서 작위를 내려달라니. 자세히 말해 보거라, 세자."

국왕의 허락이 떨어지자 잠시 숨을 고르던 로이드는 말을 시작했다.

"제가 이번에 마케인을 다녀오면서 반란을 일으킨 무뢰배들에게 큰 곤란을 겪었던 일은 모두 아실 것입니다."

로이드의 말에 모든 귀족들이 고개를 끄덕였다. 이미 카이렌에서 요직에 있는 귀족이라면 누구나 다 아는 일이었다. 그리고 카류일 국왕은 누구보다 자세히 그 사정을 알고 있었다. 그랬기에 로이드가 포스 산에서의 일을 꺼내자 카류일 국왕의 눈은 자연스레 케이를 향했다.

국왕의 눈길이 케이를 향하는 것을 확인한 로이드는 입가에 웃음이 떠올랐다. 일이 쉬워질 것을 직감했기 때문이다.

"그때 콘티넌트 공작님과 하디온 후작님께서 함께 있었지만 사실 저를 그 위기에서 구해준 결정적인 역할을 한 사람은 따로 있습니다."

로이드의 말에 기어코 회의장을 빠져나가려던 소란스러움은 회의장 밖으로 빠져나가는 데 성공했다. 잔뜩 시끄러워진 회의장의 소리에 문 앞에서 지키던 네 명의 근위 기사가 고개를 갸웃거렸으니 말이다.

사정을 모르는 귀족들은 로이드의 말에 콘티넌트 공작과 하디온 후작의 기분이 많이 상했을 거라 생각하고 그 둘을 쳐다보았지만 두 사람은 오히려 웃고 있었다. 그런 둘의 모습에 사람들의 혼란은 더욱 깊어져 소란스러움은 극에 달했다.

"조용!"

다시 한 번 터져 나온 카류일 국왕의 호통 소리. 그와 동시에 다시금 회의장은 정적을 되찾았다. 왕의 위엄이 무엇인지 몸소 보여주는 카류일 국왕의 모습은 정말이지 위풍당당했다.

주위가 조용해지자 로이드는 다시금 자신의 이야기를 이어 나갔다.

"그때 저를 구해주는 데 결정적인 공헌을 한 사람은 케이라는 한 용병이었습니다. 자일론이 수련 여행 도중에 만난 친구라고 하더군요. 그의 실력은 정말이지 놀라웠습니다. 콘티넌트 공작께서도 도저히 감당할 수 없는 실력이라고 했으니까요."

로이드가 말을 이어 나갈수록 회의장에 있는 귀족들의 혼란은 이미 그 틀을 깨고 혼돈의 수준에까지 이르러 있었다. 그 정도로 그가 던지는 말의 충격은 컸다.

　그중 그나마 침착한 성격의 소유자들은 로이드의 말을 다시 한 번 되새기다가 곧 자일론을 향해 시선을 돌렸다. 정확히는 자일론의 자리 뒤에 서 있는 세 사람을 향해서였다. 자일론을 따라 회의장에 들어설 때 자리에 어울리지 않는 사람들이라 의아해했는데 로이드의 말을 듣고 보니 하나같이 범상치 않아 보였다.

　"그의 이름은 케이라 합니다. 현재 용병계에서 가장 유명한 용병단 DASH의 단장이죠. 제가 그를 높이 평가하고 작위를 내리기를 청하는 이유는 비단 그의 검술에만 있는 것이 아닙니다. 그는 카나카인 후작께서 하신 말씀을 그전에 저에게 해주었습니다. 그만큼 전술적인 안목도 탁월하다는 뜻이지요. 그랬기에 저는 그에게 작위를 내리기를 청하는 겁니다. 그러면 이번 반란을 진압하는 데 있어서도 큰 역할을 할 것이라 믿어 의심치 않습니다."

　그렇게 할 말을 다 마친 로이드는 자리에 앉았다. 그가 앉고 나서야 자일론과 케이들은 정신을 차렸다. 처음 로이드가 말을 꺼냈을 때부터 그가 추천하는 인물이 케이라는 것을 알고 있었기에 다들 어안이 벙벙해하고 있었던 것이다.

　반면 카류일 국왕은 흥미로워하는 눈길로 케이를 바라보고 있었다. 케이의 검술이 뛰어난 것은 알고 있었다. 하지만 로이드는 전술적인 안목 또한 그의 검술 못지않다고 말했다. 아들의 말이 사실이라면 케이는 정말 탐나는 인재였다.

카류일 국왕의 시선을 느낀 케이는 이 자리에 있는 것이 불편해졌다. 설마 이런 일로 자신을 부른 거라고는 예상하지 못했기 때문이다. 사실 조금만 생각해 보면 알 수도 있었다. 자신의 실력을 어느 정도 알고 있는 왕세자 로이드. 그 정도의 인물이라면 자신을 끌어들일 수 있다는 것도 생각해 봐야 했다. 이미 용병단 DASH는 각국의 주시를 받는 용병단이었으니.

케이가 불편해하는 것과는 달리 자일론의 얼굴에는 웃음이 떠올라 있었다. 큰형의 갑작스러운 말에 처음에는 어안이 벙벙했지만 곧 웃음을 지었다. 형이 하지 않았다면 자신이라도 아버님께 말씀드리려 했던 일이니까 말이다.

그들이 그런 생각을 하는 동안 귀족들도 저마다의 의견을 교환하는지 여기저기서 말소리가 들려왔다. 그리고 얼마 후 그 소리는 점차 잦아들었다. 어느 정도 각자 결론을 내린 모양이었다.

"폐하, 신은 세자 저하의 의견에 반대합니다. 비록 그 실력이 뛰어나다고는 하나, 그 신분이 불확실한 자입니다. 반란으로 인해 시국이 불안한 현 상황에서 그런 자에게 작위를 내린다니요. 말도 안 되는 일입니다."

가장 먼저 반대 의견을 꺼낸 이는 재정 장관의 위치에 있는 안테리어 트빌리시 후작이었다. 그가 반대 의견을 던지자 이곳저곳에서 웅성거림이 일어났다. 콘티넌트 공작과 하디온 후작도 살짝 눈살을 찌푸렸다. 카류일 국왕의 얼굴에도 작은 주름이 하나 생겼다.

재정 장관 안테리어 트빌리시 후작. 그의 또 다른 신분은 바로 카이렌 제1귀비 티라나 트빌리시의 아버지였다. 즉 게일의 외할아버지인 것이다. 이미 다음 왕권은 로이드에게 넘어간 것이나 다름없지만 자신의 외손자인 게일에게 힘을 실어주기 위해 로이드의 의견을 일단 반대하고 나선 것이다.

게다가 사실 로이드가 추천한 자의 신분이 마음에 걸리기도 했다. 자일론의 친구라 했다. 자일론이라면 제2귀비인 일라나 에르시안의 아들이었다. 그런 그의 친구가 작위를 얻어 왕궁에서 힘을 얻는다면 게일에게 득이 될 것이 없었다. 그랬기에 가장 먼저, 가장 강경하게 반대 의견을 던진 것이다.

"가당치도 않은 의견이오, 트빌리시 후작!"

트빌리시 후작의 발언이 끝나자마자 에피데르 드 레시페 공작이 격한 목소리로 말했다.

"콘티넌트 공작께서 감당치 못할 실력자라 하실 정도면 최소한 상급의 소드 마스터요. 소드 마스터만 되더라도 어느 왕국이든 당장에 백작 이상의 작위를 내리는데, 지금 후작의 말이 말이 되기나 한다고 생각하시오? 그런 인재를 다만 신분이 불분명하다고 안 된다니요! 게다가 신분이라면 이미 확실하지 않소? 용병단의 단장이니 용병 길드에서 그 신분을 보증하는 것 아니오!"

카이렌의 군부를 한 손에 움켜쥐고 있는 레시페 공작이 즉각 반발하자 트빌리시 후작의 얼굴이 조금 붉어졌다. 레시페 공작은 로이드의 외할아버지이기도 하니 현재 두 사람이 하고 있는 행동은 외척의 힘 겨루기였다.

"하나 원래 용병이란 일정한 국적도 없는 이들이 대다수입니다. 아니, 국적이 있더라도 그들의 신분상 이 나라 저 나라 떠도는 게 업인

이들이죠. 단지 그런 이들이 모여 만든 길드가 보증한다 해서 그를 완벽히 믿을 수는 없습니다."

트빌리시 후작은 지지 않고 레시페 공작의 말을 맞받았다.

"후작, 그의 신분을 증명해 주는 이는 또 있소. 바로 자일론 왕자님이시오. 왕자님께서 수련 여행에서 알게 된 절친한 친구라지 않소. 그대는 왕자님도 못 믿는단 말이오?"

레시페 공작이 자일론까지 들먹이며 몰아붙이자 트빌리시 후작은 대답이 궁색해졌다. 회의장 한곳에서 그런 두 사람의 모습을 지켜보고 있던 게일의 얼굴이 서서히 찌푸려지기 시작했다.

로이드, 자일론.

아무리 들어도 기분 나쁜 이름이었다. 가출이라는 형태로 둘 중 하나가 사라져 줘서 속 시원히 지내고 있던 차에 이렇게 돌아와 버리다니. 그리고 돌아오자마자 그의 친구에게 작위를 내리는 일을 만들다니. 이래저래 기분 나쁜 녀석이었다.

그 와중에 회의장의 분위기는 레시페 공작 쪽으로 흘러가고 있었다. 그의 주장에 대해 트빌리시 후작이 제대로 반박하지 못한 결과였다.

"음. 레시페 공작의 의견이 옳다고 생각되는군요. 지금 우리는 하나의 손도 아쉬운 상황입니다. 그런데 이렇게 와준 인재를 내치다니 말도 안 되는 일이지요."

카류일 국왕도 레시페 공작의 손을 들어주었다. 결국 이렇게 케이에게 작위를 주는 일이 결정된 것이다.

"케이 경에게 당연히 작위를 내려야지요. 그 같은 인물을 어디서 또 찾을 수 있겠소. 그렇다면 작위는 무엇이 좋을 것 같소?"

어느새 카류일 국왕은 케이에게 기사의 칭호인 경을 붙이고 있었다. 사실 일반 용병인 케이를 부르기에 적절한 호칭이 없어 다들 단지 '그'라고 칭하고 있었다. 그러던 차에 국왕이 경이라 불렀으니 이미 케이는 기사가 된 것이나 다름없었다.

"자작 정도가 적당하다 생각됩니다."

케이가 작위를 받는 것을 가장 강력하게 반대한 트빌리시 후작의 말이었다. 어차피 작위를 주게 된 것, 어쩔 수 없다면 이렇게 된 이상 가능한 낮은 작위로 끝을 보려는 수작이었다.

"소드 마스터에게 자작이라니, 너무 푸대접이군요."

지금껏 가만히 회의의 상황을 지켜보고 있던 헤르만 라이트 후작이 입을 열었다. 카이렌의 3대 소드 마스터 중 하나인 릭본 라이트 백작의 아버지이자 카이렌 군부의 이인자인 그가 마침내 입을 연 것이다.

"좀 전에 레시페 공작께서 말씀하셨듯이 소드 마스터라면 어느 나라를 가든 백작의 작위는 받을 수 있습니다. 그런데 겨우 자작이라니, 뛰어난 인재를 너무 푸대접하는 것 같군요."

레시페 공작에 이어 라이트 후작까지 트빌리시 후작의 의견에 토를 달고 나서자 그의 얼굴이 무참히 일그러졌다. 레시페 공작, 라이트 후작과 트빌리시 후작 사이에 이렇게 의견 충돌이 일어나는 것은 그만한 이유가 있었다.

물론 트빌리시 후작이 제1귀비의 아버지인 것도 한 이유였지만 트빌리시 후작은 카이렌의 재정을 담당하는 문관이었고 레시페 공작과 라이트 후작은 카이렌의 국방을 책임지는 무관이었다.

그들의 의견이 갈리는 것에는 문관과 무관의 시각 차도 한몫하고 있었던 것이다.

"라이트 후작의 말이 옳은 것 같구려, 트빌리시 후작. 나 역시 여태 껏 소드 마스터에게 자작의 작위를 내린 나라가 있다는 말은 들어보지 못하였소이다."

카류일 국왕의 말에 트빌리시 후작은 힘없이 자리에 앉았다. 그런 그의 어깨가 한없이 좁아 보였다.

"신이 한말씀 올리겠습니다."

그때 궁정 마법사인 하디온 후작이 자리에서 일어서며 말했다.

"아, 하디온 후작. 그래, 그대의 의견을 말해 보시오."

국왕의 허락이 떨어지자 하디온 후작이 입을 열었다.

"케이 경에게는 후작의 작위를 내려야 한다고 생각합니다. 아니, 제 개인적인 생각으로는 공작의 작위를 추천하고 싶습니다만 공작이라는 작위가 가진 무게가 가볍지 않기에 후작을 추천하는 것입니다."

그의 말에 회의장은 다시금 술렁였다. 조금 전의 안건이나 지금의 안건이나 오늘의 회의는 여느 때와는 달리 무척이나 시끄럽게 진행되 었다.

회의장의 분위기가 어떻게 변하든 하디온 후작은 상관치 않고 자신 의 말을 계속했다.

"일반 소드 마스터라면 백작 정도의 작위도 충분할지 모릅니다. 하 지만 케이 경은 그냥 소드 마스터가 아닙니다. 우리 카이렌에서 가장 강하다는 콘티넌트 공작보다도 강한 소드 마스터지요. 그것은 공작께 서도 인정한 일이고요."

그의 말에 모두의 시선은 콘티넌트 공작을 향했다. 이미 케이가 콘티넌트 공작보다 강하다는 이야기는 수차례 나왔고 그때마다 사람들의 반응은 동일했다. 일제히 콘티넌트 공작을 쳐다보는 것. 그때마다 공작의 반응도 같았다. 그저 담담히 미소 지을 뿐이었다.

"게다가 저는 케이 경의 또 다른 능력을 알고 있습니다."

그 말에 좌중의 시선이 하디온 후작을 향했다.

"세자 저하께서는 케이 경의 전술적인 능력을 높게 평가하셨습니다만 저는 또 다른 능력을 높게 평가합니다. 용병단 DASH에는 마법사가 둘 있습니다. 둘 모두 이십 대 초반의 젊은이들이죠. 하지만 그들의 성취는 놀랄 정도입니다. 한 명은 6서클 마스터에 다른 한 명은 5서클 마스터이니까요."

하디온 후작의 말에 귀족들은 저마다 옆에 있는 사람과 수군거리기 시작했다. 하디온 후작이 말한 젊은 마법사들의 성취가 놀랍기도 했지만 그가 왜 갑자기 마법사들의 이야기를 꺼내는지 몰랐기 때문이다.

"그중 6서클 마스터의 젊은이가 케이 경을 뭐라 부르는지 아십니까? '스승님'이라 부르더군요. 로이드 세자 저하나 콘티넌트 공작께서는 그의 놀라운 검술 실력에 놀라 미처 알아차리지 못하셨습니다만 타고난 마법사인 저에겐 솔직히 그 두 젊은이가 관심의 대상이었지요. 그랬기에 제 두 귀로 똑똑히 들을 수 있었습니다. '스승님'이라는 말을요."

그의 말을 이해한 몇몇의 얼굴에 경탄 어린 표정이 떠올랐다. 그러나 이 자리에 있는 대부분의 사람은 아직 하디온 후작의 말을 제대로 이해하지 못하고 있었다. 그런 기색을 눈치 챈 하디온 후작은 보충 설명을 덧붙였다.

"마법사가 스승님이라 부르는 존재는 단 하나입니다. 바로 자신에게 마법을 전수해 주는 사람이지요."

그 말이 끝나자 그제야 이해한 사람들의 입에서 감탄의 소리가 터져 나왔다. 정말 놀라운 일이었기 때문이다. 소드 마스터의 검사가 6서클 마스터의 마법 스승이라니. 류블라드 역사상 이런 인물은 없었다.

"콘티넌트 공작보다 강한 상급의 소드 마스터에 최소 6서클 마스터의 마법사입니다. 게다가 전술에도 밝구요. 이런 인물에게는 솔직히 후작이라는 작위도 부족하다 생각됩니다."

그 말을 끝으로 하디온 후작은 자리에 앉았다.

"하디온 후작께서 하신 말씀은 잘 들었습니다만 아무리 그래도 이제 막 알게 된 사람에게 후작의 작위라니요. 너무 큰 작위입니다."

잠자코 앉아만 있던 게일이 마침내 입을 열었다.

백작까지는 몰라도 후작이 되는 것만은 어떻게든 막아야 했다. 로이 드가 추천한 인물에다가 자일론의 친구라 했다. 그런 이가 후작이 된다면 그들은 강력한 힘을 얻게 되는 것이나 다름없었다. 왕국의 후작이라는 작위는 엄청난 힘을 지닌 자리였으니.

후작과 백작은 겨우 한 단계 차이가 나는 작위였지만 그 힘은 하늘과 땅 차이였다. 그랬기에 침묵으로 일관하며 사태를 관망하던 게일이 결국 입을 연 것이다.

제2왕자인 게일이 반대하고 나서자 일부 귀족들이 그에 동조했다. 이미 세자가 정해졌다고는 하나 아직 그에게도 어느 정도의 힘이 있었던 것이다.

'흐음. 케이 경이 작위를 얻는다면 이왕이면 높은 것이 좋은데…….'

후작까지의 작위가 거론되다가 게일의 반대로 백작에 머물지도 모를 상황이 벌어지자 로이드는 내심 아쉬웠다.

"자일론, 뭔가 방법이 없을까?"

로이드는 아무래도 자신보다는 케이를 잘 알고 있는 자일론에게 소곤거리며 도움을 청했다. 그의 말에 자일론은 잠시 뒤를 돌아보았다. 자일론도 사실은 케이가 좀 더 높은 작위를 받기를 바라고 있었다. 그래서 케이를 돌아보며 궁리하던 자일론은 한 가지 방법을 떠올렸다.

그 방법이 앞으로 몰고올 폭풍이 어느 정도일지 감히 상상도 할 수 없었지만 지금으로서는 가장 좋은 방법이었다. 그랬기에 자일론은 그 방법을 실행하기로 마음먹었다.

"잠시 제가 한말씀 드리겠습니다."

결심을 한 자일론은 즉각 자리에서 일어나며 말했다. 그렇게 되자 게일과 자일론이 서로 마주 보는 형국이 되었다. 갑자기 일어난 자일론의 행동에 게일의 얼굴에는 작은 주름이 생겼지만 크게 내색하지는 않았다.

"수련 여행을 하며 저 역시 케이가 단장으로 있는 용병단 DASH의 단원으로 가입을 했습니다. 저에게는 무척이나 뜻 깊은 시간이었고 모든 용병단원들 역시 결코 떨어지고 싶지 않은 사람들뿐입니다. 이런 우리 용병단에는 한 가지 비밀이 있습니다."

자일론의 말에 사람들은 흥미로운 눈길로 그를 바라보았다.

"우리 용병단의 구성원에 대해서는 대충 아실 겁니다. 브레그마 무투회에서 선전한 사람들이 주축을 이루었으니까요. 우승자와 준우승자를 제외하고는 4강에 든 저와 브라이튼을 포함해 소드 마스터가 세

명이나 있는 용병단입니다."

자일론의 말이 거기까지 이르자 케이의 표정이 살짝 변했다. 비로소 자일론이 무슨 말을 하려는지 눈치를 챈 것이다. 퓨어와 세린의 표정도 살짝 변했다. 그녀들 역시 눈치를 챘다.

이 자리에 있는 사람 중 그들 넷을 제외하고는 누구도 모르는 사실이었기에 모두의 얼굴에는 흥미가 가득했다.

"하지만 실상은 다릅니다."

"뭐가 어떻게 다르다는 거지?"

자일론의 말에 게일이 차가운 기운을 언뜻 비치는 목소리로 물었다.

"사실은 이번 브레그마 무투회의 우승자와 준우승자도 저희 용병단원입니다."

빙그레 미소 띤 얼굴로 자일론이 말했다.

"훗. 난 또 뭐라고. 얼마나 대단한 일인가 했네."

회의장 한곳에서 한 귀족이 아주 작은 목소리로 중얼거렸다. 회의장에 있는 대다수 사람들의 행동도 그와 같았다. 그런 반응이 이어지다가 어느 순간 회의장은 고요에 잠겼다.

너무도 놀라운 사실이라 그 사실을 인지하는 데 시간이 걸린 것이다. 처음에 대수롭지 않게 받아들였던 사람들의 얼굴은 딱딱하게 굳어가기 시작했다.

이제야 이번 브레그마 무투회의 우승자와 준우승자가 어떤 존재인지에 생각이 미친 것이다. 각국의 국왕들이 브레그마까지 텔레포트해 올 정도로 대단한 인물들이었다.

"그… 그런……."

침묵의 고요를 가장 먼저 깬 이는 콘티넌트 공작이었다. 브레그마 무투회의 결승을 직접 보았고 또 DASH와 함께 행동도 했다. 그런 그가 전혀 알아차리지 못했기에 제일 먼저 그런 반응을 보인 것이다.

"퓨어, 세린. 그만 본래 모습으로 돌아와 줘요."

여러 귀족들이 모인 공식 석상이었기에 자일론은 평소와는 달리 퓨어와 세린의 이름을 그냥 불렀다.

자일론의 부탁에 퓨어와 세린은 케이를 바라보았다. 두 사람의 눈길을 받은 케이는 어쩔 수 없다는 듯 한숨을 쉬며 고개를 끄덕였다. 사실을 보여주지 않았다가는 자일론을 카이렌의 고위 귀족들이 모인 자리에서 바보로 만드는 일이 되니 어쩔 수 없었다.

케이의 허락이 떨어지자 퓨어와 세린은 자신들의 얼굴에 걸린 역용술을 풀었다. 그에 따라 서서히 얼굴의 근육이 뒤틀리며 본래의 모습으로 돌아왔다.

"오오!"

"이럴 수가!"

"헉……."

그녀들의 얼굴이 본래의 모습을 되찾는 동안 여기저기서 감탄성이 터져 나왔다. 변화를 마친 그녀들의 얼굴은 분명 브레그마 무투회에 나왔던 퓨어라는 그랜드 소드 마스터와 세린이라는 위대한 정령술사였다.

"처음 뵙겠습니다. 퓨어리니스 엘다 마르티안이라 합니다. 퓨어라고 불러주세요. 숲의 평화가 여러분과 함께하기를."

"세린이라고 합니다."

두 사람의 인사가 끝나고야 비로소 모두들 제정신으로 돌아올 수 있었다.

카류일 국왕과 군부들의 얼굴에는 커다란 웃음이 걸려 있었다. 그럴 수밖에 없는 것이 그토록 애타게 찾던 이들이 제 발로 왕궁으로 들어왔으니 이렇게 기쁜 일이 어디 있겠는가.

"여러분 모두 아실 겁니다. 직접 보신 분들도 계실 것이고 또 말로만 들으신 분도 계시겠죠. 그랜드 소드 마스터와 정령왕을 소환하는 위대한 정령술사, 그녀들입니다. 우리 용병단의 단원이죠. 그리고 단장이 케이입니다. 케이는 그녀들보다 강합니다."

자일론이 자신의 말을 마치자 카류일 국왕은 웃던 얼굴 그대로 일순 굳었다. 그것은 콘티넌트 공작 역시 마찬가지였다. 아니, 로이드도 별반 다르지 않았다.

상급의 소드 마스터로 알고 있던 케이가 그랜드 소드 마스터보다도 강하다니 엄청난 인재를 발굴했다는 기쁨보다는 믿을 수 없다는 놀람이 더했다.

모두의 눈이 케이를 향했다. 그러나 바라보는 눈빛이 지금까지와는 달랐다. 지금 사람들의 눈에는 깊은 불신이 서려 있었다. 물론 자일론의 말을 의심하는 것은 아니었다. 하지만 듣기만 한 그 사실을 믿기에는 그 내용이 너무나 엄청났던 것이다.

"분명 케이는 저보다 강합니다."

그때 잠자코 사람들의 행동을 지켜보던 퓨어가 조용히 말했다. 나직한 목소리였지만 모두의 귀에는 똑똑히 들렸다. 그리고 그들의 얼굴은 경악으로 물들었다. 엘프가 거짓말을 못한다는 것은 누구나 알고 있는 사실이었다. 그랬기에 다들 경악하고 있었다.

"아마도 케이는 전설 속에서만 전해지는 소드 슈페리어(Sword Superior)일 거예요."

뒤이은 퓨어의 말에 회의장은 심연의 침묵 속으로 가라앉는 배처럼 고요에 휩싸였다. 먼지 하나 움직이지 못하는 무거운 고요였다.

"흐음. 이거 너무 놀라워서 무어라 해야 할지……."

왕좌에 깊숙이 몸을 기댄 카류일 국왕은 신음처럼 중얼거렸다. 아무리 좋은 일이라지만 지금 벌어진 일은 도가 지나쳤다. 인간의 심장으로 이 모든 사실을 받아들이기엔 충격이 너무 컸던 것이다.

"이건 후작의 작위도 모자라겠군요."

온몸의 힘이 풀린 듯 역시 의자에 지탱한 채 자세를 유지하고 있는 콘티넌트 공작이 작은 목소리로 말했다. 그의 말에 회의장 안 모두의 얼굴에는 동의의 표정이 떠올랐다. 다만 트빌리시 후작과 게일의 얼굴만은 그다지 밝지 않았다. 무서운 정적이 새로 등장한 셈이니 밝을 수가 없었다.

"그래도 공작은 함부로 내릴 수 있는 작위가 아닙니다. 모자란 듯하나 후작에 봉하는 것이 좋을 듯싶습니다."

로이드가 정신을 추스르며 말했다. 그의 말에 모두의 시선이 케이를 향했다. 약소하나마 후작의 작위라도 괜찮겠냐는 물음의 눈길이었다.

이제야 사람들은 케이에게 관심을 가졌다. 지금까지는 케이의 의사와 상관없이 작위를 내려야 하네, 자작을 줘야 하네, 후작을 줘야 하네로 갑론을박하던 이들이 처음으로 케이의 의향을 살핀 것이다.

회의장 안의 모두가 심지어 자일론마저도 간과하고 있는 것이 있었으니, 케이가 작위를 받겠다고 한 적이 없다는 것이다. 당사자의 생각이 어떤지도 모른 채 지금까지 제삼자들이 북 치고 장구 치고 있었던 셈이다.

"제가 카이렌의 작위를 받겠다고 한 적이 있었던가요?"

처음으로 케이의 입이 열렸다. 그리고 그 입을 비집고 새어 나온 말에 회의장은 다시 한 번 술렁였다.

"저런, 무례한!"

트빌리시 후작은 케이의 말에 즉각적인 반응을 보였다. 그러나 케이는 담담했다. 지금 칼자루를 쥐고 있는 것은 자신이었다. 이 자리에 힘으로도 자신을 제압할 수 있는 사람은 한 사람도 없었다.

지금 케이는 누군가에게 휘둘릴 입장이 아니라 누군가를 휘두를 수 있는 입장이다. 그랬기에 이런 자리에서 저렇게 담담한 안색을 유지할 수 있었다.

"저는 어디에 얽매이는 것을 싫어합니다. 그래서 용병이 된 것이구요."

케이는 태연하게 거짓말을 했다. 얽매이는 것을 싫어한다는 말은 사실이었지만 그래서 용병이 된 것은 아니었다. 자일론이 용병단을 만들자고 해서 용병이 된 것이지. 그 사실을 아는 세린의 표정이 살짝 변했다. 담담한 얼굴로 거짓말을 하는 케이의 행동에 어이가 없어서였다.

그런 케이의 말에 좌중은 긴장했다. 케이는 카이렌에 꼭 필요한 인물이었으니 모두들 긴장한 채 케이의 대답을 기다릴 만했다. 그런 케이의 행동이 무례하다고 트빌리시 후작이 큰소리를 치기는 했지만 그건 귀족으로서 자존심의 발로일 뿐이다. 그리고 힘없는 자의 자존심은

헛된 발악에 불과할 뿐이었다. 그랬기에 큰소리 한 번 친 것 외엔 케이에게 별다른 제재도 가하지 못하고 있었다.

모두의 눈은 케이의 입에 머물러 있었다.

"자일론은 저에게 있어 둘도 없는 친구입니다. 정말 소중한 존재이지요. 그런 친구가 지금 제가 작위를 받기를 바라고 있군요. 우리 용병단의 비밀을 공개하면서까지요. 친구가 바라는 일이니 한 번쯤 얽매여보는 것도 나쁘지는 않겠죠."

결국 후작의 작위를 받겠다는 승낙의 말이었다. 케이가 승낙을 하자 모두들 기쁨에 들떠 한껏 밝은 얼굴이 되었다. 환호성을 지르고 싶은 마음이 간절해 보이는 이도 몇 보였으나 귀족의 체통상 그러지는 못하고 참고 있었다. 그 정도로 기뻐하였기에 사람들은 케이가 왕자인 자일론을 그냥 친구 대하듯 불렀다는 사실조차 모르고 있었다.

이런 기쁨의 분위기 속에 단 두 사람만은 동참하지 못하고 있었다.

"고맙소, 케이 후작."

기꺼운 마음에 아직 작위 수여식도 하지 않았건만 카류일 국왕의 입에서 후작이라는 말이 그냥 튀어나왔다.

"아, 케이는 이름이오? 평민이라 했으니 아직 성이 없겠구려. 그렇다면 내가 성을 내려도 괜찮겠소이까?"

"영광입니다, 폐하."

국왕의 물음에 케이는 한 발 앞으로 나서 한쪽 무릎을 꿇으며 말했다. 실상 국왕이 귀족에게 새로운 작위를 내릴 때는 성도 함께 내린다. 그것이 법도였다. 하지만 케이라는 인물이 워낙 대단했기에 국왕인 카류일조차 그 위엄을 잠시 잃고는 성을 내려도 괜찮겠냐고 물은 것이다.

"음… 지니어스라는 성이 좋을 듯하오. 어떻소?"

"훌륭한 성입니다. 감사합니다, 폐하."

케이의 대답에 카류일 국왕의 얼굴에 떠오른 기꺼움은 배가 되었다.

"그렇다면 지금부터 그대는 케이 지니어스 후작이오. 하하하!"

카류일 국왕은 호쾌한 웃음을 터뜨렸다. 그의 웃음과 함께 회의장은 웃음으로 가득 찼다.

"작위와 성은 이걸로 됐고, 그러면 이제 영지를 내려야겠군. 어느 영지가 좋겠소, 트빌리시 후작?"

카류일 국왕은 트빌리시 후작을 바라보며 물었다.

카이렌의 재정을 책임지는 이가 그였기에 각 귀족들이 가진 영지에 관한 사항도 그가 관리하고 있었다. 귀족들이 자신의 영지에서 난 세금을 중앙으로 보내 카이렌의 재정이 형성되었기에 재정 장관인 트빌리시 후작이 카이렌의 영지 제반에 관한 사항을 관리하고 있었다.

"송구스럽습니다만 현재 비어 있는 영지가 없습니다, 폐하."

트빌리시 후작의 대답에 카류일 국왕은 곤혹스러운 얼굴을 했다. 설마 하니 빈 영지가 하나도 없을 줄은 몰랐던 것이다. 하지만 최근 몇십 년간은 전례없는 평화기였기에 특별히 대가 끊기거나 하는 귀족가가 있었다면 모를까 현재는 빈 영지가 없었다.

"흐음. 이를 어쩐다……."

케이에게 줄 영지가 없자 카류일 국왕은 턱을 괴며 생각에 잠겼다.

"폐하. 현재 빈 영지는 없다지만 앞으로 빌 영지가 있지 않습니까?"

하디온 후작이 조용히 말문을 열었다.

"그게 무슨 말이오, 후작?"

"버려진 땅 말입니다. 그곳의 영주인 아크로미온 백작이 반란군의 손에 죽었으니 그곳은 현재 주인이 없는 빈 땅입니다. 혹시라도 그의 가족이 살아 있다 하더라도 영지 관리를 제대로 못한 죄를 치러야 하지요. 영지 관리를 어떻게 했기에 그 넓은 땅을 통째로 빼앗긴단 말입니까? 그것도 10여 년 전의 일입니다. 그러니 어떻게 되든 그 땅은 영주가 없는 땅입니다. 반란이 진압되면 그곳을 지니어스 후작에게 내리면 될 것입니다."

"호오, 그런 방법이 있었군. 괜찮겠소, 지니어스 후작?"

하디온 후작의 제안을 받아들인 카류일 국왕은 즉시 케이의 의사를 물었다. 어차피 자일론 때문에 귀족의 작위를 받는 것이기에 영지 따위는 아무래도 좋았다. 케이는 흔쾌히 승낙했다.

그렇게 케이의 영지는 버려진 땅으로 결정되었다.

"그러면 이제 작위 수여식을 해야 하는데……."

일이 하나하나 처리되자 카류일은 곧 작위 수여식에 대한 이야기를 꺼냈다.

"송구스럽습니다만, 폐하. 원래 이 자리는 반란 진압에 대한 회의였습니다. 어쩌다가 제 이야기가 주를 이루었습니다만 이제 본 목적으로 돌아가야 하지 않나 싶습니다."

케이의 말에 그제야 모두들 이 회의의 의제는 반란 진압이라는 것을 떠올렸다. 케이라는 존재의 충격 때문에 모두들 까맣게 잊고 있었던 것이다.

"흠, 그렇군. 그럼 안타깝지만 지니어스 후작의 작위 수여식은 일단 반란이 진압된 후로 미루어야겠소, 때가 때이니만큼. 미안하오, 후작."

"아닙니다, 폐하. 지당하신 말씀이십니다."

그렇게 회의는 다시 본 의제로 돌아와 반란 진압에 대한 내용을 토의하기 시작했다. 케이는 어느새 시종이 준비한 의자에 앉아 자일론 옆에 자리했다. 퓨어와 세린 역시 시종이 준비해 준 의자에 앉아 있었다.

그녀들의 신분을 몰랐으면 모르되 알게 된 이상 함부로 할 수 없었던 것이다.

"일단 카나카인 후작의 말대로 카이져 기사단을 버려진 땅에 보내는 것은 기각해야겠소. 그렇다면 진압군 편성을 어떻게 해야겠소?"

국왕의 눈길을 받은 귀족들은 저마다 심각한 얼굴로 고민에 빠져 있었다. 그때 트빌리시 후작이 자리에서 일어났다.

"폐하, 신의 생각으로는 세자 저하께서 진압군 사령관이 되셔서 직접 출진하는 것이 좋다고 생각합니다. 마침 지니어스 후작도 계시니 세자 저하를 호위한다면 별 무리가 없을 줄로 압니다."

그는 말을 마치고 자리에 앉았다. 트빌리시 후작의 말에 카류일 국왕은 잠시 생각에 잠겼다.

"저는 반대입니다."

그때 라이트 후작이 자리에서 일어나며 말했다.

"세자 저하는 다음 대 카이렌의 국왕이 되실 몸이십니다. 그런 분이 전장에 나가신다니요. 말도 안 됩니다. 게다가 이번 마케인 행에서도 큰 위험을 맞지 않으셨습니까? 또한 세자 저하는 어려서부터 무(武)에는 별다른 흥미가 없으셨던 분이시니 전쟁터에 나가신다는 것은 천부당만부당한 말씀입니다."

강경한 발언을 마친 라이트 후작은 잔뜩 열이 오른 얼굴로 자리에 앉았다. 그로서는 도무지 트빌리시 후작이 마음에 들지 않았던 것이다.

요직에 앉은 귀족이면 그 자리에 맞게 처신을 해야 할 것인데 지금까지 그의 행동을 보면 개인의 이익을 위해서였다. 지금만 해도 그렇다. 반란 진압군 사령관으로 세자를 보내자니, 검과 화살이 난무하는 전쟁터에 세자를 내보내 어쩌겠다는 것인가?

혹시라도 불상사가 일어나 세자가 죽기라도 하면 일이 어떻게 꼬이겠는가? 호위 책임자로 보낸 지니어스 후작도 무사하지 못할뿐더러 제2왕자이자 트빌리시 후작의 외손자인 게일이 세자 자리에 오르는 것은 뻔했다.

트빌리시 후작의 수작은 눈에 빤히 보일 정도로 노골적이었다.

"신의 생각으로도 세자 저하께서는 반란 진압군 사령관으로는 적절치 않습니다. 오히려 자일론 왕자님이 어떨까 싶습니다."

케이의 작위가 거론될 때에는 잠자코 있던 카나카인 후작이 자리에서 일어서며 말했다. 그녀의 말에 모두의 시선은 자일론을 향했다.

"모두들 아시다시피 자일론 왕자님은 우리 카이렌의 최연소 소드 마스터이십니다. 게다가 이번 수련 여행에서 상급의 수준에까지 올라서셨다 합니다. 지니어스 후작이 곁에서 잘 보좌해 준다면 오히려 자일론 왕자님이 사령관에 적임자라 생각됩니다."

그녀가 말을 마치자 대다수의 귀족들이 고개를 끄덕였다. 소드 마스터인 사령관. 분명 병사들의 사기 진작에도 큰 도움이 될 것이다. 또한 반란군의 사기를 떨어뜨리는 데도 큰 역할을 할 것이고, 게다가 자일론은 카이렌의 국민이라면 누구나 아는 영웅이었다. 18세의 나이에 소드 마스터의 경지에 이른 카이렌이 자랑하는 천재 검사. 게다가 왕자의 신분이기까지 하다.

자일론은 명분으로 보나 실력으로 보나 무척이나 매력적인 인물이었다.

카나카인 후작의 말에 카류일 국왕은 일전에 일라나가 자신에게 했던 말을 떠올렸다. 그때 일라나가 한 말이나 카나카인 후작이 한 말이나 결국 그 내용은 별반 다르지 않았다. 잠시 생각을 하던 카류일 국왕은 고개를 끄덕였다.

"카나카인 후작의 말대로 하기로 하겠소. 자일론이라면 충분히 사령관의 일을 잘해낼 수 있을 것이오. 게다가 3년에 걸친 수련 여행으로 경험도 쌓았을 테니 말이오. 지니어스 후작."

그렇게 반란 진압군 사령관을 자일론으로 결정한 카류일 국왕은 케이를 불렀다.

"네, 폐하."

"그대를 부사령관으로 임명할 테니 자일론 곁에서 많은 도움을 주기를 바라오."

"알겠습니다, 폐하."

카류일 국왕의 명에 케이는 허리를 깊숙이 숙이며 대답했다.

그렇게 진압군의 사령관과 부사령관이 정해지자 회의는 급속도로 진행되었다. 군의 편제 및 모집에 관한 사항도 별 탈 없이 잘 넘어갔다. 그렇게 회의는 순조롭게 끝이 났다.

제   47   식

진압군 편성

진압군 편성

넓은 연병장에 경갑을 걸치고 창을 든 병사들이 죽 늘어서 있다. 그 사이를 몇몇 사람들이 바쁘게 오가며 무언가를 하고 있다. 높은 단상에서 그 모습을 걱정스레 바라보는 자일론은 나직이 한숨을 내쉬고 있는 게 걱정에 가득 찬 모습이다.

"왜 그래, 자일론? 진압군 사령관께서 이렇게 약한 모습을 보여서야 쓰겠어?"

어느새 다가온 브라이튼이 유들유들 웃으며 자일론에게 말했다. 농담에 가까운 브라이튼의 말에도 자일론은 별다른 대꾸를 하지 않았다.

"음. 자일론답지 않은걸."

그런 자일론의 모습에 브라이튼은 웃음을 지운 채 고개를 갸웃거리며 중얼거렸다.

"왜 그래?"

그사이 연병장에서 군사들의 점검을 마친 케이가 단상에 올라오며 말했다. 둘 사이의 분위기가 영 어색해 보였던 것이다.

"아, 케이. 자일론 왜 이래? 나야 오늘 처음 사령관 보좌관으로 임명되어서 왔으니 얘가 왜 이러는지 당최 알 수가 있어야지."

브라이튼의 말에 자일론을 힐끔 쳐다본 케이는 가볍게 웃었다.

"훗. 책임의 무게라는 거지. 얼떨결에 사령관이 되었으니 말이야."

"흠. 그렇게 무거운가?"

브라이튼이 알 수 없다는 듯 고개를 갸웃거렸다.

"얼마나 무거운지 궁금하다면 너에게 사령관 자리를 양보할 수 있어. 어쨌든 너도 소드 마스터니까."

브라이튼의 혼잣말을 들은 것인지 지금껏 별다른 반응이 없던 자일론이 브라이튼에게 말했다. 그렇게 말하는 자일론의 입에는 가는 미소도 걸려 있었다. 자신이 진 무거운 짐을 떠넘길 상대를 발견한 나귀와 같은 얼굴이었다.

"그건 천부당만부당한 말씀입니다, 자일론 왕자님. 어찌 저같이 미천한 것이 자일론 왕자님의 무거운 책무를 대신할 수 있겠습니까?"

돌연 경어를 사용하며 한쪽 무릎을 꿇는 브라이튼. 그 모습에 자일론은 실소를 머금었다.

"알았어, 알았어. 그냥 내가 사령관 할 테니까 그런 연기는 집어치워."

그 말에 브라이튼은 빙그레 웃으며 자리에서 일어났다.

"그것보다 케이, 부대 편성은 잘되가?"

사령관이라는 책임의 무게에 별다른 일을 못하고 의기소침해 있는 자일론 대신 케이가 대부분의 실무를 맡고 있었다. 어느 정도 이런 일을 예상했기에 케이가 부사령관 직을 순순히 받아들인 것이다.

"뭐, 예정대로 진행되고 있어. 아무래도 왕자이자 소드 마스터인 자일론이 사령관이라서 그런지 지원은 확실한데?"

"농담이라도 그런 말은 그만둬, 케이."

케이의 말에 자일론은 그다지 좋지 못한 얼굴로 답했다.

"뭐, 사실인걸."

그러나 그만둘 생각이 없는지 여전히 웃음 띤 얼굴로 케이는 대답했다. 그 대답에 자일론의 얼굴이 더욱 묘하게 변했음은 말할 필요도 없었다.

"바빠 죽겠는데 여기서 다들 뭐 하고 노닥거리는 거예요?"

세 사람이 대화하는 가운데 카트린이 단상으로 올라오며 쏘아붙였다. DASH의 단원 모두 자일론의 친위대로 이번 진압군에 참가했다. 카류일 국왕은 퓨어와 세린에게는 어떻게든 작위를 주어 카이렌에 붙들려 했으나 두 사람 모두 완강히 거절하여 이런 형태로 자일론을 돕게 된 것이다.

그래서 용병단 DASH는 친위대 DASH로 이름을 바꿨다. 용병 길드에서 탈퇴한 것은 말할 필요도 없었다. 그리고 친위대장은 여전히 케이였다. 진압군 부사령관 겸 자일론 친위대 대장. 그것이 현재 케이의 직책이었다.

어쨌든 자일론의 친위대로 들어온 이들이라 이번 진압군 편성에도 음으로 양으로 많은 일들을 해내고 있었다. 그중 제반 지식에 능통한 카트린의 혹사가 가장 심했다. 케이가 좀 더 도와주면 좋으련만 케이는 다른 일을 보느라 그녀를 외면했다.

그랬기에 지금 단상에서 세 명이 느긋하게 이야기를 나누는 모습을 보고는 화가 나서 쏘아붙인 것이다.

"노닥거린다니, 무슨 말을 그렇게 하는 거야? 부대 편제에 관해서 사령관님께 보고하는 중이었는데."

카트린의 말에 케이가 능글맞게 웃으며 대답했다. 말이나 못하면 밉지나 않을 것인데 너무나 자연스러운 케이의 모습에 카트린의 화는 도를 넘어갔다.

"나는 사령관의 보좌관이니 옆에 착 달라붙어 있어야 한다구."

카트린의 상태를 눈치 채지 못한 브라이튼은 케이에 이어 유들거리며 한마디를 더했다. 그리고 그 한마디가 카트린에게는 결정타였다. 결국 도를 넘은 화가 폭발한 것이다. 그 폭발의 여파는 고스란히 브라이튼에게 돌아갔다.

"아악~!"

어느새 곁으로 다가온 카트린이 브라이튼의 옆구리 살을 있는 힘을 다해 잡고는 전력으로 비틀어 버린 결과는 브라이튼의 비명으로 나타났다. 그 모습을 본 자일론은 그저 웃을 뿐이었지만 카트린의 시선이 자신을 향하자 얼른 표정을 고쳤다.

"그래, 실버 기사단에 갔던 일은 어떻게 됐지?"

자일론이 진압군 사령관으로 임명되어 카이렌 각지에서 군사들을 끌어 모으기 시작한 지도 어느새 일주일이 지나 있었다. 그사이 반란군들의 움직임을 실버 기사단에서 감시하고 있었고 카트린은 그 정보를 얻으러 실버 기사단을 찾았던 것이다.

"여전해요. 여전히 버려진 땅에서 웅크린 채 세만 불리고 있다고 해요. 현재 그곳에 모인 군사 수가 대략 10만 정도라고 하네요."

"반란군 대장에 관한 사항은 없어?"

케이의 물음에 카트린은 고개를 절레절레 흔들었다.

"흐음… 10만이라. 수가 제법 많은걸. 과연 10년이나 준비를 했다는 건가. 케이, 우리 쪽은 병력이 얼마나 되지?"

적 병력의 수가 10만에 이른다는 카트린의 말에 자일론은 케이를 돌아보며 물었다.

"현재 5만 정도 모였어. 앞으로 모일 3만까지 하면 총 8만이 편성될 예정이지."

"우리가 2만 정도 열세인가?"

케이의 대답에 자일론은 심각한 어조로 중얼거렸다.

"뭐, 그 정도야 정규군과 반란군의 차이로 메울 수 있어. 너무 걱정 말라구."

자일론의 모습에 브라이튼이 애써 쾌활하게 웃으며 말했다.

"그렇다고 해도… 그들은 10년을 준비한 무리들인데……."

"설혹 그렇다 하더라도 우리가 있잖아. 너무 걱정 말라구."

자신의 어깨를 두드리며 격려하는 케이의 말에 자일론의 얼굴은 조금 밝아졌다.

"자일론 왕자님!"

그때 다급한 목소리가 들려왔다. 그리고 그 목소리와 함께 세차게 뛰어오는 발소리. 곧 카나카인 후작이 모습을 드러냈다.

"응? 카나카인 경, 이곳에는 무슨 일이지요? 조금 전 카트린이 실버 기사단에 다녀왔는데요."

갑작스러운 카나카인의 등장에 자일론은 고개를 갸웃거리며 물었다.

"긴급을 요하는 보고가 들어왔습니다. 그래서 제가 황급히 달려온 것입니다."

"설마……."

카나카인의 말에 무언가 머리를 스치는 일이 있는지 자일론이 중얼거렸다.

"예. 반란군이 움직이기 시작했습니다. 조금 전 들어온 보고입니다만 그들이 진군을 시작했다 합니다. 현재와 같은 속도라면 4, 5일 후면 버려진 땅을 벗어날 것으로 보입니다."

카나카인의 보고를 들은 자일론은 침음을 삼켰다.

"으음… 아바마마께는 보고를 드렸습니까?"

"예, 콘티넌트 공작께서 가셨습니다."

"이거 심각하군요. 그렇게 갑자기 움직이다니."

언젠가 움직일 것을 예상은 하고 있었지만 그 시기가 너무 공교로웠다. 반란군이 버려진 땅을 벗어나기 전에 입구를 틀어막을 계획이었는데 지금 상황이라면 그 계획은 불가능했다.

아직 모이지 않은 3만의 병력을 마저 모으고 출발한다면 적어도 일주일은 걸렸다. 그 사이 비는 이틀의 시간 동안 반란군은 충분히 이스트 산맥과 바스테르 산맥 사이의 평원에 자신들의 거점을 마련할 수 있었다.

현재 반란에 대한 정보는 중앙에서 철저히 통제하고 있어서 지방에서는 아는 이가 극히 드물었기 때문이다.

"반란에 대한 사실을 각 영지의 영주들에게 알려야 하나……."

"이미 늦었습니다. 지금 알려봐야 영주들은 도망가기 바쁠 겁니다. 무려 10만의 병력이니 1만도 안 되는 영지 병력으로 그들을 막으려는 영주는 없을 테니까요."

자일론이 고민할 때 옆에서 케이의 목소리가 들렸다. 카나카인 후작과 함께 자리하고 있어서 케이는 자일론에게 경어를 쓰고 있었다.

케이의 말에 카나카인 후작이 고개를 끄덕이며 동의했다.

"어떻게 한다……."

"일단 대전으로 가지요. 이미 회의가 소집되었을 겁니다."

홀로 고민하는 자일론의 모습을 보고는 브라이튼이 말했다.

"아니. 그럴 필요 없소, 콘티넌트 자작."

자일론과 함께 돌아온 후 브라이튼도 작위를 받아 현재 자작이었다. 소드 마스터에 대한 작위로는 조금 낮은 감이 있었지만 별다른 불만은 없었다. 어차피 작위는 올라갈 테니까. 작위가 낮다 해서 그가 소드 마스터라는 사실이 변할 리 없고 언젠가는 자신의 실력에 맞는 작위가 내려올 것이다. 이번의 경우는 갑작스레 등장한 케이가 후작이 되는 바람에 자작에 머무른 것일 뿐이었다.

케이가 브라이튼의 말을 끊자 모두의 시선은 케이를 향했다.

"어차피 회의라고 해봐야 별 도움도 안 되는 이야기만 오갈 텐데 일부러 참석할 필요는 없지요. 차라리 지금 당장 출진하는 편이 좋을 겁니다. 아직 정비하지 못한 3만의 병력은 정비가 되는 대로 후발대로 출발하면 될 테고요. 일단은 버려진 땅에서 반란군이 나오지 못하도록 틀어막는 것이 중요합니다."

케이의 말에 모두의 얼굴에 놀라움이 떠올랐다. 다만 카나카인 후작만이 과연이라는 표정으로 케이를 보고 있었다.

로이드가 그를 추천하면서 전술적인 능력도 탁월하다 했는데, 지금의 모습을 보니 로이드의 안목은 정확했다. 현재 케이의 생각은 카나카인 자신의 생각과도 일치했다. 다만 시간 안에 그곳에 도착할 수 있느냐 하는 문제가 남아 있었다.

이번 반란을 진압하는 데 핵심은 반란군이 버려진 땅을 벗어나지 못하게 하는 것이다.

버려진 땅에서 반란이 일어난 지 10년이 지났다면 어차피 버려진 땅은 완전히 반란군의 손에 넘어갔다고 봐야 했다. 하지만 그곳의 폐쇄적인 지형 덕에 아직 다른 지방에서는 반란의 사실조차 모르고 있었다. 반란군이 반란을 선포한 것도 왕궁에 직접 사신을 보내서였기에 지방에서는 반란 사실을 알 수 없었던 것이다.

그런데 반란군이 버려진 땅을 벗어난다면 사태는 심각해진다. 카이렌의 전역이 반란의 전화에 휩싸이게 되는 것이다.

카이렌은 커다란 산맥 둘로 인해 세 부분으로 나눌 수 있다. 카이렌의 중앙에서 약간 동쪽으로 치우친 이스트 산맥에 의해 카이렌은 동부와 서부로 나뉜다. 수도인 라디칼은 서부에 위치하고 있다. 그리고 동부의 한쪽 끝은 다시 바스테르 산맥에 의해 거의 고립되다시피 한 지형을 이루고 있다. 그곳이 바로 버려진 땅이다.

만약 반란군이 버려진 땅을 벗어난다면 일단 동부가 전화에 휩싸이게 된다. 이스트 산맥 때문에 동부로 군대를 보내는 데 상당한 시간이 걸리기 때문이다. 게다가 10만의 병력이 동부의 넓은 평원에 흩어져 있는 것을 일일이 찾아 진압하려면 시간이 많이 걸릴뿐더러 그 사이 혼란은 더욱 커진다.

버려진 땅에서 카이렌 본토로 나오는 길목이 하나뿐인 이상 그곳을 틀어막아 버려진 땅 내에서 반란군을 진압하는 것이 현재로서는 가장 좋은 방법이었다. 반란군도 그 사실을 모르지는 않을 터인데 지금껏 조용한 것을 이상하게 여겼더니 결국 움직임을 보인 것이다.

"하지만 이미 회의는 시작되었을 텐데?"

케이의 말에 자일론이 그를 보며 물었다.

"그래서요? 그렇다면 그 자리에서 출진하겠다고 하면 끝입니다. 이 시기를 놓치면 반란은 걷잡을 수 없이 커집니다. 버려진 땅의 길목을 먼저 차지하는 것이 무엇보다 시급합니다."

"지니어스 후작의 말씀이 옳습니다, 왕자님."

카나카인 후작도 케이를 거들었다. 두 사람의 말에 자일론은 고개를 끄덕이며 대전으로 향했다. 그 뒤를 브라이튼과 케이, 카나카인 후작이 뒤따랐다.

"카트린, 다른 사람들이랑 마무리 정비를 잘해놔. 돌아오면 바로 출진이니까."

케이가 남긴 말에 카트린은 서둘러 몸을 움직였다. 정말로 한시가 급한 상황이었다.

한창 회의가 진행 중인 대전에 갑자기 자일론이 들이닥쳐 곧 출진하겠다고 하자 그야말로 회의장은 한 번 뒤집어졌다가 제자리를 찾았다. 반란군의 수효가 10만에 이르렀다는 것은 이미 고위 귀족들의 귀에 들어가 있는 상태였다. 그런데 고작 5만의 병력으로 출진하겠다니, 미쳤다는 소리가 입에서 절로 새어 나왔다.

그러나 케이와 카나카인 후작의 강력한 설득과 주장에 카류일 국왕은 출진을 허락했다. 출진의 허락을 받고 대전을 당당한 걸음걸이로 벗어나는 자일론의 뒷모습을 바라보는 카류일 국왕과 로이드의 눈에는 걱정이 가득했다.

뚜벅뚜벅.

대전을 벗어나 걸어가는 자일론과 케이, 브라이튼의 걸음소리가 왕궁의 복도를 가득 채웠다. 두 사람은 말없이 그저 앞으로 걷고 있었다.

"저기, 케이."

그때 자일론이 슬며시 입을 열었다. 케이는 그런 자일론을 쳐다보았다.

"잠시 어마마마께 들렀다가 가면 안 될까? 그동안 바빠서 제대로 뵙지도 못했거든. 요즘 몸도 별로 안 좋아 보이시던데. 3년 만에 돌아와서 너무 바쁘게 보낸 것 같아. 이제 또 출진하면 어떻게 될지도 모르는데 인사는 드리고 가야 할 것 같아서."

자일론이 머뭇머뭇 말을 마치자 케이는 빙그레 웃으며 고개를 끄덕였다. 그러자 자일론은 밝게 웃으며 걸음을 빨리했다. 그들이 향한 곳은 일라나의 궁이었다.

자일론이 일라나와 시간을 보내는 동안 브라이튼을 한발 먼저 연병장으로 보낸 케이는 궁 입구에서 벽에 기대서서 기다리고 있었다. 한 사코 같이 가자는 자일론을 떼어내고 혼자서 기다리기로 한 것이다. 지금 일라나가 자신의 얼굴을 봐서 좋을 것은 없었다. 괜히 일라나 자신의 기분만 상할 뿐.

자신에게 개박살이 나서 죽을 뻔한 것이 불과 열흘 정도 전의 일이었는데, 지금 아들과 함께 들어서는 자신의 얼굴을 보아봤자 울화만 치밀 것이 뻔했다.

출진하러 가는 아들이 인사를 하러 왔는데 그래서야 아들에게도 어머니에게도 좋을 것은 없었다. 결국 홀로 남은 것이 자일론에 대한 작은 배려였다.

얼마나 시간이 지났을까? 자일론이 궁에서 걸어나왔다. 그 모습을 확인한 케이는 씨익 웃으며 걸음을 옮겼다. 자일론은 그런 케이의 곁에 다가와 함께 걷고 있었다.

궁 안에서는 일라나가 창밖으로 그런 아들의 모습을 지켜보고 있었다. 그녀의 눈에는 슬픔이 가득했다. 자신의 사소한 내기로 인해 전쟁터로 나가는 아들의 뒷모습을 보는 그녀의 얼굴은 처연하기 그지없었다.

그런 쓸쓸함 사이 안도의 눈빛도 함께 창밖으로 향하고 있었는데, 그 끝은 케이의 등에 닿아 있었다. 마음에 안 드는 녀석이지만 드래곤인 자신을 죽기 직전까지, 아니, 죽일 수도 있는 실력자다. 그런 그가 자일론의 곁에 있으니 무슨 일은 없을 거란 생각에 작은 안심을 하고 있었다.

지금의 일라나에게 중요한 것은 자일론의 안위이지, 내기의 승패가 아니었다. 두 번째 유희에서 일라나는 자신도 모르게 '어머니' 가 되어 있었다.

케이와 자일론이 연병장에 돌아오자 어느새 정리가 완벽히 끝나 있었다. 5만의 병력을 정비하기에는 턱없이 모자라는 시간이었는데 이렇게 일을 마쳐 놓은 것을 보면 일행의 능력이 대단하기는 했다.

잠시 연병장을 둘러본 케이는 일행을 이끌고 회의실로 향했다. 모두 회의실에 들어서자 중앙의 원탁에는 카이렌의 지도가 펼쳐졌다. 군사 목적으로 제작된 지도라 여행용 지도와는 감히 비교도 할 수 없는 정밀함을 보여주고 있었다.

"소식은 모두 들었을 거야. 잠시 후 출진한다. 그전에 일단 작전을 확실히 하기 위해 모두를 불러 모은 거야."

케이의 말에 모두의 시선은 케이를 향했다.

"일단 우리 군의 편제를 먼저 말하자면 총 병력 5만이다. 그중 1만이 기병, 1만이 궁병, 나머지 3만이 보병이다. 주력이라 할 수 있는 기병이 1만이나 된다는 것은 무척이나 다행스러운 일이지. 그리고 왕실에서 지원한 기사들이 100명 있어. 이들은 각 부대를 지휘할 거야. 우리는 자일론의 친위대이기에 자일론의 곁을 지키면 되지만 아무래도 직접 활약해야 할 일이 많을 거야. 전쟁을 빨리, 그리고 적은 희생으로 끝내려면."

거기까지 말한 케이는 한 명, 한 명을 마주 보았다. 자일론, 브라이튼, 퓨어, 세린, 바볼랏, 발린, 카트린. 모두의 얼굴에는 비장함이 엿보였다. 지금 그들은 사람을 죽이기 위한 전쟁을 앞두고 있었다. 퓨어만이 비장함보단 안타까움이 강했다.

"얼마 전 들어온 소식에 의하면 반란군이 움직이기 시작했다고 한다. 그들이 카이렌으로 진출하려면 반드시 이곳을 지나야 하지. 길목은 단 한 군데이니까. 지도를 보면 알겠지만 바로 이곳이야."

케이는 지도의 한곳 바스테르 산맥의 끝 자락을 가리켰다.

"무척이나 좁은 곳이긴 하지만 산맥의 끝부분답지 않게 이곳은 평원이야. 즉 군대를 빠르게 운용할 수 있다는 말이지. 그런 만큼 우리는 반란군보다 먼저 이곳에 도착해서 진을 구축하고 있어야 해. 현재 예측으로 반란군이 이곳에 도달하려면 4일 정도 걸릴 거라고 해. 하지만 그 시간은 반란군이 버려진 땅 쪽 입구에 도착하는 시간이고, 이곳을 지나는 데 하루 정도 소요되겠지. 즉 우리에게는 5일의 시간이 있다는 소리야. 하지만 제대로 된 준비를 하려면 우리도 입구까지 4일 안에 도착해야 해."

케이의 말에 모두의 얼굴은 어두워졌다. 말이 4일이지 카이렌의 땅은 넓었다. 중앙인 수도에서 그곳까지의 거리는 최소한 일주일은 걸리는 거리였다. 그것도 서둘렀을 때의 이야기였다. 그런데 4일 안에 가야 한다니 무척이나 어려운 일이었다.

"가능할까요, 케이? 우리끼리 여행한다면 모르지만 5만의 병사들을 이끌고 가야 한다구요. 그런데 4일 안에 가야 한다니, 불가능해요."

바볼랏이 고개를 저으며 말했다. 그 말에 모두들 고개를 끄덕였다.

"불가능하다면 내가 이런 작전을 꺼내지도 않았지. 보통 사람이라면 불가능하겠지만 우리라면 가능해."

자신에 찬 케이의 말에 모두들 고개를 갸웃거렸다.

"일단 배를 타고 시피 강 하류까지 갈 거야. 이스트 산맥을 지나친

곳까지 말이야. 그리고 하루 동안 이동한 후 그곳에서 마법진으로 이동한다. 이게 내 생각이야."

케이는 간략하게 자신의 계획을 들려주었다.

"말도 안 돼요!"

카트린이 가장 먼저 큰 소리로 반대했다.

"5만 명을 마법진으로 이동시키겠다고요? 그게 얼마나 미친 짓인지 알아요? 하루 만에 그 정도의 사람을 이동시키려면 대체 몇 명의 마법사가 탈진해 나가떨어져야 하는지 알기나 해요?"

케이의 무모한 계획에 카트린의 목소리는 절로 높아졌다.

"물론 힘든 일이지. 하지만 불가능하지는 않아. 나에게 그 정도의 마나는 있으니까. 다만 나도 하루 정도는 탈진해 있어야겠지."

케이의 대답에 카트린은 어이없는 표정을 했다. 케이가 9서클의 마스터라는 것은 처음 만났을 때 발린에게서 들었고 또 그 마법 실력도 확인을 했다. 그러나 5만 명을 마법진으로 이동시키려면 어마어마한 양의 마나가 필요했다. 아무리 9서클 마스터라지만 너무 무모한 계획이었다.

그러다가 테리고이드 영지에서의 일을 떠올렸다. 케이가 폴리모프를 사용해 늑대로 변한 일을. 거기까지 생각이 미치자 카트린의 얼굴이 기묘하게 변했다.

그때 케이는 폴리모프 상태를 상당한 시간 동안 유지하고 있었다. 그 정도의 시간을 유지하려면 얼마나 많은 마나가 필요할까? 물론 케이의 폴리모프는 정반대로 인간의 모습을 하고 있는 것이며 마나가 거의 소모가 안 되었지만 그 사실을 모르는 카트린은 다르게 생각했다.

인간인 케이가 그 정도 시간을 늑대로 폴리모프하다니. 엄청난 마나의 소유자라는 데까지 생각이 미친 것이다.

"어쩌면 가능하겠네요."

결국 케이가 가진 마나의 양을 어느 정도 추측한 카트린이 곱게 자리에 앉았다.

'늑대의 모습으로 돌아간다면 이곳 라디칼에서 그곳으로 바로 이동시킬 수도 있다구.'

하지만 에르데미안이 건 금제로 인해 케이는 최대한 버려진 땅의 입구와 가까운 곳까지 이동해야 했다. 현재 상태로는 바로 텔레포트시킬 수 없었기에.

"저기, 그런데 케이. 케이의 말대로라면 배를 타고 이틀 만에 시피강까지 가겠다는 건데, 그건 가능하겠어? 이동 마법진이야 케이가 조금 무리하면 된다고 하지만."

자일론이 케이의 계획을 듣던 중 고개를 갸웃거리며 물었다. 분명 배로 이틀 만에 가기에는 무척이나 먼 거리였다. 그러나 케이는 그의 물음에 빙그레 웃으며 세린을 바라보았다.

케이의 눈길을 따라 모두의 눈은 세린을 향했다.

"아하, 그 수가 있었군요."

케이의 생각을 눈치 챈 바볼랏이 탄성을 질렀다. 역시 이런 쪽의 잔머리는 바볼랏이 빨랐다. 이번에는 다들 바볼랏을 바라보았다.

"세린이 바람의 정령들을 불러내서 배의 속도를 최대한으로 올린다. 이런 계획이죠, 케이?"

바볼랏의 말에 케이는 고개를 끄덕였고 모두들 과연이라는 얼굴을 했다.

"자, 그럼 모두들 정리됐지? 그럼 출발하자구."

그 말을 끝으로 모두 회의실 밖으로 나왔다.

사령관인 자일론의 연설이 끝나자 진압군은 보무도 당당하게 출진을 했다. 라디칼의 시가지를 가로지르는 진압군의 모습에 시민들은 갑자기 웬 군대가 출진하는지에 대해 궁금해했지만 그 이유를 알아낼 수는 없었다.

라디칼을 벗어난 군대는 곧장 동쪽으로 향했다. 라디칼에서 가장 가까운 일라나 강의 선착장으로 향한 것이다. 배를 이용한 이동은 케이가 미리 카나카인 후작에게 말해 두었기에 급한 대로 인원 수에 맞게 탈 수 있는 배들이 준비되어 있었다.

모두 상선이었지만 해상전이 목적이 아니라 이동이 목적이었기에 큰 무리는 없었다. 대형 선박 80여 척에 모두들 올라타자 배가 서서히 움직이기 시작했다. 곧 돛은 순풍을 맞으며 세차게 펄럭이기 시작했고 배는 물 위를 미끄러지며 빠르게 나아갔다.

"엘라임."

뱃머리에서 강을 바라보던 케이가 나직이 엘라임을 소환했다.

『무슨 일이야, 케이?』

강물이 솟아오르며 사람의 형상을 띠었다.

"부탁할 게 있어서 불렀지."

『뭔데?』

"지금 강 위를 움직이는 배들 있지?"

『응? 실레스트들이 죽어라 밀고 있는 배들 말이야?』

케이의 말에 잠시 주위를 둘러본 엘라임이 말했다.

"그래. 사실 미네르바한테 배를 좀 밀어달라고 부탁하고 싶었지만 이틀이나 미네르바를 소환하는 것은 솔직히 세린에게는 무리라서 말이야. 할 수 없이 실레스트들을 불렀지."

『그래서 나한테 부탁하고 싶은 게 뭔데?』

엘라임의 물음에 케이는 지그시 엘라임을 바라보았다.

『뭐야, 그 눈은……?』

"너, 알면서 묻는 거냐? 아니면 몰라서 묻는 거냐?"

은근한 시선과 함께 나온 케이의 물음에 엘라임은 티꺼운 표정을 지었다.

『알았어. 쳇, 배를 밀어주면 될 거 아냐? 정령왕이나 되어서 배나 밀고 있다니, 이건 말도 안 되는 일이야.』

아무래도 정령왕 체면에 배를 미는 것이 내키지 않았던 엘라임이 케이의 의도를 알면서도 모른 척하고 있었던 것이다. 엘라임이 물속으로 사라지자 배들의 속력은 더욱 빨라졌다.

바람의 변화도 없이 갑작스레 빨라진 배의 속도에 배를 탄 사람들은 모두들 놀랐다. 오직 세린만이 어찌 된 일인지 알고는 케이의 뒷모습을 보며 살짝 웃음 지었다. 그런 세린의 귀로 쉴 새 없이 엘라임의 투덜거림이 들려왔다.

배를 밀고 있으면서도 불만에 찬 엘라임은 그 불만을 세린에게 풀어놓고 있었던 것이다.

"음. 이 정도면 이틀 안에 갈 수 있겠지?"

잠시의 혼잣말 후에 케이는 텔레포트로 배 위에서 사라졌다. 그리고

해가 저물 때쯤에 배로 돌아왔다. 계속해서 이동하고 있는 배의 위치는 엘라임을 통해서 알 수 있었다. 소환자와 피소환체는 정신적으로 묶여 있기 때문에 가능한 일이었다.

어디론가 사라졌다 돌아온 케이는 선실로 들어가 무언가를 쓰기 시작했다. 제법 많은 종이에 그림을 그리기도 하면서 쉼 없이 글을 써 내려갔다.

그렇게 출진 첫날 밤은 깊어갔다.

다음날 아침.

케이들은 배 위에서 출진 이틀째의 아침을 맞이했다. 잠을 제대로 자지 못했는지 케이의 눈에 붉은 기가 감돌았다.

"케이, 눈이 왜 그래?"

그 모습에 자일론이 걱정스레 물었다.

"뭐, 별일 아니야. 그것보다도 이거나 받아둬."

케이는 자일론에게 두툼한 봉투를 건넸다. 이게 뭐냐고 묻는 자일론에게 케이가 말했다.

"버려진 땅의 입구에 도착하거든 거기에 쓰인 대로 해. 괜스레 미리 열어보지 말고. 버려진 땅 입구에 도착하면 난 하루 정도는 탈진해 있을 테니까."

케이의 말에 자일론은 고개를 끄덕이며 그 봉투를 품에 넣었다.

정확히 말하면 아마 하루 정도 운공을 해야 해.

자일론이 봉투를 품에 넣는 것을 보며 케이는 전음으로 살짝 말한 후 몸을 돌렸다.

"자, 그럼 마법진을 그리러 가야지. 퓨어, 발린, 함께 가자."

케이의 말에 바볼랏이 의아한 듯 물었다.

"케이 혼자 가도 될 것 같은데 왜 둘을 데려가는 거죠?"

그 물음에 오랜만에 케이는 한심하다는 눈빛으로 바볼랏을 쳐다보는 기회를 얻었다. 익숙했지만 오랜만에 받아보는 눈빛에 바볼랏의 얼굴에는 여지없이 불쾌한 빛이 떠올랐다.

"마법진으로 이동하려면 출발지와 도착지의 두 곳에 마법진을 그리는 것이 보다 안전하고 마나 소비가 적은 이동을 할 수 있다는 것은 알지?"

케이의 물음에 바볼랏은 당연하다는 듯 고개를 끄덕였다.

"결국 마법진을 두 곳에 그려야 하는데 한 곳은 누군가가 지켜야 하지 않겠어? 혹시라도 모르니까. 그리고 난 몸이 한 개지 두 개가 아니라구."

케이의 말에 바볼랏은 그제야 알겠다는 듯 고개를 끄덕였다. 그런 한편으로는 떨떠름한 표정이 떠올랐다. 가만히 생각해 보면 너무도 간단한 이치인데 괜히 물어 케이에게 또다시 무시를 당했다 생각하니 억울했던 것이다.

그런 바볼랏을 뒤로하고 케이는 일행에게 인사를 남긴 후 둘을 데리고 텔레포트했다.

세 사람이 도착한 곳은 한쪽으로 높다란 산맥이 보이는 평원이었다.

"이곳은?"

"버려진 땅으로 들어가는 입구지."

발린의 물음에 케이가 답했다. 케이는 허리에서 은무를 뽑았다. 그리고 검강을 일으켜 검을 꼿꼿이 세웠다. 그 모습을 퓨어는 유심히 지켜보았다.

케이는 곧 은무를 허공으로 던졌다. 그러자 놀랍게도 은무는 허공을 홀로 움직이기 시작했다. 은무는 허공을 움직이며 바닥에 마법진을 그리기 시작했다. 그 모습에 퓨어와 발린은 놀란 입을 다물지 못했다. 이런 것은 들어본 적도 없었다. 전설 속에도 이런 이야기는 없었다.

두 사람이 놀람에 빠져 멍하니 있는 동안 거대한 마법진은 서서히 완성되고 있었다. 하나의 마법진이 완성되자 케이는 곧 은무를 거둬들여 허리에 꽂았다.

"이게 대체 뭐죠, 케이? 이런 검술이 있다는 것은 들어본 적도 없어요."

놀람에 찬 퓨어의 물음이 케이를 향했다.

"이기어검술(以氣馭劍術)이라는 거지. 오러 소드의 다음 단계라면 다음 단계야. 이건 하루 동안 이곳을 지키는 것에 대한 답례라고 할까? 그냥 지키면 심심하니까 한번 생각해 봐. 이건 가르쳐 준다고 할 수 있는 게 아니라 스스로 깨달아야 하니까."

케이의 말에 퓨어는 곧 가부좌를 틀고는 명상에 잠겼다. 검에 대한 퓨어의 열정은 정말이지 대단하다고밖에 할 수 없었다. 그 모습을 지켜본 케이는 싱긋 웃은 후 마나를 모아 두 개의 마법진을 더 그렸다.

이렇게 마법을 이용하면 마법진을 쉽게 그릴 수 있었지만 퓨어에게 새로운 경지를 보여주기 위해 일부러 이기어검술을 사용했던 것이다.

모두 세 개의 마법진을 그린 후 곧 은폐 마법을 사용해서 마법진의 혼적을 지웠다. 그리고는 만족스런 얼굴로 주위를 둘러보았다.

"대체 한 번에 몇 명을 이동시킬 수 있는 마법진인가요?"

커다란 마법진의 규모에 발린이 케이에게 물었다.

"음. 한 번에 200명씩 이동할 수 있는 마법진이야. 세 개를 그렸으니 한 번에 600명이 이동할 수 있지."

"세 개를 동시에 운용하려고요?"

"물론. 이 정도가 마나를 가장 효율적으로 사용할 수 있으니까. 그나저나 너도 심심할 테니까 잘 봐둬. 두 번은 안 보여주니까."

그렇게 말한 케이는 어느 때보다 선명하게 보이도록 하고는 몸 주위로 마나를 배열했다. 그리고는 텔레포트로 사라졌다.

케이가 사라지자 발린은 곧 자리에 주저앉아 케이가 보여준 마나의 배열을 거꾸로 역산하기 시작했다. 지금껏 보지 못한 새로운 수식의 배열이었기에 발린은 마법식 안으로 빠져 들어갔다.

홀로 텔레포트한 케이는 아무것도 없는 평원에 모습을 드러냈다. 아무런 좌표도 없이 곧장 이리로 텔레포트한 것을 보면 이미 한 번 다녀간 것 같았다.

케이는 도착하자마자 곧 마법진 세 개를 그려내고는 자리에 가부좌를 틀고 앉았다. 지금까지 내색은 안 하고 있었지만 엘라임이 사용하고 있는 마나의 양이 제법 되었던 것이다.

"음, 지금부터 운공을 할 거면 차라리 미네르바도 불러내는 것이 나을까? 그러면 더 빨리 도착할 테니."

운공을 시작하기 전 케이는 중얼거렸다. 가만히 생각해 보니 지금부터 운공을 한다면 어차피 마나는 남게 된다. 그렇다면 미네르바를 소환해도 별 무리는 없을 거라는 계산이 나왔다.

생각이 거기에 이르자 케이는 즉시 실행에 옮겼다.

"미네르바."

케이의 부름과 함께 바람이 일며 미네르바가 모습을 드러냈다.

『무슨 일이야? 엘라임도 불러내더니.』

지리한 표정을 지으며 미네르바가 물었다.

"뻔히 알면서 모르는 척하지 마. 어차피 실레스트들을 통해서 들었을 거 아니야."

소환되자마자 의뭉을 떨어대는 미네르바를 보며 케이는 어림없다는 투로 말했다.

『뭐, 배 위에서 소환했으면 모르되, 여기는 아무것도 없는 평원이잖아. 그래서 그랬지.』

"그러면 배 있는 곳으로 가서 엘라임을 도와줘. 배의 항로는 이미 정해두었으니까."

『쳇, 역시 그 일이었나. 난 또 설마 했지. 그럼 난 간다.』

케이의 말에 미네르바는 투덜거리며 바다를 향해 날아갔다. 그 모습을 확인한 케이는 곧 주변에 마법진과 진법을 펼치고는 운공에 들어갔다.

정령왕을 둘이나 불러낸 덕에 상당한 마나의 소모를 느끼고 있었지만 혼원심법을 운용하자 곧 편안해졌다. 그리고 서서히 단전에 마나가 차오르기 시작했다. 하지만 차오르는 양은 극히 미미했다.

그럴 수밖에 없는 것이 차는 족족 엘라임과 미네르바가 가져다 써버리니 모으는 속도가 느렸다. 그러나 시간은 많았기에 케이는 느긋하게 운공을 했다. 그러면서 자연검과 혼원심법의 구결에 관한 참오를 거듭했다. 모처럼 혼자만의 시간을 헛되이 흘려보낼 수는 없었던 것이다.

케이가 운공 삼매경에 접어든 이때 미네르바가 항해를 돕자 배의 속도는 더욱 빨라졌다. 미네르바가 나타나자 세린은 곧 실레스트들을 정령계로 돌려보냈다. 그리고는 한숨을 쉬며 주저앉았다.

"후우. 케이 오빠는 정말 대단하네요. 저는 실레스트들을 하루 이상 소환해 낸 것으로도 이렇게 지치는데, 정령왕을 둘씩이나 소환해 내다니……."

세린의 곁에 있던 바볼랏은 그 소리에 빙그레 웃었다.

"뭐, 케이는 드래곤도 잡으니까 우리랑은 비교를 말아야지. 그리고 세린 너도 충분히 대단하다구. 현재 대륙의 인간 중 유일할 거야."

"그런가요?"

바볼랏의 말에 땀에 젖은 얼굴로 세린은 빙긋 웃었다. 햇빛이 땀방울에 반사되어 아름다운 세린의 얼굴을 더욱 화사하게 만들어주고 있었다.

케이의 수고 덕에 항해는 순조로웠다. 정령왕들이 배를 밀고 있는 덕인지 간혹 나타난다는 수중 몬스터들도 얼씬도 하지 않았다. 날씨역시 더없이 좋았다. 그렇게 예정보다 빠른 둘째 날 오후에 배는 목적한 곳에 도달할 수 있었다.

이것도 중간부터 미네르바가 도운 덕분이었다. 배가 목적한 곳에 닿자 미네르바와 엘라임은 곧 정령계로 돌아갔다. 그사이 세린은 그 둘에게 고맙다는 말을 남기는 것을 잊지 않았다. 세린의 인사에 두 정령왕은 언짢은 가운데서도 웃음을 지으며 돌아갈 수 있었다.

예정보다 일찍 도착하자 자일론은 부대를 빠르게 운용했다. 해가 질 때까진 시간이 제법 남았기에 조금이라도 행군 후 야영 준비를 하기로 결정했다.

자일론의 명령에 전군은 전속 전진했다. 조금이라도 빨리 버려진 땅의 입구에 도착하는 것이 중요했기에 약간의 무리수를 두는 것이었다. 빡빡한 강행군에 불평이 나올 만도 했지만 잘 훈련된 정규군들만을 뽑아서인지 명령에 잘 따랐다. 그 모습에 자일론은 흡족해하며 말의 옆구리를 박찼다.

상당한 거리를 이동한 후 진압군은 야영터를 마련하고 쉴 수 있었다.

"제법 빠르게 이동했어. 이 정도면 예정보다 반나절은 빠르게 도착할 것 같은데?"

막사에서 자일론을 보며 브라이튼이 말했다.

"그래. 전부 케이 덕이지."

"대체 넌 그 녀석을 어떻게 알게 된 거야? 도저히 인간이라고 생각할 수가 없다구."

자일론의 입에서 케이의 이름이 나오자 브라이튼은 고개를 흔들며 물었다. 여태 지켜봐 오면서 케이라는 존재에게 놀란 적이 수차례지만 이번은 정도가 너무 심했다.

"뭐, 비밀이야."

싱거운 자일론의 대답에 브라이튼은 피식 웃었다.

"그나저나 세린 누나는 좀 괜찮은 거야? 이곳까지 정령들을 이용해 배를 밀어왔으면 무척이나 지쳤을 텐데."

세린에게 생각이 미친 자일론이 브라이튼에게 묻자 브라이튼은 웃으며 대답했다.

"안색이 조금 나쁘긴 했는데 피곤해서 그렇다는군. 오늘 하루 푹 쉬면 괜찮아진다고 자신의 막사에는 근처에도 오지 말라던걸."

"그래?"

실상 배의 이동을 도운 정령왕들은 케이가 불러낸 것이었지만 둘은 그것을 몰랐다. 그랬기에 모두 세린의 수고로 생각하고 있는 것이었다.

"그럼 우리도 쉬어야지. 내일 강행군을 해서 나가려면 휴식이 가장 필요하지."

"야간 경계는?"

자일론의 말에 브라이튼이 물었다.

"이곳은 괜찮겠지. 모두들 푹 쉬라고 해. 반란군과 부딪치는 것은 버려진 땅 입구부터니까. 그곳까지 전속력으로 가려면 푹 쉬는 게 제일 중요하니까."

자일론의 대답에 브라이튼은 고개를 끄덕이고는 막사를 나갔다. 그리고 각 부대장인 기사들을 불러 자일론의 명령을 전달했다. 명령을 받은 기사들은 일사불란하게 움직였고 곧 부대의 야영지는 밤의 고요 속으로 녹아들어 갔다.

"대장님, 카이렌에서 밀서가 도착했습니다."

방문이 세차게 열리며 한 사내가 들어섰다. 그 사내는 책상에 앉아 지도를 바라보고 있던 청년에게 다가가 종이 한 장을 내밀었다. 사내 에게서 종이를 건네받은 청년은 잠시 그 내용을 읽더니 곧 태워 버렸 다.

"수고했네. 그만 가봐."

청년의 말에 사내는 인사를 하고는 방 밖으로 나갔다.

"흐음. 배로 이동을 시작했다라… 사흘 전에 출발했으니 앞으로 3, 4일은 더 가야 육지로 내려오겠군. 생각보다는 빠른 대응이었지 만 이미 늦었어. 그때쯤이면 우리는 이미 동부 평원에 거점을 마련한 이후니까."

대장이라는 청년은 자신만만한 미소를 지으며 중얼거렸다. 카이렌 의 진압군이 배로 이동을 하는 것은 의외였지만 그래도 자신이 예측한 오차 범위 안의 일이었다. 20년 가까이 아버지와 준비한 계획이다. 어 긋날 이유가 없었다.

청년이 자신만만한 미소를 지으며 창밖을 바라보는 그때 자일론은 강행군 끝에 케이가 기다리고 있는 곳에 도달할 수 있었다.

자신의 생각대로 처음 예정보다 빠르게 도착하는 부대를 보며 케이 는 반갑게 자일론을 맞았다. 전날 서둘러 행군을 해둔 덕에 점심 무렵 에 마법진이 위치한 곳에 이를 수 있었다.

진압군은 도착하자마자 서둘러 식사를 마치고는 곧 200명씩 조를 짜 마법진에 올랐다. 세 개의 마법진이 모두 차는 순간 케이의 입에서 시동어가 흘러나왔고 그렇게 600명씩 버려진 땅의 입구로 이동해 갔 다.

한 번에 600명씩 총 5만여 명의 이동. 마법진은 모두 84번 구동되었고 마지막으로 마법진의 흔적을 지운 케이가 버려진 땅의 입구로 텔레포트했다. 그리고는 그곳의 마법진을 지운 후 곧 이미 만들어져 있는 자신의 막사로 들어가 뻗어버렸다.

그 모습을 케이의 일행은 안타까운 눈으로 바라보았다. 결코 인간은 할 수 없을 것만 같던 일을 해내고 탈진하는 케이의 모습이 존경스러운 한편 걱정도 되었던 것이다.

막사 안의 간이 침대에 누워 잠시 체력을 회복한 케이는 곧 결계와 마법진, 진법을 막사 주위에 펼치고 운공에 들어갔다. 인간의 모습에서 사용할 수 있는 마나가 거의 바닥났기에 운공을 시작한 것이다. 스카풀라나 일라나와 싸웠을 때도 이렇게까지 지치지는 않았다.

환생한 후 이렇게 탈진하기는 일라나와의 첫 싸움 이후 두 번째였다.

모든 부대의 이동을 마쳤을 때는 이미 해가 지고 있었기에 야간 경비조를 제외하고는 저마다의 자리에서 휴식에 들어갔다.

자일론도 자신의 막사에 들어와 전날 케이가 전해준 봉투를 꺼내서 그 내용물을 보고 있었다. 봉투가 두꺼웠던 만큼 그곳에는 많은 종이가 들어 있었고 모든 종이는 무엇인가 빼곡하게 적혀 있었다.

자일론은 밤이 깊어가는 줄도 모르고 그것들을 꼼꼼히 읽어 나갔다. 그것을 모두 읽었을 무렵 자일론은 케이가 자신의 친구라는 것이 더없이 든든했다.

다음날. 날이 밝자마자 자일론은 바빴다. 전날 밤 읽은 것들을 실행하려면 한시도 아까웠다. 다행히 이틀의 여유를 벌었기에 망정이지, 처음 계획대로 4일 만에 도착했다면 정말이지 정신없이 바쁠 뻔했다.

각 부대의 대장들은 자일론의 명령에 따라 일사불란하게 움직였다. 일부는 바스테르 산맥 안으로 들어갔고 일부는 평원을 따라 버려진 땅 안으로 들어가기도 했다. 그렇게 분주하게 반란군을 상대할 준비를 하며 이틀이 흘러가고 있었다.

버려진 땅의 입구에 진을 치고 준비를 하는 동안 케이는 자신의 막사에서 꼼짝도 하지 않았다. 식사 시간에도 나오지 않았기에 걱정이 되었지만 케이가 미리 해둔 말이 있었기에 누구도 그의 막사 근처에는 가지 않았다.

그동안 퓨어와 발린 역시 식사 때를 제외하고는 자신의 막사에서 꼼짝도 하지 않았다. 케이가 둘에게 보여준 그것 때문이었다. 그렇게 세 사람이 눈에 띄지 않는 가운데 출진 후 6일째의 날이 밝아오고 있었다.

제   48   식

전투

전투

버려진 땅의 입구에 도착한 지 3일째. 버려진 땅으로 향하는 평원에서 작은 먼지구름이 진압군의 진지를 향해 피어올랐다. 척후로 내보냈던 기병대였다.

"척후들이 돌아오는군."

멀리서 달려오는 대여섯 기의 기병들을 보며 브라이튼이 중얼거렸다.

"그래, 이제 슬슬 반란군의 흔적이 보일 때가 됐는데 말이야."

브라이튼의 중얼거림에 자일론이 답했다.

그사이 척후조의 조장이 보고를 위해 자일론에게로 달려와 한쪽 무릎을 꿇고 허리를 숙였다.

"멀리 반란군의 모습이 보였습니다. 오늘 오후쯤이면 아마도 반란군과 조우하게 될 것입니다."

조장의 보고에 자일론은 고개를 끄덕였다.

"수고했다. 가서 쉬도록."

자일론의 말에 조장은 인사를 하고는 물러났다.

"들었지? 브라이튼, 준비는 어때?"

"완벽하지. 이틀에 걸쳐 한 건데."

브라이튼의 대답에 자일론은 미소 지었다.

"그래도 조심해야지. 지난번 포스 산에서의 그 석궁은 정말 무서웠으니까."

자일론의 말에 브라이튼도 그때 생각이 떠올랐는지 얼굴이 딱딱하게 굳었다.

"하지만 우리는 저놈들의 예상보다 훨씬 빨리 도착했다구. 척후조도 없는 걸 보면 아마 우리가 이곳에 도착한 것을 상상도 못하고 진군하고 있는 게 틀림없어."

브라이튼의 말에 자일론도 동의했다.

"그건 그래. 그것까지 계산하고 케이는 서둘러 출진하자고 했으니까. 지난번 포스 산의 일로 왕궁 안에 첩자가 있다는 걸 알고 그 첩자를 역이용한 것이지. 나도 이곳에 도착하고서야 알았지만 말이야."

"하긴 그때는 빨리 도착해야 하니 서둘러 출진해야 한다고만 했지 4일 안에 도착할 수 있다고는 안 했으니까."

출진 당시의 상황을 회상하며 브라이튼이 대답했다.

"우리는 적의 상황을 알고 있고 적은 우리의 상황을 몰라. 이걸로도 이미 우리가 상당한 이득을 취하고 전투를 시작하는 거라구."

자일론의 자신에 찬 말에 브라이튼의 얼굴에는 가는 웃음이 떠올랐다.

"몰라보게 변했는걸. 출진 전 책임의 무게에 힘겨워하던 자일론 왕자님은 어디로 간 거지?"

브라이튼의 가벼운 농담에 자일론은 피식 웃었다. 자일론은 각 부대의 부대장들을 모아서 다시 한 번 작전에 대한 지시를 했다. 부대장 모두 진지한 얼굴로 자일론의 지시를 들었다. 그리고 자일론의 지시가 끝나자 모두 저마다의 위치로 이동했다.

만반의 준비를 마치고 반란군을 기다리길 한참여, 먼 하늘에 먼지구름이 뭉게뭉게 피어올랐다.

"드디어 왔군."

반란군에서도 진압군의 진영을 발견한 것일까? 먼지구름이 피어오르기는 했지만 좀처럼 다가오지 않았다. 아마도 뒤늦게 진압군의 모습을 발견하고는 전열을 정비하고 있으리라.

한참 후 석궁병을 앞세운 반란군이 서서히 전진을 해오고 있었다.

"방패병 앞으로!"

그 모습을 발견한 자일론이 큰 소리로 명령을 내렸다. 그러자 두 사람 정도를 가릴 수 있는 거대한 방패를 든 보병들이 일사불란하게 대열의 선두로 나섰다.

그리고 얼마 지나지 않아 하늘이 새까맣게 뒤덮였다. 반란군들이 석궁을 쏘아대기 시작한 것이다. 과연 반란군은 지난번의 포스 산에서 보았던 그 석궁으로 무장을 한 듯했다. 일반 활과는 비교도 안 되는 연사 속도로 하늘을 온통 쿼렐 천지로 만들어놓고 있었다.

그것을 감안하여 일반 방패보다 훨씬 큰 것으로 준비해 왔지만 곧 희생자들이 속출하기 시작했다. 아무래도 그 많은 쿼렐을 모두 막기에는 역부족이었던 것이다.

그럼에도 자일론은 별다른 조치도 취하지 않은 채 묵묵히 상대의 쿼렐 공격을 막고만 있었다. 계속해서 쿼렐에 희생되는 병사들의 비명소리가 울렸지만 자일론은 꿈쩍도 하지 않았다.

그러던 중 두 곳에서 먼지구름이 피어오르기 시작했다. 그리고는 곧 반란군의 후미가 소란스러워졌다. 전날 산속으로, 그리고 평원의 어디로 사라졌던 진압군의 부대였다.

그들은 매복한 후 반란군이 지나가기를 기다렸다가 그들이 석궁 공격에 집중하는 틈을 타 허술해진 후미를 친 것이다. 진압군은 곧 반란군의 후미를 온통 휘젓고 다녔다. 때문에 전열이 흐트러져 곧 반란군은 우왕좌왕하기 시작했다. 그러면서 쿼렐들의 수도 점차 줄어들기 시작했다.

자일론은 그 틈을 놓치지 않았다.

"전군 돌격!"

자일론의 외침에 진압군은 커다란 함성과 함께 돌격해 들어갔다. 자일론은 제일 선봉에서 검을 휘두르며 앞으로 앞으로 나아갔다. 그들을 저지하기 위해 쿼렐들이 날아왔지만 빠른 속도로 달려간 덕에 금방 석궁의 사거리를 벗어날 수 있었다.

곧 반란군의 선봉과 마주치자 자일론의 검은 인정사정없이 반란군 사이를 누비기 시작했다. 자일론이 한 번 검을 휘두를 때마다 어김없이 한 명씩 나가떨어졌다. 그런 자일론의 검은 영롱한 빛을 내고 있었다.

"소, 소드 마스터다!"

자일론의 검에 맺힌 오러 블레이드를 확인한 반란군 병사들은 급격한 공포에 질려 도망가기에 바빴다. 그 곁에서 브라이튼 역시 오러 쓰레드를 입힌 검으로 반란군을 베어가기 시작했다.

"또… 소드 마스터다! 소드 마스터가 둘이다!"

일반 병사들 중에는 상급의 소드 마스터와 중급의 소드 마스터를 구별할 수 있는 눈이 없었다. 그저 모두 소드 마스터인 것이다. 하나도 아닌 둘이나 되는 소드 마스터의 등장에 겁에 질린 병사들은 자일론과 브라이튼이 다가오면 도망치기에 바빴다.

그런 그들 위로 불덩이들이 날아들었다. 카트린이 쏘아낸 파이어 볼이었다. 파이어 볼이 한두 개도 아닌 수십 개가 사방으로 퍼져 나갔다. 그것은 카트린의 오른팔에서 아름다운 빛을 뿌리고 있는 건틀릿 덕에 가능한 일이었다.

후미가 교란되는 가운데 선두도 자일론의 돌격에 의해 무참히 박살 나자 반란군들은 심하게 동요하기 시작했다. 곧 무기를 버리고 도망치는 자가 속출하기 시작했다.

의외의 사태에 중앙에 있던 반란군 대장은 당황하기 시작했다.

"어떻게 이런 일이… 진압군이 벌써 이곳에 도착해 우리를 기다리고 있었다니. 카이렌에서 온 소식대로라면 아직 일라나 강에 있어야 하거늘……."

"그게 중요한 것이 아니다. 어떻게든 이 위기를 넘겨야 한다. 일단 후퇴하도록 하자!"

청년이 망연자실하게 중얼거릴 때 옆에서 호통 소리가 들려왔다.

"네, 아버지."

호통 소리에 정신을 차린 청년은 곧 주위를 둘러보았다. 부대는 앞과 뒤, 양쪽, 아니, 정확히는 세 곳에서 공격을 받고 있었다. 후퇴하기 위한 틈을 찾는 것이 쉽지는 않았다. 그러던 중 바스테르 산맥 쪽의 공격이 허술한 것이 눈에 띄었다.

"전군 후퇴하라~!"

청년은 큰 소리로 명령을 내렸다. 그리고 후퇴 방향을 지시하며 그곳을 향해 빠르게 말을 몰아갔다. 후퇴 명령이 떨어진 이상 더 이상 싸울 필요가 없어진 반란군 병사들은 저마다 달아나기에 바빴다. 무기고 뭐고 챙길 여유도 없었다. 그저 살기 위해 발을 놀릴 뿐이었다.

대장의 선도로 반란군은 바스테르 산맥에 바짝 붙은 채로 빠른 속도로 후퇴하기 시작했다. 그곳은 공격 층이 얇았던 덕에 뚫고 지나갈 수가 있었다. 그렇게 빠르게 후퇴하기 시작한 지 얼마 지나지 않아 갑자기 비명 소리가 울려 퍼지기 시작했다.

바스테르 산맥에서 하늘을 뒤덮으며 화살이 날아오고 있었다. 진압군의 궁병이 산맥 안에 매복한 채 반란군이 그쪽으로 지나가길 기다리고 있었던 것이다. 반란군은 후퇴하는 중이었기에 화살에 대한 별다른 방비도 하지 못한 채 그저 달리는 수밖에 없었다.

그런 반란군의 뒷모습을 보며 어느새 진압군은 전열을 정비하고 있었다. 그렇게 입구 근처까지 왔던 반란군은 제대로 된 싸움조차 하지 못한 채 꽁지에 불이 나라 도망가는 수밖에 없었다.

첫 교전은 진압군의 대승이었다. 그날 진압군의 진영은 그야말로 잔치 분위기였다.

"아하하하하! 오늘 정말 통쾌했어."

전열을 정비하고 진지로 돌아온 브라이튼은 진지가 떠나가라 큰 소리로 웃었다. 그만큼 기분 좋은 승리였던 것이다.

"정말 훌륭한 작전이었어요."

카트린의 말에 자일론은 어색하게 웃었다.

"그게 어디 내가 생각해 낸 건가, 케이의 작전인걸."

"너라도 생각해 낼 수 있었을 거야."

그때 지금껏 자신의 막사에서 쉬고 있던, 정확히는 운공을 하던 케이가 다가오며 말했다.

"내가 그런 작전을 세울 수 있었던 것은 어디까지나 이곳에 먼저 와 봤기 때문이야. 그리고 어느 정도 충분한 시간 동안 주위를 둘러봤기 때문이고. 이곳의 지형을 몰랐다면 그런 작전을 세울 수 없었어. 마찬가지로 자일론 네가 이곳의 지형을 알고 있었다면 충분히 이런 작전을 세울 수 있었을 거야."

케이의 말에 자일론은 어색하게 머리를 긁적였다.

"글쎄……."

그리고 이어지는 자신없는 대답. 이런 군대와 군대가 맞붙는 대규모의 전투는 경험이 없는 자일론이었기에 왠지 자신없는 대답이 나왔다.

"그리고 한 가지 다행이라면 반란군이 그동안 버려진 땅 안에만 틀어박혀 있어 이곳의 지형을 제대로 몰랐다는 거지. 그랬기에 그렇게 속수무책으로 당한 것이고."

자일론의 반응을 보며 케이는 한 가지 설명을 덧붙였다.

"뭐, 그것뿐만이 아니죠."

그때 역시 진지에 머물렀던 바볼랏이 끼어들며 말했다.

"이번 전투의 승리의 가장 큰 원인은 어디까지나 적이 예상치 못한 시간 안에 우리가 이곳에 도착한 것이지요. 반란군이 왕궁에 심어놓은 첩자를 통해 우리가 출발한 날짜와 방법을 흘려넣어 방심하게 한 것이 가장 주효했어요. 그것도 케이의 머리에서 나온 것이지만요."

바볼랏의 말에 모두들 고개를 끄덕였다. 다들 처음 케이가 4일 안에 이곳에 도착하겠다고 말했을 때는 반신반의했기 때문이다.

그러나 케이는 그것을 이루어냈고 그 결과 오늘의 대승을 이끌어냈다. 그렇게 오늘의 승리를 기뻐하며 이야기를 나누면서 첫 승의 하루 해는 저물어갔다.

서쪽 하늘이 노을에 물들 무렵 대략적인 전투의 결과를 알 수 있었다.

3천여 명 사망에 7천여 명 부상. 전체 전력의 2할 정도 되는 병력이 손실을 입었다. 반면 포로로 잡은 반란군은 무려 2만이었다. 반란군의 사망자와 부상자까지 생각한다면 이번 전투로 적은 거의 절반의 병력을 잃은 것으로 볼 수 있다. 1만의 병력을 잃고 적에게 5만의 병력 손실을 입혔으니 대승이었다.

이제 남은 병력도 4만 대 5만으로 어느 정도 해볼 만한 숫자였다.

"그래도 생각보다는 손실이 큰걸."

보고를 들은 케이는 이마를 짚으며 중얼거렸다.

"그래, 역시나 그 석궁의 위력은 대단했어."

사망자와 부상자의 절반 이상이 석궁으로 인한 것이었다. 엄청난 연사 성능을 지닌 석궁. 반란군의 신무기인 그 석궁이 이번 전투에서 가장 큰 걸림돌이었다.

"뭐, 어쩔 수 없지. 저쪽은 10년의 세월을 준비했으니까. 우리는 우리가 할 수 있는 범위 내에서 최선을 다하면 된다구."

케이와 자일론의 말에 브라이튼이 애써 밝은 얼굴을 하며 말했다.

"그래, 그 말이 맞아. 그런 의미에서 말이지……."

브라이튼의 말에 대한 케이의 은근한 대꾸에 모두의 시선은 케이를 향했다.

"오늘 밤 야습 어때?"

그 말에 모두의 눈에는 황당함이 어렸다. 낮의 그 격렬한 전투를 치르고 나서 야습이라니. 아무리 사기가 오르고 승기를 타고 있다지만 이미 병사들은 충분히 지쳐 있었다. 지금은 공격에 박차를 가할 때가 아니라 쉬어줄 때였다.

"아, 당연히 오늘은 병사들을 쉬게 해야지."

일행의 반응에 케이는 뒤에 몇 마디 말을 덧붙였다. 그 말에 이번에는 모두의 얼굴에 의아함이 어렸다. 야습을 하는데 병사들은 쉬게 한다? 앞뒤가 안 맞는 말이었다.

"그게 대체 무슨 말이에요?"

참다못한 세린이 물었다.

"그러니까 우리끼리 야습을 가자는 거지. 쉽게 말해서 특공대라고 할까? 살그머니 숨어들어서 적의 군량 정도만 박살 내고 오면 될 거야. 일단 가는 건 반란군이 어디 있는지 모르니까 조심해서 찾아간다 하더라도 돌아오는 건 텔레포트를 사용하면 되니까 말이야."

케이의 말에 그제야 모두들 납득했다.

"하긴 전쟁에서 군수 물자는 무엇보다 중요하죠. 오늘 이런 대패에 군량마저 털린다면 그야말로 제대로 타격을 줄 수 있겠네요."

케이의 말을 들은 바볼랏이 중얼거렸다.

"그러면 우리 모두 가는 거야?"

자일론의 물음에 케이는 고개를 저었다.

"그럼?"

"일단 사령관인 자일론은 남아야지. 그리고 사령관 보좌인 브라이튼도 남고. 또 혹시 모르니까 바볼랏이랑 퓨어도 남아 있어."

"뭐야? 그럼 케이랑 세린, 카트린, 발린만 간다는 말이야? 조금 불안한 구성 아니야?"

케이의 말에 브라이튼이 떨떠름하게 말했다. 깊은 밤에 몰래 습격을 하는 일에는 아무래도 기사들이 더 적합할 것 같은데 케이는 오히려 마법사들만 데리고 가려 했기에 그런 말이 나온 것이다.

"상관없어. 내가 함께 가는데."

케이는 생각할 것도 없다는 말투로 브라이튼의 말에 대답했다.

"아, 그리고 다들 이거 하나씩 받아."

그러면서 케이는 작은 보석이 박힌 반지를 모두에게 건네주었다.

"이건 뭐죠, 스승님?"

케이가 건네준 반지를 왼손 중지에 끼며 발린이 물었다.

"아, 지난번에 하쿠에서 의뢰를 기다리며 모두 뿔뿔이 흩어졌을 때 서로 연락하기 곤란했잖아. 그래서 만든 거야. 통신용 수정 반지야."

케이의 대답에 저마다 자신의 손가락에 낀 반지를 자세히 들여다보았다. 붉은빛이 감도는 작은 수정이었다.

"어떻게 사용하는 거죠?"

퓨어의 물음에 케이는 자신의 손가락에 끼워져 있는 반지를 만지작거리며 대답했다.

"쉬워. 그냥 반지에 마나를 불어넣으면 돼. 그러면 모두에게 말을 전할 수가 있어. 그리고 그 말은 머리 속에 울리지. 소리로 직접 들리는 게 아니고. 다만 생각하는 건 전달하지 못해. 전하려고 하는 건 직접 음성으로 이야기해야지."

"저기, 전 마나를 다루지 못하는데요, 케이."

케이의 설명에 바볼랏이 난처한 얼굴로 물었다.

"아, 바볼랏 네 건 신성력에 반응하도록 만들었어. 넌 신성력을 불어넣으면 될 거야."

케이가 대답해 주자 바볼랏은 고개를 끄덕였다.

"이거 상당히 편리하겠는걸."

자일론은 연신 신기한지 반지를 만지작거리면서 중얼거렸다.

"그런데 모두에게 의사가 전해진다면 좀 불편하지 않을까요, 케이 오빠?"

카트린이 고개를 갸웃거리며 물었다.

"아무래도 그렇기는 한데 원하는 사람에게 통신을 할 수 있게 만들려고 하니까 시간이 너무 걸려서. 일단 간단히 만들다 보니까 그렇게 됐어."

카트린의 질문에 케이는 어색하게 웃으며 대답했다.

"자, 그럼 됐지? 어두워지는 대로 출발하도록 하자구. 그럼."

그렇게 마지막 말을 남긴 케이는 회의용 막사를 벗어났다. 그의 뒷모습을 보며 모두들 각자 할 일을 찾아 이동했다.

깊은 밤. 하늘에 떠오른 달빛만이 세상을 밝히고 있는 가운데 케이와 세린, 발린, 카트린은 산속에서 바삐 걸음을 옮기고 있었다. 달빛에 의지해서 길을 찾아가기에는 무척이나 어두웠지만 케이는 아무런 어려움 없이 잘만 나아갔다.

하지만 그런 케이의 뒤를 쫓는 발린과 카트린은 상당히 힘이 드는 듯했다. 세린은 오행심법의 수련으로 밤눈이 밝아져 큰 어려움 없이 케이의 뒤를 잘 따르고 있었다.

"이런, 산길을 이동하는 일인데 퓨어를 데리고 올 걸 그랬어. 이런 산길이라면 아무래도 퓨어가 잘 찾아갈 텐데."

바스테르 산맥의 한곳을 헤치고 걸으며 케이가 아쉬운 듯 중얼거렸다. 평원을 가로질러 빠르게 가는 방법도 있었지만 아무래도 오늘은 경계가 철저할 것 같았다. 첫 전투에서 큰 패배를 당했으니 잔뜩 약이 오른 상태일 거라 생각했기 때문이다.

게다가 아무래도 군량과 군수 물자는 후방에 두기 마련이다. 그래서 바스테르 산맥을 가로질러 반란군의 진영 뒤로 돌아가기로 한 것이다. 어차피 귀환은 텔레포트로 할 것이기에 가는 데 시간이 조금 걸리더라도 큰 상관은 없었기에 가능한 작전이었다.

그렇게 어두운 산길을 한참을 헤매면서 나가고 있었다. 앞도 제대로 보기 힘든 산길이지만 케이가 나가는 속도는 거의 보통 사람이 평지에서 달리기를 하는 수준이었다. 그랬기에 발린과 카트린이 무척이나 힘들어하면서 케이의 뒤를 따르는 것이다.

힘든 전진 속에서 얼마나 시간이 흘렀을까? 어느새 케이 일행은 바스테르 산맥을 벗어나고 있었다.

"실레스트."

세린의 부름에 실레스트가 잔 바람을 일으키며 모습을 드러냈다.

"이 부근에서 사람이 많이 모여 있는 곳을 좀 찾아봐 줘."

그렇게 실레스트를 보내고 넷은 잠시 자리에 앉아 휴식을 가졌다. 얼마 지나지 않아 실레스트가 돌아왔기에 휴식 시간은 그다지 길지 못했지만 말이다.

실레스트의 안내에 따라 넷은 빠른 속도로 그러나 조심조심 나아갔다. 산맥을 벗어난 곳에서 30분 정도 이동하자 반란군의 진영을 볼 수 있었다.

예상대로 삼엄한 경계가 펼쳐져 있었다. 그 모습을 보자 카트린과 발린은 걱정이 앞섰다.

"우리가 저곳을 몰래 들어갈 수 있을까요?"

걱정스런 카트린의 물음.

"아니."

거기에 이은 냉정하리만큼 짧은 케이의 대답. 그 대답에 발린과 카트린의 얼굴이 구겨졌다.

"너희는 여기서 기다려. 일단 내가 들어가서 상황을 보고 올 테니까."

그 말을 남긴 케이는 어느새 셋의 시야에서 사라졌다. 유수보법과

천풍신법을 사용해 이미 반란군의 진지에 녹아들어 간 것이다. 경비는 삼엄했지만 누구도 케이의 유수보법을 눈치 채는 자는 없었다. 그랬기에 케이는 유유히 진지 안 이곳저곳을 누빌 수 있었다.

케이가 사라지고 얼마나 흘렀을까? 갑작스레 반란군 진지의 한곳에서 커다란 불길이 치솟아올랐다. 그리고 들리는 폭음, 이어지는 비명 소리와 호각 소리. 반란군의 진영은 곧 혼란에 휩싸였다.

무슨 일이 터진 것인지 몰라 세 사람이 걱정하고 있을 때 케이가 사라질 때와 마찬가지로 스르륵 나타났다. 어떤 기적도 없었다. 갑작스러운 케이의 등장에 셋 모두 크게 놀랐다.

"무슨 일이에요?"

세린이 가장 먼저 케이를 발견하고는 물었다.

"어? 들어가 봤더니 생각보다 허술해서 그냥 내가 전부 부숴 버리고 왔어. 이제 볼일은 끝났으니까 이만 돌아가자. 텔레포트."

케이는 제 할 말만 하고는 텔레포트를 사용했다. 방금 무슨 일이 벌어진 것인지 제대로 이해하지도 못한 채 발린과 카트린, 세린은 자신들의 진영으로 돌아왔다. 그리고 잠시 후, 그제야 다들 일이 어떻게 돌아간 것인지 이해할 수 있었다.

그리곤 바로 사나운 두 쌍의 눈이 케이를 향했다. 아무 필요 없는 고생에 억울하고 어이없는 심정은 발린 역시 있었으나 차마 스승을 노려볼 수 없었기에 그는 그저 고개를 숙이고 속으로 삭이고 있었다.

하지만 세린과 카트린은 달랐다. 여지없이 사납게 빛나는 두 눈으로 케이를 무섭게 노려보았다.

"그러면 도대체 우리를 왜 데리고 간 것이죠?"

무사히 일을 마치고 개운해하던 케이는 갑작스레 자신을 향해 미치는 살기에 두 사람을 돌아보았다. 그리고 들려오는 질문에 잠시 생각에 잠겼다.

"그러게. 그러고 보니 내가 왜 너희를 다 데려갔지? 나 혼자 가도 될 일이었네."

머리를 긁적이며 자신도 모르겠다면서 대답하는 케이의 모습에 결국 두 사람의 분노는 폭발했다.

"케이~!!"

그러나 케이는 한쪽 눈을 찡긋하고는 재빨리 사라져 버렸다. 자신들에게 헛수고를 하게 한 장본인이 사라지자 두 여인은 그저 분노로 몸을 세차게 떨 뿐 할 수 있는 일은 아무것도 없었다.

쾅!

탁자를 내려치는 소리가 요란하게 울렸다.

"대체 경비를 어떻게 섰길래 군량이 몽땅 불에 타게 내버려 둔 거야!"

분노에 찬 목소리가 막사를 가득 채웠다.

"첫 전투에서는 어이없이 패배해 도망치고 그리고 첫날 밤에는 군량을 홀라당 다 태워먹고. 십 년이나 준비했는데 대체 이게 무슨 일이야!"

분노에 찬 목소리는 연신 거센 분노를 막사 안에 뿜어댔다.

"면목없습니다, 아버님."

"끄응. 대체 진압군에 어떤 녀석들이 있기에 시작부터 이리도 꼬인

단 말이야. 로이드 세자의 습격도 실패하고······. 제대로 거사를 일으킨 이후 풀리는 일이 없으니."

분노를 토해내던 이는 이제 신음 소리를 흘렸다. 생각하면 할수록 울화가 치밀었지만 이제는 화를 낼 기운도 없었다. 아니, 어디서부터 일이 꼬였는지 또 앞으로 그 꼬인 매듭을 어떻게 풀어가야 할지 걱정만 늘어갔다.

"아무래도 내일은 스승님께서 선봉에 서주셔야 할 것 같습니다. 물론 저와 아버님도 선봉에 서야지요. 병사들에게 들으니 진압군에 소드마스터가 둘이나 있었다 합니다. 아마 그들 때문에 피해가 더 컸던 것 같습니다."

청년의 심각한 어조에 중년인의 얼굴이 구겨졌다.

"둘이라고? 자일론 왕자 하나가 아니고? 대체 라디칼의 머저리들은 뭐 하고 있는 거야! 비싼 활동 자금까지 써가면서 제대로 된 정보 하나 못 보내다니."

의외의 인물로 인해 중년인은 더욱 기분이 언짢아졌다.

"알겠다. 할 수 없군. 브로스넨님께는 네가 말씀드리거라. 난 좀 쉬어야겠다. 일이 이렇게 꼬여 버린 이상 내일은 전력을 다해 공격해야 할 게다. 나도 내가 사용할 수 있는 마법은 모두 쏟아 부을 테니 너도 전신의 힘을 다해야 할 거다."

"알겠습니다, 아버님. 그럼 편히 쉬십시오."

인사를 마친 청년은 막사 밖으로 나갔다. 홀로 남은 중년인은 의자에 몸을 깊숙이 누이며 한숨을 내쉬었다. 은빛 머리칼에 은빛 눈동자가 인상적인 중년인은 홀로 중얼거렸다.

"후우. 에르시안, 제대로 준비하고 있었군. 쉽게 이길 거라 생각했는데 시작부터 한방 먹다니 말이야. 하지만 결국 내기에서 이기는 건 나야."

그렇게 중얼거린 중년인, 아니, 나크하이드는 가만히 눈을 감고는 앉은 자세 그대로 잠을 청했다.

다음날 아침.

여전히 밝은 태양이 하늘 높이 떠올랐지만 그 태양을 바라보는 두 진영 사람들의 기분은 사뭇 달랐다. 진압군은 한껏 사기가 드높은 상태였고 반란군의 사기는 땅에 떨어질 대로 떨어져 지하까지 내려간 상태였다. 그런 두 곳의 사람들의 눈에 비친 태양 빛은 아마도 서로 전혀 다르게 보일 것이다.

특하나 반란군은 낮의 패배에 이어 밤의 습격으로 인해 군량까지 불타 버리자 거의 싸울 의욕마저 잃고 있었다. 반란군의 전체 수에서 2할 정도를 차지하는 용병들은 그 증상이 특하나 심했다. 계약을 맺고 의뢰금을 받았으니 움직이고는 있지만 솔직히 자신과 상관없는 영지에서 일어난 반란을 돕다니, 평소라면 생각도 못할 일이었다.

그것이 다 반란군의 대장이 내민 교묘한 계약서 때문이었다. 단지 몬스터 토벌에 대한 계약서라 생각하고 사인을 했건만 앞으로 5년간 힘을 빌려주겠다는 계약서였다니… 아주 교묘하게 내용을 꼬아놓아서 계약 당시에는 전혀 알 수 없었던 것이다.

억지로 끌려 나온 전투에 패배에 이은 야습. 도무지 움직일 기운이 나지 않을 만도 했다.

그러나 그런 그들의 의지와는 상관없이 반란군은 다시금 진군을 시작했다. 전날은 무턱대고 달려들다 당했기에 오늘은 신중하게 앞으로 나갔다. 수많은 척후조를 내보내는 것도 결코 잊지 않았다. 그렇게 신중을 기하며 전진하다가 평원의 중간에서 진압군과 딱 마주쳤다.

반란군은 전군을 이끌고 온 것에 비해 진압군의 수는 좀 적었다. 일만 정도의 병력을 브라이튼이 이끌고 선봉으로 나온 것이다.

진압군과 마주치자 가장 선두에서 전진하고 있던 나크하이드의 손에서 불꽃이 피어올랐다.

"헬 파이어!"

그의 외침과 함께 보랏빛 불덩어리가 진압군의 진형 한가운데에 떨어졌다. 그와 동시에 터지는 폭발음, 비명. 단 한 번의 마법으로 진압군은 완전히 혼란에 휩싸였다.

전날 연이은 회심의 공격으로 반란군에 더 이상의 여력은 없을 것이라 안이하게 생각하고 출진한 브라이튼은 후회가 막심했다. 설마 적에게 저런 고위급 마법사가 있었다니… 브라이튼은 혼란에 빠진 진형을 어떻게든 정리하려 애썼으나 역부족이었다. 헬 파이어의 위력이 너무 강했다.

"전군 돌격~!"

게다가 조금 전의 헬 파이어에 갑작스레 사기가 오른 반란군이 대장의 명령과 함께 노도와 같이 몰려오고 있었다. 수적으로도 밀리는 상황에서 도무지 방법이 없었다.

"후퇴! 전군 후퇴하라!"

브라이튼은 말 머리를 돌리며 황급히 외쳤다. 그 말과 함께 진압군 병사들은 부랴부랴 도망치기 시작했다. 전열이고 대형이고 없었다. 일단 살고 봐야 했다.

후퇴할 때일수록 군대의 대형을 유지하는 것은 유리했다. 선두에서 전열을 갖추고 후미부터 서서히 후퇴해 나가야 제대로 된 후퇴를 할 수 있는 것이다. 지금과 같이 전열이고 대형이고 없이 무작정 걸음아 나 살려라 식으로 도망만 치면 적의 좋은 표적만 될 뿐이었다. 우왕좌왕, 무질서한 후퇴 속에서 온 혼란이 서로의 퇴로를 막아 오히려 적이 공격하기 좋은 형태만 되기 때문이다.

브라이튼은 목이 터져라 지휘를 했지만 그도 이런 경험은 처음이었다. 결국 브라이튼이 이끌고 후퇴한 병사의 수는 일천이 채 못되었다.

일만을 이끌고 나섰는데 채 1할도 못되는 병사들과 본진으로 돌아온 브라이튼의 어깨는 축 처져 있었다.

본진으로 돌아오자마자 브라이튼은 자일론을 찾아가 무릎을 꿇었다. 그리고 아무 말 없이 고개만 숙이고 있었다. 그런 브라이튼의 모습을 모두들 안타까운 눈으로 바라보았다. 그것은 자일론 역시 마찬가지였다.

"브라이튼, 그만 일어나라. 그건 누구도 어쩔 수 없었을 거야. 설마 반란군에 아직도 그런 전력이 남아 있을 줄 누가 알았겠어. 이번 패배는 누구보다도 방심한 내 책임이 크다."

자일론이 브라이튼의 어깨를 두드리며 위로했지만 그는 요지부동이었다. 자일론이 어떤 말을 해도 그저 꿇어앉아 묵묵히 고개를 숙이고 있을 뿐이었다.

그 모습에 케이는 나직이 한숨을 내쉬었다. 브라이튼에게만 병사들을 맡긴 자신의 책임이 컸다. 연이은 작전의 성공으로 케이 자신도 방심하고 있었던 것이다.

이제 반란군에는 더 이상의 여력이 없으니 적당한 병사들을 보내 청소만 하면 될 것이라는 그런 안이한 생각 때문에 지금의 결과가 나타난 것이다. 사자는 토끼를 잡을 때도 전력을 다한다는데, 어느새 케이의 마음속에 자만심이 자리잡고 있었던 모양이다.

하긴 가만히 생각해 보면 반란군은 그들의 전력을 제대로 사용하지 못하고 진압군에 당했다. 어제의 첫 전투도 매복에 이은 기습으로 허물어졌고 자신 혼자 행한 야습 역시 마찬가지였다.

케이는 아직 적을 모르면서 안다 생각한 것이다. 그리고 그 착각이 지금의 패배를 낳았다. 갑작스레 느껴지는 헬 파이어가 만들어내는 마나의 파동에 얼마나 놀랐던가? 그때야 부랴부랴 병사들을 이끌고 나갔지만 이미 브라이튼이 축 처진 어깨로 패잔병들을 이끌고 터덜터덜 돌아오고 있었다.

"후, 지피지기면 백전백승이라. 젠장, 가장 기본적인 병법을 잊고 있었다니."

혼잣말로 자책을 해보았지만 가슴에 쌓인 답답함은 풀리지 않았다.

반란군은 브라이튼이 이끈 군대를 상대로 승리를 거둔 후 더 이상의 진격을 하지 않았다. 그렇게 전투 이틀째의 날은 저물어갔다.

한 번씩의 패배를 주고받은 후 셋째 날. 이날은 양측 모두 섣불리 움직이지 않았다.

진압군은 갑작스러운 패배로 인해 떨어진 사기를 추스르기 위해서, 반란군은 전날의 승리로 인해 회복된 사기를 북돋우기 위해서 별다른 움직임 없이 자신들의 진영에 몸을 웅크리고 있었다.

게다가 반란군은 첫날 케이의 습격으로 인해 손실을 본 군량과 군수물자를 보충하기 위한 목적도 있었다. 어차피 이곳은 버려진 땅의 입구였고 버려진 땅은 반란군의 거점이었다. 아무래도 이런 후방 지원을 받는 데 있어서는 반란군이 훨씬 유리했다.

그렇게 대치 상태로 하루하루가 흘러갔다. 어느 쪽도 움직이지 않았기에 섣불리 먼저 움직일 수도 없었다.

상대편에 마법사가 있는 것을 알았으니 텔레포트를 이용해 후미로 돌아갈 수도 없었다. 바스테르 산맥을 이용하는 방법은 이미 첫날 써먹었으니 상대도 경계를 철저히 하고 있을 것이다.

병력이 뒤지고 있는 이상 무작정 정면에서 부딪칠 수는 없었기에 진압군은 그저 본진에서 버티며 시간만 잡아먹고 있었다.

그사이 브라이튼도 어느 정도 기운을 차렸다. 하지만 여전히 얼굴은 어두웠고 별말이 없었다. 그 모습에 다들 안타까워했지만 브라이튼 스스로 극복해야 할 일이기에 누구도 뭐라 하지는 못했다.

그러는 가운데 케이는 그야말로 답답해 미칠 노릇이었다. 도무지 반란군을 공략할 방법이 보이지 않았기 때문이다.

물론 간단한 방법이 있었다. 자신이 미티어 스트라이크를 반란군의 진영 위에 사용하는 것이다. 하지만 그 마법은 금지된 마법이었다. 그 위력이 너무도 엄청났기에 드래곤들도 사용을 금하고 있는 마법이었다.

물론 드래곤들 사이에서의 금기였다. 사실 인간들 중에 미티어 스트라이크를 사용할 수 있는 인물은 시스렌 데 메데오, 단 한 명이었다. 그랬기에 드래곤들은 설마 인간이 그 마법을 사용할 수 있을까라는 생각에 드래곤만의 금기로 정한 것이다.

이런 상황에서 케이가 미티어 스트라이크를 사용한다면? 일단 에르데미안이 가장 먼저 달려올 것이다. 그리고 그 뒤의 일은? 생각하기도 싫었다.

또 다른 방법은 늑대의 모습으로 돌아가 무차별 브레스를 퍼붓는 방법이 있었지만 주변 정황을 고려하면 그것도 할 수 없었다. 일단 군과 군의 전투인데 자신이 나서서 그것을 끝내 버린다면 그 끝이 몹시도 찜찜할 것 같았다. 게다가 반란 진압군 사령관인 자일론의 입장이 어떻게 되겠는가? 어디서 나타났는지도 모를 괴상한 늑대 덕에 반란을 진압했다는 소리를 들을 것 아닌가? 때문에 별로 사용하고 싶지 않았다.

자일론의 공으로 반란을 진압한 것으로 하고 싶었기에 케이가 이토록 고민하는 것이다.

"젠장! 뭔가 좋은 수가 없을까? 정말 미치겠군."

딱히 뾰족한 수가 떠오르지 않았기에 케이는 그저 투덜거리고만 있었다.

"케이 오빠, 왜 그래요?"

그때 케이의 등 뒤에서 세린의 목소리가 들려왔다.

"응? 세린. 별거 아냐. 그저 좀 답답해서."

케이의 대답을 들은 세린은 방긋 웃었다.

"반란군이랑 싸울 생각 때문에 그런 거죠? 좋은 생각이 떠오르지 않아서?"

방긋 웃으며 말하는 세린의 모습에 케이의 얼굴에도 절로 웃음이 걸렸다. 세린 덕에 잠시간 답답한 마음이 어느 정도 가시는 것 같았다.

"훗, 넌 이제 능력이 없어도 되겠다. 그렇게 잘 알아내니 말이야."

"그런데 뭐가 그렇게 고민이에요? 물론 반란군에 의외로 강한 사람이 있었지만 케이 오빠만큼은 아니잖아요? 그냥 케이 오빠가 다 쳐부수면 되는 거 아니에요? 아니면 제가 정령왕들을 불러내도 되고요."

알 수 없다는 듯 고개를 갸웃거리며 말하는 세린의 모습에 케이는 잠시 멍한 얼굴을 했다. 케이는 현재 자신의 일행 능력을 간과하고 있었던 것이다.

가장 강력한 패를 손에 쥐고 있으면서 약한 패들만 가지고 어떻게 해보려고 고민을 했으니 답이 안 나올 수밖에. 쉬운 길은 자신의 곁에 있었다.

"그렇군. 세린의 말이 맞아. 내가 괜히 엉뚱한 걱정을 하고 있었어."

어느새 생각을 정리하고 자신에 찬 말을 하는 케이의 모습에 세린도 밝게 웃었다.

"그럼 이제 된 거예요? 다행이네요."

그 말을 남기고 총총히 걸음을 옮기는 세린의 뒷모습을 보는 케이의 얼굴은 어둡게 변했다. 심각한 고민은 해결했지만 지금 세린의 뒷모습을 보자니 다른 생각이 떠올랐기 때문이다.

'후우~ 전쟁터에서 사람을 죽이는 것을 아무렇지도 않게 말하다니…그토록 착하던 세린인데……. 내가 지금 과연 잘하고 있는 것일까?

처음 만났을 때의 세린은 너무나도 순수하고 착했다. 자신과 여행을 하면서 세린의 그 순수함이 사라져 버린 것은 아닌가 하는 생각에 케이는 스스로를 자책했다. 적어도 세린은 이런 곳에 있을 아이는 아니었던 것이다.

케이가 그런 걱정에 어두운 얼굴을 하고 있을 때 세린은 자신의 막사에 돌아와 있었다. 막사에 돌아온 세린은 침대에 걸터앉아 가벼운 한숨을 내쉬었다.

"후우……."

한숨을 내쉰 세린의 얼굴은 점차 어두워졌다. 그리고 눈에는 습막이 차 오르고 있었다. 곧 붉게 변한 눈에서는 한줄기 눈물이 흘러내리기 시작했다. 그러나 울음소리는 내지 않았다. 그저 멍하니 앉아서 눈물만 흘리고 있을 뿐이었다.

이런 전쟁터에서 사람을 죽이는 일에 동참하고 있는 자신을 어떻게 생각해야 될지 몰랐다. 서로 간의 싸움으로 죽어가는 사람들을 보면 슬픔만이 가슴에 차 올랐다. 그래도 일행 앞에서는 내색할 수가 없었다. 과연 이래도 되는가 하는 고민은 가슴 깊숙한 곳에 밀어두고 모른 체하고 있었다.

조금 전만 하더라도 사람을 어떻게 죽일까 하고 고민하고 있는 케이에게 조언 비슷한 말을 해주고 왔다. 자신이 자신 같지 않았다. 하지만 어린 시절부터 함께한 케이와 퓨어, 바볼랏이었기에 자신이 어떻게 해야 할지 알 수 없었다.

지금 세린이 할 수 있는 일은 그저 눈물만 흘리는 것뿐이었다.

그때 펄럭이는 막사의 입구가 들쳐지는 소리와 함께 누군가가 세린의 막사 안으로 들어왔다. 그리고는 세린을 꼭 안아주었다.

"세린, 힘들 거예요. 그래도 이겨내야죠. 지금은 그저 이렇게 참아야죠. 언젠가는 괜찮아질 거예요."

따스한 목소리. 그 목소리에 세린은 참았던 울음을 터뜨렸다. 그렇게 세린은 자신을 꼭 안아주는 퓨어의 품에서 엉엉 울었다.

세린의 모습을 보다 못한 실프들이 퓨어를 이곳으로 이끌었기에 퓨어가 나타난 것이다. 일행 중 정령에 대한 친화력이 있는 이는 케이를 제외하면 퓨어뿐이었기에 실프들은 퓨어에게 도움을 청했다.

엘프인 퓨어는 세린을 보자마자 그녀가 왜 그러는지를 알아차렸다. 그래서 꼭 껴안은 채 그저 실컷 울도록 놔둔 것이다. 사실 퓨어 자신도 세린과 같은 고민으로 마음 아파하고 있었으니까. 퓨어는 세린의 심정을 너무도 잘 알고 있었기에 그저 그러고 있었다.

세린과 퓨어의 슬픔이 어우러져 하늘을 울렸기 때문일까? 그날은 가벼운 비가 내리며 그렇게 저물어갔다.

다음날.

가벼운 빗줄기여서인지 전날 비가 내렸던 흔적은 어디서도 찾아볼 수가 없었다.

케이는 이른 아침부터 회의를 소집했다. 물론 자일론과 브라이튼, 그리고 DASH의 단원만이 모인 회의다.

"더 이상 이렇게 시간을 끌고 있을 수만은 없어. 오래 끌면 끌수록 불리한 건 우리야. 이곳은 버려진 땅의 영역이야. 결국은 반란군의 앞마당에서 싸우고 있는 거지. 빨리 결판을 지어야 해."

케이의 말에 다들 고개를 끄덕였다. 시간이 흐를수록 반란군의 사기가 올라가고 있는 것을 자신들도 느낄 수가 있었던 것이다.

"지난번에는 너무 어이없는 반격을 당해서 잊고 있었는데 우리에게도 충분한 전력이 있어."

지난번 패배의 이야기가 나오자 그렇지 않아도 어둡던 브라이튼의 안색이 더욱 어두워졌다. 케이는 그런 기색을 눈치 챘지만 신경 쓰지 않고 자신의 말을 계속했다. 브라이튼 스스로 이겨내야 할 문제였기에 그냥 내버려 둘 수밖에 없었다.

"지난번에 우리가 왜 그렇게 어이없이 졌을까? 원인은 하나야. 헬 파이어. 갑작스레 진영 한가운데 떨어진 헬 파이어에 병사들이 겁에 질려서 제대로 싸워보지도 못하고 패퇴한 거지. 적이 헬 파이어를 사용했다면 우리도 그렇게 하면 돼. 단지 그동안 그걸 생각지도 못하고 있었던 것뿐이지."

케이의 말에 세린과 퓨어의 얼굴이 어두워졌다. 바볼랏 역시 그다지 밝은 얼굴은 아니었다. 그 모습에 케이는 내심 안도가 되었다. 자신의 말에 일행이 태연한 표정이었다면 오히려 마음이 아팠을 것이다. 이번에 하려는 일은 비록 적이라고는 하나 많은 사람을 죽음의 땅으로 내모는 일이 될 테니까.

"반란군과의 정면 대결은 확실히 우리에게 불리해. 사기에서도, 병력에서도, 무기에서도 우리가 밀리고 있으니까. 우리가 이기기 위해서는 적의 허점을 노려야 해. 하지만 그러기에는 이제 더 이상 뺄 수 있는 병력도 없어. 겨우 3만이 남았으니까. 반란군은 그사이 버려진 땅에서 어느 정도 충원을 이룬 것 같아. 결국 허점을 노리기도 힘들다는 말이지. 여기서 항상 생각이 막혔었는데 내가 너무 단순한 문제로 고민하고 있었어. 우리 DASH라면 일반 병사들은 얼마든지 감당할 수 있으니까. 힘들면 몸을 뺄 텔레포트도 있고 말이야."

케이의 말에 자일론의 눈이 빛났다. 그렇지 않아도 요즘 자일론 역시 걱정이 이만저만이 아니었다. 상심해서 풀이 죽어 있는 브라이튼의 모습이나 시간이 갈수록 사기가 떨어지는 병사들의 모습에 자일론 자신도 점점 자신을 잃고 있던 중이었다. 그 와중에 케이의 말에서 희망을 찾은 것이다.

"그럼?"

"우리가 적의 후방을 친다. 나, 퓨어, 세린, 카트린 이렇게 넷이 갈 거야. 바볼랏은 본진에 남아서 부상자들을 돌보고 혹시라도 무슨 일이 생기면 자일론과 브라이튼, 발린을 챙겨줘."

케이의 말에 모두의 얼굴이 딱딱하게 굳었다. 너무 무모한 작전이었기 때문이다.

"케이, 그건 너무 위험한… 차라리 후발대를 기다렸다가 싸우는 게 어때?"

"후발대를 기다리는 건 너무 늦어. 아직 2, 3일은 더 기다려야 도착할 거야. 그리고 그랜드 소드 마스터가 둘에 정령왕을 소환할 수 있는 정령술사가 함께 있어. 게다가 5서클의 마법을 연속으로 스무 번은 사용할 수 있는 마법사. 병사들이 그런 우리를 보고 죽을 각오로 덤빈다면 분명 위험하겠지. 하지만 보통 사람이라면 겁에 질려 도망치기 마런이야. 그리고 그런 자들을 상대하는 건 우리면 충분해."

　자신에 찬 케이의 목소리에 자일론은 어쩔 수 없이 고개를 끄덕였다. 단지 옆에서 케이의 계획을 듣고 있던 세린과 퓨어만이 얼굴이 더욱 어두워졌을 뿐이다.

제 49 식

반란군의 대장

반란군의 대장

"비가 내리는 건가?"

오후로 접어드는 무렵 하늘에서는 가는 빗줄기가 내리기 시작했다. 자신의 막사 천장을 두드리는 소리에 잠시 막사 밖으로 나왔다가 떨어지는 물줄기에 몸을 적신 청년의 입에는 가는 미소가 걸렸다.

"시원하군. 가슴에 쌓인 답답함을 씻어내 주는 것 같아."

청년은 그렇게 웃음 지으며 가만히 비를 맞고 있었다.

"막사 밖에서 뭐 하는 거냐? 실실 웃으면서 비를 맞고 있다니, 라이신."

누군가가 청년을 불렀다. 그 청년은 분명 라이신이라는 이름으로 불렸다. 라이신. 어딘가 귀에 익은 듯한 언젠가 들어봤던 이름이다. 그러고 보니 타오르는 듯한 붉은 머리칼이 무척이나 인상적이다. 거기에 차갑게 빛나는 은빛 눈동자.

분명 그 옛날 케이가 처음 여행을 시작했을 때 미드 산맥의 어딘가에서 만났던 라이신이라는 사내가 분명했다. 버려진 땅이 고향이라 했던, 고향으로 돌아가는 은퇴한 용병이라 했던 당시 스물네 살의 청년. 벌써 10년도 더 된 일이다. 그런데 그의 모습은 그때 그대로였다.

엘프인 퓨어가 있는데도 숨기는 것이 많았던 소드 마스터.

그가 반란군의 대장이었던 것이다. 게다가 나크하이드의 아들. 그 역시 자일론과 같은 하프 드래곤 휴먼이었다. 이제야 프롤린이 라이신을 쳐다보던 눈빛의 의미를 알 수 있었다. 프롤린의 오두막을 찾았을 때 그가 라이신을 쳐다보던 아련한 눈빛. 그것은 절반이지만 같은 피를 가진 이에 대한 동정이었을까, 아니면 동질감이었을까? 아마도 그가 맞을 운명에 대한 공감이었을지도 모를 일이었다.

"스승님."

뒤에서 들려온 소리에 라이신은 몸을 돌려세웠다. 그곳에는 푸른 머리칼이 인상적인 날카로운 인상의 중년인이 서 있었다. 가만히 있는데도 그의 몸에서 풍겨 나오는 기운은 자못 위압감이 넘쳐흘렀다.

"답답한 것이냐?"

"아닙니다. 이제는 시원하군요. 그냥 비를 좀 맞은 것뿐인데 이런 기분이라니. 이 비가 고맙군요."

라이신의 대답에 라이신의 스승 브로스넨의 입에는 웃음이 걸렸다.

"어쨌든 막사 안으로 들어가자. 가슴이 시원해진다고는 하나 이렇게 비를 맞고 있는 것은 몸에 좋지 않으니까."

브로스넨이 앞장서서 막사 안으로 들어섰고 라이신은 그 뒤를 따랐다.

라이신의 막사 안에 마련된 작은 탁자에 앉은 브로스넨은 마주 앉은 라이신을 바라보았다. 나크하이드의 간절한 부탁으로 가르치게 된 아이. 하지만 검에 대한 재능은 엄청났다. 이미 자신과 같은 수준에 올라섰으니.

"그래도 표정이 한결 나아졌구나."

"예, 가슴을 막고 있던 것이 내려갔으니까요."

"다행이다."

날카로운 인상의 브로스넨이었지만 라이신을 바라볼 때만은 그의 눈에 훈훈함이 가득했다.

"그래, 어쩔 거냐?"

브로스넨의 물음에 라이신이 결의에 찬 얼굴로 대답했다.

"내일 끝을 볼 겁니다. 우리가 이곳을 뚫고 나가든지 모두 이곳에 뼈를 묻든지. 내일 오전에 총공격을 할 생각입니다."

투지에 불타는 라이신의 눈을 본 브로스넨의 얼굴에는 자연스레 미소가 떠올랐다.

"네 생각이 그렇다면 잘 알겠다. 나도 최선을 다해 도와주마."

"감사합니다, 스승님."

"참, 바스테르에게는 말했느냐?"

브로스넨은 생각났다는 듯 물었다.

"아니오. 아버지께는 아직 말씀드리지 않았습니다. 조금 전 비를 맞으며 결심을 굳혔으니까요."

"그래? 그럼 내가 가장 먼저 들은 셈이구나. 어서 가서 말씀드리거라. 나도 이만 가볼 테니."

말을 끝낸 브로스넨은 자리에서 일어났다. 막사 밖으로 나가는 그를 라이신이 뒤따라 나와 배웅했다. 브로스넨의 뒷모습이 멀어지자 라이신은 발길을 돌려 아버지의 막사로 찾아갔다.

버려진 땅을 세상으로부터 가두고 있는 산맥, 바스테르.

아버지의 이름이었다.

바스테르 나크하이드, 몰락한 마법사 가문의 후손. 하지만 그 마법 실력만은 대단했다. 세상에 알려지지 않은 8서클 마스터 중의 한 사람이었으니.

라이신의 조상은 대단한 위세를 떨친 마법사의 가문이었다 한다. 하지만 중앙에서의 정권 다툼에 밀려 평민으로 강등되어 유배되듯 버려진 땅으로 쫓겨왔다.

그때부터였다, 가문의 한이 시작된 것은. 그 한은 대를 이어 내려왔고 결국 라이신의 아버지 바스테르의 대에서 그 절정을 달했다. 나크하이드 가의 한은 곧 마법 실력으로 승화되었고 가문 최초로 8서클 마스터가 탄생한 것이다. 이것이 라이신이 아버지에게 들은 가문의 내력이었다.

그런데 어쩐 일인지 아버지 바스테르는 라이신에게 마법을 가르치지 않았다. 다만 검을 가르쳤다. 어떻게 친분을 쌓았는지 모르지만 역시 세상에 알려지지 않은 그랜드 소드 마스터 브로스넨을 어딘가에서 모셔왔다. 아버지 바스테르도 지극히 공경하며 라이신을 그분의 제자로 보냈다.

그때 바스테르는 이런 말을 남겼었다.

"네가 성취를 이루면 우리 가문의 한을 풀 것이다."

당시 어린 나이였던 라이신은 그것이 무슨 뜻인지 몰랐다. 하지만 열여섯 어린 나이에 용병이 되어 세상을 떠돌며 그 말뜻을 알게 되었다. 그때부터였다, 그의 번뇌는. 아버지가 그만 버려진 땅으로 돌아오라는 연락을 취했을 때 그 번뇌는 극에 달했다.

과연 자신이 앞으로 하게 될 일이 옳은 일인 것인가?

하지만 집에 돌아오는 길에 만난 고향 친구로 인해 그는 결단을 내릴 수 있었다. 집을 떠나 있는 동안 버려진 땅에서 벌어진 일들을 전해 들으며 그는 분노를 가슴속에 키웠고 한 가지 결심을 하고서는 미드 산맥에 접어들었던 것이다.

잠시 지난 일을 생각하는 사이에 라이신은 아버지의 막사에 도착했다.

"아버님, 접니다. 들어가겠습니다."

라이신은 막사의 입구를 걷어 올리고 안으로 들어섰다.

"무슨 일이냐?"

아들의 모습에 나크하이드, 아니, 바스테르는 웃음을 지으며 맞았다.

"내일 총공격을 하겠습니다."

라이신의 말에 바스테르의 입에는 묘한 웃음이 걸렸다.

"드디어 결심을 한 게냐?"

"예. 이제 보급품도 충분히 도착했고 병력 보충도 끝난 상태입니다. 게다가 사기도 적당히 올라 있구요. 더 이상 시간을 끌 이유가 없지요. 내일 오전 중에 총공격을 하겠습니다."

라이신은 투지 가득한 목소리로 대답했다.

"알겠다. 내일이면 모든 것이 결정나겠군. 이만 가보거라. 내일 총공격을 하려면 준비할 게 많을 거다."

아버지의 말에 라이신은 인사를 하고는 막사를 나왔다. 라이신이 나가고 텅 빈 막사에 홀로 남은 바스테르의 입에는 가는 웃음이 걸렸다.

'훗. 에르시안, 이제 곧이다. 의외로 강하긴 했다만 이제 끝이야. 네 아들인 자일론이 소드 마스터라는 이야기는 들었다. 하지만 라이신은……. 후후. 내일 진압군을 밀어버리고 일단 동부 평원을 완전히 장악해야지. 그러면 카이렌은 끝이야. 후디스와 마케인 사이에 끼어 있는 위치상 운용할 수 있는 병력에는 한계가 있으니까.'

바스테르는 이미 이기기라도 한 양 한껏 들떠 있었다. 첫 전투에서의 어이없는 패배에 놀라기도 했었다. 하지만 자신이 사용한 헬 파이어 한 번에 지리멸렬 흩어지는 진압군의 모습에 이미 자신감은 완전히 찾은 후였다. 게다가 브로스넨도 도와주고 있고 라이신도 있었다.

라이신의 능력은 자신이 처음 예상한 것 이상이었다. 그랬기에 더욱 승리를 확신했다.

아버지의 막사를 벗어난 라이신은 각 부대장을 회의실로 쓰는 막사로 불러 모았다. 그리고 각자에게 다음날 있을 공격에 관한 사항을 숙지시키고 지시를 마쳤다. 자신이 맡은 임무를 다하기 위해 흩어지는 부대장들을 보곤 라이신은 자신의 막사로 돌아왔다.

이제 내일이면 모든 것이 결정난다. 일단 이곳을 나가 동부 평원에만 진출한다면 카이렌으로서는 자신들을 막을 길이 없었다. 자신들을 막기 위해 섣불리 중앙의 기사단을 움직였다가는 호시탐탐 기회를 노리고 있는 후디스가 침공해 올 테니까.

"이제 내일인가? 썩어 빠진 중앙의 귀족들이여, 귀족들이란 어차피 모두 똑같지. 버려진 땅에서 나는 단물은 모두 빨아먹고 우리가 어떻게 살든 신경도 안 쓴 자들이여, 아크로미온 백작이나 그를 우리의 터전으로 보낸 중앙의 귀족들이나 모두 똑같지."

10년 전, 반란을 일으키기 전에 아크로미온 백작이 버려진 땅에서 행한 폭정을 떠올린 라이신의 두 눈은 분노로 물들었다. 어릴 적 친구들 중 살아 있는 이는 없었다. 모두들 영주의 광산에 끌려가서 죽었으니까.

어떻게 바스테르 산맥 안의 광산을 개발할 생각을 했는지는 모르겠지만 아크로미온 백작은 그런 쪽으로는 뛰어난 수완을 가진 자였다. 무려 세 개의 금광을 개발하고 있었으니.

물론 그 금광에서 피땀 흘리며 광석을 캔 이들은 모두 버려진 땅의 평민들이었다. 농노들과 노예들은 농사를 지어야 했기에 말도 안 되는 죄를 뒤집어씌워 광산으로 평민들을 보낸 것이다.

날이 갈수록 많은 사람이 죽어갔고 아크로미온 백작의 재산은 불어만 갔다.

아크로미온 백작, 그가 이곳의 버려진 땅의 대영주로 온 것은 중앙에서의 힘 싸움에 밀려나서였다. 그는 결코 이런 변방의 영지에서 평생 썩을 생각이 없었다.

그는 항상 중앙으로의 화려한 복귀를 희망했으며 그 꿈을 이루기 위해 갖은 수를 다 써서 재물을 모았다. 그런 그의 노력에 죽어나는 것은 영지민들이었다.

중앙에 가는 세금 외에도 중앙의 실력자들에게 보낼 뇌물을 마련하기 위해 그는 얼마나 노력했던가? 또한 그뿐 아니라 자신의 재산도 불려야 했다. 언젠가 중앙으로 돌아가서 화려한 생활을 하기 위해서 재산은 필수였으니까.

그런 필요에 의해 아크로미온 백작은 금광 개발도 시작한 것이다.

그것이 라이신이 수련을 위해 용병으로 버려진 땅을 떠난 지 1년 후의 일이었다.

그런 아크로미온 백작의 뇌물은 대부분 트빌리시 후작에게로 들어갔다. 카이렌의 재정을 담당하는 만큼 중앙에서 그의 입김은 상당히 거셌다. 물론 군부의 실력자들도 있었지만 현재 카이렌 군부의 실력자들은 그런 뇌물은 씨알도 먹히지 않는 자들뿐이었다. 아크로미온 백작으로서는 아쉬운 일이었으나 어쩔 수 없었다.

그렇게 중앙으로 돌아가기 위해 영지민들의 피를 쥐어짠 아크로미온 백작이나 그런 백작의 뇌물을 받고 흡족해하는 중앙의 귀족들이나 모두 라이신에게 있어서는 분노의 대상이요, 복수의 제물일 뿐이었다.

카이렌에 대한 반란은 사실 라이신이 태어난 그 순간부터 바스테르의 머리 속에 있었다. 라이신이 자라남에 따라 계획은 착착 수립되고 진행되었다. 그런 아버지의 모습에 라이신은 번민했다.

단지 가문의 한을 풀기 위해 자신의 친구들을 죽음의 전쟁으로 내몰아야 하는가라는 번뇌에 잠을 못 이룬 날이 셀 수 없을 정도였다.

용병으로 떠돌며 평화롭게 사는 정겨운 사람들의 모습을 보며 그 번뇌는 더욱 깊어졌다. 과연 자신이 하는 일이 옳은 것인가. 단지 가문의 한이라는 지극히 개인적인 목적 때문에 평화롭게 사는 사람들을 전쟁의 지옥으로 몰아넣어도 되는 것일까?

그 번뇌를 해결해 준 사람이 아크로미온 백작이었다. 하지만 여전히 라이신의 가슴 한 켠에는 평화롭게 사는 사람들에 대한 미안함이 자리 잡고 있었다.

이제 결전만이 남았다. 막사를 울리는 빗소리와 함께 라이신은 잠속으로 빠져 들어갔다.

　다음날 아침.

　전날 내린 비의 흔적은 찾아볼 수 없는 맑은 날이었다. 상쾌한 아침 공기가 라이신의 폐 속 깊이 들어왔다. 서둘러 아침 식사를 끝낸 라이신은 곧 전열을 정비했다.

　싱그러운 아침 바람이 불어왔지만 그 바람을 맞는 이들의 얼굴은 딱딱하게 굳어 있었다. 이제 잠시 후면 피가 튀고 비명이 난무하는 전투가 시작된다.

　비 온 뒤의 유난히 상쾌한 아침과는 전혀 어울리지 않는 기운이 양 진영에서 동시에 피어올랐다.

　시간이 얼마쯤 되었을까? 약속이라도 한 듯 양쪽 진영에서 커다란 소리의 명령이 터져 나왔다.

　"전군 돌격!"

　그 말과 함께 양쪽에서 궁병들과 석궁병들이 화살과 쿼렐을 쏘아대 하늘을 가렸고 곧 이어 비명들이 터져 나왔다. 그러나 두 군은 빠른 속도로 서로를 향해 노도와 같이 밀려갔다. 곧 활과 석궁의 사거리를 벗어난 양군의 기병들이 부딪쳤다.

　창칼이 부딪치는 소리가 요란하게 울리며 양군의 병사들은 서로를 미친 듯이 베고 찔렀다. 피가 튀고 비명이 울렸다. 그러나 양군의 병사들은 모두 피에 미쳐 더욱 거세게 창칼을 휘두를 뿐이었다. 옆에서 동료가 죽어가면 자신은 적을 한 명 더 죽였다.

적의 창이 자신의 배를 꿰뚫고 들어오면 죽어가면서도 자신을 찌른 놈의 목을 베어갔다. 서로가 죽고 죽이는 전쟁. 그 치열한 현장이 눈앞에서 벌어지고 있었다.

그 속에는 자일론도 있고 브라이튼도 있고 발린도 있었다. 바볼랏은 눈앞에서 벌어지는 참상에 연신 기도문을 중얼거리며 자일론의 옆에 붙어 있었다. 케이의 부탁을 기억하고 있기 때문에 무슨 일이라도 벌어지면 당장에 텔레포트를 할 수 있게 자일론에게서 떨어지지 않았다.

서로가 죽고 죽이는 전투가 벌어지자 지금껏 생기가 없었던 브라이튼도 세차게 검을 휘두르기 시작했다. 기사로서의 본능이 전투에서 검을 휘두르게끔 하고 있는 것이다. 그런 그의 검에 서서히 영롱한 빛이 맺히기 시작하더니 오러 쓰레드가 형성되었다.

그러자 브라이튼 쪽으로 달려들던 병사들이 우왕좌왕하기 시작했다. 그 모습에 자일론도 오러 블레이드를 뽑아냈다.

양쪽에서 나타난 소드 마스터에 반란군의 전열은 곧 흐트러졌다. 압도적인 수로 밀어붙이면 소드 마스터라도 대책이 없을 터인데 소드 마스터라는 그 위용 앞에 병사들은 겁에 질려 도망가기 바쁜 것이다.

두 사람의 소드 마스터 덕에 수적 열세에도 불구하고 서서히 반란군을 몰아붙이는 모습에 자일론의 입에 웃음이 맺혔다.

그때 상대방 쪽에서 보랏빛 불꽃이 대형 한가운데를 향해 날아들었다. 그 모습에 자일론의 얼굴이 딱딱하게 굳었고 브라이튼의 얼굴은 무참하게 일그러졌다. 지난번의 패배가 생각난 것이다.

헬 파이어.

지옥에서 가져온 저주받은 보랏빛 불꽃.

그것이 지금 진압군 한가운데를 향해 날아오고 있었다. 자일론은 그 모습을 멍하니 바라보고 있었다. 곁에 케이라도 있으면 안심했겠지만 현재 케이는 반란군의 후방을 교란하기 위해 바스테르 산맥 안으로 들어간 상황이다. 지금은 저 마법을 막을 수 있는 방법이 없었다. 발린이 곁에 있었지만 그는 이제 6서클 마스터. 8서클의 마법인 헬 파이어를 막기에는 역부족이었다.

자일론이 오러 블레이드를 일으킨 검을 늘어뜨린 채 멍하니 헬 파이어를 바라보고 있을 때, 발린이 재빨리 품에서 두루마리 하나를 꺼내어 펼쳤다. 그리고는 헬 파이어를 향해 찢으며 시동어를 외쳤다.

"샤이닝 실드!"

그 외침과 함께 밝은 빛의 막이 자일론의 군을 향해 날아오는 헬 파이어와 부딪쳤다. 그리고는 곧 커다란 폭음과 함께 허공에 밝은 빛을 수놓았다. 두 마법이 부딪쳐 소멸된 것이다.

그 모습에 정신을 차린 자일론이 발린을 돌아보며 물었다.

"발린 형, 그것은 뭐죠?"

"스승님이 맡기신 스크롤이야. 혹시 이번에도 반란군의 마법사가 헬 파이어를 사용할지 모른다면서 여섯 개를 만들어 나에게 맡기고 가셨어."

발린의 대답을 들은 자일론의 얼굴이 밝아졌다.

"역시… 케이가……."

케이의 제자인 발린과 케이의 친구인 자일론. 그리고 자일론보다 나이가 많은 발린. 무언가 굉장히 복잡한 관계였지만 둘은 함께 여행을 할 때 그냥 형, 동생으로 지내게 되었다.

커다란 폭음과 함께 밝은 빛이 터지며 헬 파이어가 소멸되자 바스테르의 얼굴이 일그러졌다.

"이런! 샤이닝 실드라니. 진압군에 그 정도의 마법사가 있었단 말인가? 젠장! 그렇다면 지난번에는 왜 그렇게 어이없이 무너진 거지?"

회심의 일격이라 생각한 헬 파이어가 그냥 공중에서 스러지자 바스테르의 얼굴에는 낭패한 표정이 떠올랐다. 물론 더 강한 마법도 사용할 수 있지만 현재 바스테르의 신분은 8서클 마스터의 '인간' 마법사다. 자신이 가진 본신의 힘을 모두 드러낼 수 없는 것이다.

'이제 사용할 수 있는 8서클 마법은 다섯 개. 상대방의 마법사가 나와 같은 경지라면 낭패다.'

일반적으로 8서클의 마스터가 하루에 사용할 수 있는 8서클의 마법은 여섯 개에서 일곱 개가 고작이다. 그 사실을 알기에 케이는 발린에게 여섯 개의 방어 마법 스크롤을 맡긴 것이고.

바스테르의 마법이 실패하자 진압군은 다시금 거세게 반란군을 몰아붙이기 시작했다. 반란군에 있는 마법사의 마법을 걱정하지 않아도 되자 더욱 몰아붙이는 힘이 강해졌다.

"으악! 소드 마스터다!"

자일론과 브라이튼이 다시 세차게 공격을 시작하자 반란군의 병사들은 너도나도 비명을 지르며 도망가기에 바빴다. 그런 병사들은 어느새 라이신이 있는 곳까지 이르렀다.

"이런……"

그 모습에 라이신은 눈살을 찌푸렸다.

"라이신, 아무래도 우리가 앞으로 나서야 할 것 같구나."

브로스넨의 말에 라이신은 고개를 끄덕였다.

"네, 스승님."

대답을 마친 라이신의 검에서 영롱한 빛이 새어 나오기 시작했다. 그리고 그 빛은 한줄기 한줄기 검신을 휘감아 타고 내려와 오러 쓰레드를 만들어냈다.

"우와! 소드 마스터다! 대장님은 소드 마스터다!"

라이신의 검에 맺힌 오러 쓰레드를 본 반란군의 병사들은 커다란 함성을 질렀다. 그들도 여지껏 라이신의 본 실력을 몰랐던 것이다. 그러다가 갑작스레 라이신이 소드 마스터의 위용을 보이자 사기가 급격히 올랐다. 지금까지 소드 마스터는 적에게만 있다고 생각했는데 아군의 대장도 소드 마스터였던 것이다.

그때 브로스넨의 검에도 오러 쓰레드가 맺혔다.

"우와! 우리도 소드 마스터가 둘이다!"

그 모습에 더 큰 함성이 터져 나왔다. 그 함성은 사기를 진작시켰으며 그런 현상은 어떤 기운보다도 빠르게 반란군 전체로 퍼져 나갔다. 곧 사기가 한껏 오른 반란군의 병사들은 세차게 밀어붙이는 진압군의 공격을 막아 나가기 시작했다. 자일론과 브라이튼의 검에 도망치기 바빴던 병사들이 오히려 죽을 것을 각오하고 둘에게 덤비기 시작했다. 그 모습은 아군의 소드 마스터가 이들을 막아줄 거란 믿음이 있어서 가능한 행동이었다.

그 와중에 라이신의 검에 맺힌 오러 쓰레드는 점차 그 수가 늘어나더니 결국 검을 완전히 감쌌다. 한 치의 틈도 없이 검을 완벽히 오러 쓰레드 안에 넣었다. 오러 블레이드를 형성시킨 것이다.

일반적인 오러 쓰레드와 지금 라이신이 펼치고 있는 오러 블레이드의 차이를 알고 있는 사람들의 입에서는 경악에 찬 탄성이 터져 나왔다. 그러나 라이신의 실력은 그 정도가 다가 아니었다.

검을 완전히 감싼 오러 블레이드는 서서히 그 형태를 바꾸기 시작했다. 그냥 봉처럼 검신을 감싸고 있던 빛이 점차 검날의 형태를 띠며 날카로운 예기를 뿌리기 시작한 것이다. 변화가 끝나자 검 위로 50세르 정도 솟아오른 영롱한 빛의 검이 나타났다.

전설로나마 그 빛나는 검의 정체를 아는 일부 사람들의 입에서 비명과도 같은 경탄성이 터져 나왔다.

"오러 소드(Aura Sword)!"

"이럴 수가… 그랜드 소드 마스터(Grand Sword Master)……. 전설 속에서만 존재한다 생각했는데… 대장님은 그랜드 소드 마스터다! 전설 속의 검사다!"

라이신의 검에 맺힌 오러 소드의 정체를 알아본 누군가가 목이 터져라 외쳤다. 그리고 그렇게 외친 그는 곧 이어 눈을 부릅뜬 채 아무런 말도 하지 못했다.

브로스넨의 검에도 오러 소드가 만들어져 있었기 때문이다.

그랜드 소드 마스터가 둘이나 나타나다니… 이제 반란군의 사기는 걷잡을 수 없을 만큼 올라가 있었다. 무서운 게 없는 강렬한 기세였다. 아직은 라이신과 브로스넨의 주위에서만 일어난 현상이지만 그것은 옆으로 옆으로 퍼져 진압군과 직접 싸우는 곳에도 이르렀다.

무엇 때문에 동료들이 저리도 투지와 사기가 차 올라 싸우는지 몰랐지만 그 투지와 사기는 서서히 그들에게도 전염되었다. 이제는 진압군이 서서히 밀리기 시작했다.

갑작스러운 변화에 자일론과 브라이튼은 당황했지만 그래도 열심히 싸웠다. 급변한 분위기에 바볼랏은 주위를 잘 살피며 더욱 자일론 가까이로 움직였다.

전장은 어떻게 흐를지 모르는 세찬 격류 속으로 점차 빨려 들어가고 있었다.

멀리서 들려오는 폭음의 메아리와 잠시간 하늘에서 번쩍거린 빛에 산속을 빠르게 이동하던 케이가 멈춰 섰다. 케이가 멈추자 앞장서 길을 안내하던 퓨어와 뒤따르던 세린과 카트린도 멈췄다.

"왜 그러죠, 케이?"

퓨어의 물음에 케이는 가만히 지금쯤 한창 전투가 벌어지고 있을 어딘가를 바라보며 대답했다.

"점점 더 전투가 격렬해지는 것 같아서."

"그게 무슨 말이에요, 케이 오빠?"

케이의 대답에 세린이 끼어들었다.

"이곳으로 출발하기 전에 샤이닝 실드를 담은 스크롤을 발린에게 여섯 개 주고 왔어. 혹시라도 또 헬 파이어를 사용할지 모르니 말이야. 그중 하나가 방금 사용됐어. 역시 반란군에는 8서클에 오른 마법사가 있었던 거야."

"그럴수록 우리가 서둘러야죠. 점점 더 전투가 치열해진다면 병력에서 밀리는 우리가 불리하다구요. 우리가 조금이라도 빨리 반란군의 후방으로 가서 교란시켜야죠."

카트린의 말에 케이는 고개를 끄덕이고는 다시 달리기 시작했다. 그 모습에 다시 퓨어가 앞장서서 깊은 산맥을 빠르게 가로질러 갔다.

얼마나 달렸을까? 마침내 산맥을 벗어나 평원에 이른 케이 일행은 어느새 버려진 땅에 들어와 있었다.

"이제 다시 반대쪽으로 나가야겠지?"

반란군이 펼쳐 놓은 감시망을 피하기 위해 케이들은 좀 더 깊숙한 곳으로 크게 돌아 이동해 왔기에 버려진 땅 안에 들어와 있게 된 것이다.

"슈리엘."

케이는 평원에 도달하자 최상급 바람의 정령 넷을 소환했다. 아무래도 말이 없는 현재로서는 바람의 정령에게 몸을 맡기고 날아가는 것이 가장 빨랐기 때문이다.

케이에 의해 소환된 슈리엘들은 곧 케이와 퓨어, 세린, 카트린을 안고 지면에 붙어 빠르게 날아가기 시작했다. 공중에 뜬 상태로 날았다가는 적들의 눈에 띄기 쉬웠기 때문에 거의 땅을 딛고 달려가는 듯한 착각이 일 정도로 낮게 날아갔다.

과연 슈리엘은 빨랐다. 날아가기 시작한 지 얼마 되지 않아 멀리서 적군의 진영이 보였다. 최후방이니만큼 아무래도 보급 부대일 것이다.

"카트린."

케이의 부름에 그의 의도를 알아챈 카트린은 건틀릿의 방향을 눈앞에 가까워지는 적의 진영으로 향했다.

"파이어 볼! 아이스 미사일! 윈드 커터! 파이어 월! 아이스 필드! 어스 브레이크, 일렉트릭 볼트!"

카트린은 쉬지 않고 마법을 난사했다. 비록 5서클 이하의 마법이었지만 양으로 밀어붙이자 엄청난 폭발이 일어났다. 갑작스레 날아든 마법에 적군의 진영은 소란스러워졌다.

그사이 카트린은 건틀릿의 한곳을 조작해 스무 장의 스크롤 카드를 꺼내서 품에 넣었다. 벌써 스무 개의 마법을 모두 사용한 것이다. 하지만 곧 품에서 다른 스크롤 카드 뭉치를 꺼내 들었다. 곧 건틀릿에 모든 카드를 끼워 넣은 카트린은 다시 한 번 마법을 난사하기 시작했다.

케이가 여분의 스크롤 카드를 충분히 준비해 줬기에 가능한 일이었다.

케이들이 적의 진영에 도착했을 때 이미 적군은 모두 도망치고 썰렁하게 변해 있었다. 이곳으로 다가오면서 카트린이 날린 마법의 수는 모두 쉰여섯 개. 이 정도의 마법을 퍼부었으면 이런 결과가 나올 만했다.

풍비박산이 나버린 적 보급 진지를 뒤져 네 필의 말을 찾아낸 케이 일행은 슈리엘을 돌려보내고 말에 올랐다. 너무나 갑작스러운 공격에 적들이 변변한 대응 한 번 못하고 도망을 갔지만 지금부터는 케이들도 전장에 들어가야 했다.

슈리엘을 이용해 이동하는 것이 편하긴 했지만 그렇게 하면 케이가 일일이 네 명의 슈리엘을 모두 통제해야 했기에 전투에 집중할 수가 없었다. 그래서 말을 구해 탄 것이다.

케이가 말의 옆구리를 세차게 차자 말은 요란한 울음소리를 내며 힘차게 달려나갔다. 그 뒤를 퓨어와 세린, 카트린이 따르고 있었다. 말에 오른 채 카트린은 다시 스크롤 카드를 교체하고 있었다.

"후, 이제 남은 것은 42장인가. 앞으로는 조금 아껴야겠어."

남은 스크롤 카드의 수를 헤아린 카트린은 조용히 중얼거렸다. 보급 진지를 혼자서 쳐부수다시피 했기에 엄청난 양의 스크롤 카드를 소모

했지만 이제 백병전에 들어가면 아껴야 했다. 자신의 몸을 지키려면 그 수밖에 없었다.

평원에 먼지구름을 피워 올리며 한참을 달리자 서서히 공기의 분위기가 달라졌다. 조금 더 무겁다고 할까? 공기의 무게를 사람이 느낄 수는 없지만 전장의 분위기가 이미 이곳까지 퍼져 있어 공기는 무겁고도 답답했다.

서서히 변화하는 분위기에 케이의 몸에는 힘이 잔뜩 들어갔다. 이제 자신들의 싸움터가 얼마 남지 않은 것이다.

공기의 분위기가 변한 것을 느끼고 얼마 지나지 않아 적들의 후방에 도달할 수 있었다. 이미 보급 진지에서 도망친 병사들이 상황을 알렸기 때문인가. 후방의 병사들도 충분히 경계를 하고 케이 일행을 기다리고 있었다.

그러다가 겨우 네 필의 말이 달려오는 모습에 어이없어 했다. 보급 진지가 순식간에 박살이 나버렸다는 말에 엄청난 대군이 몰려올 줄 알고 잔뜩 긴장해 있었는데 겨우 네 필이라니. 맥 빠질 만했다. 물론 그것은 그들이 케이들의 실력을 몰랐기에 가능한 일이었다.

적군을 발견한 케이의 표정이 변했다. 예상했던 것과는 무언가 달랐기 때문이다. 적들이 투지로 가득 차 있다고나 할까? 이유는 몰랐지만 예상한 것보다 힘들 것 같았다.

어쨌든 케이는 검을 뽑았고 검에는 영롱한 오러 소드, 검강(劍罡)이 맺혔다. 퓨어의 검에도 역시 오러 소드가 맺혔다. 세린의 옆에는 어느새 미네르바가 자리하고 있었다.

곧 케이들은 반란군 사이를 종횡무진 누비기 시작했다. 한가운데 카트린을 감싼 형태로 이곳저곳을 누비며 적들의 진형을 휘저었다.

그러나 생각보다 저항이 완강했다. 그랜드 소드 마스터 둘이 후방을 휘저으면 분명 지리멸렬할 거라 생각했는데 병사들은 오히려 더욱 악착같이 덤볐다. 곧 케이의 얼굴에 곤혹스러움이 떠올랐다. 예상보다 투지에 차 있는 적들의 모습에 이상하다는 생각은 했지만 이렇게 달려들 줄은 몰랐던 것이다.

라이신과 브로스넨이 그랜드 소드 마스터로서의 위용을 과시한 것을 알 리 없는 케이였기에 영문을 몰라 당황할 수밖에 없었다.

"젠장, 이대로라면 오히려 우리가 불리하겠어. 어쩔 수 없군."

주위에서 흡사 부나방처럼 달려들어 나가떨어지는 병사들의 모습에 케이는 위기를 느꼈다. 자신이 아무리 강하더라도 결국 머릿수에는 당할 도리가 없었다.

"블리자드 스톰!"

케이의 시동어와 함께 반란군 후방의 한가운데에 거대한 눈보라가 몰아쳤다. 그 눈보라에 수많은 병사가 죽어 나갔다. 그리고 다행히 목숨을 건진 병사들은 팔다리 중 어느 한곳이 얼어 있었다.

갑자기 터진 8서클의 마법에 그때까지 용감하게 버티던 반란군의 병사들이 주춤하기 시작했다. 그 모습에 케이는 다시 한 번 마법을 사용했다.

"헬 파이어!"

며칠 전 아군에게 치명적인 패배를 안겨주는 데 혁혁한 공을 세웠던 마법. 이번에는 반란군을 향해 떨어졌다. 조금 전 눈보라의 여파가 가시기도 전에 이번에는 거대한 불덩이가 떨어져 병사들을 태우기 시작했다.

그 모습을 차마 끝까지 지켜볼 수 없던 퓨어와 세린, 카트린은 고개를 돌렸다. 사람의 살이 익어가는 노린내는 역하게 전장에 진동했다. 그 장면을 지켜보는 케이의 마음도 그다지 편하지 않았다.

무림을 자유로이 누비던 전생에서도 이 정도의 사람들을 한꺼번에 죽인 적은 없었다. 지옥의 악마가 아니고서야 이렇게 엄청난 죽음 앞에 태연할 이가 누가 있을까? 케이의 가슴 한곳이 은은히 아려왔다.

연이어 터진 두 번의 마법에 이미 반란군은 전의를 상실하고 도망치기에 바빴다. 뒤에는 케이들이 버티고 있었기에 그들이 도망칠 곳은 한창 치열한 전투가 벌어지고 있는 전방뿐이었다.

그때 잔인한 장면에 고개를 돌리고 있던 카트린이 무엇인가를 발견하곤 갑자기 뛰쳐나갔다. 그리고는 재빨리 말에서 뛰어내려 불에 타며 신음하고 있는 한 병사를 향해 마법을 사용했다.

"워터 샤워(Water Shower)."

그와 함께 병사에게 물이 쏟아져 내렸다. 많은 양의 물이었지만 헬 파이어의 불꽃을 끄기에는 역부족이었다. 그 모습에 의아함을 느낀 세린이 곁으로 다가왔다.

"왜 그래, 카트린?"

"세린 언니, 빨리 도와줘요! 어서 저 사람 몸에 붙은 불을 꺼줘요!"

카트린의 간절한 부탁에 세린은 엘라임을 소환했다. 무슨 영문인지는 몰랐지만 저리도 다급하게 부탁하는 거라면 일단 상황을 진정시킨 후 자초지종을 들어도 될 것이다.

헬 파이어의 불꽃도 물의 정령왕 앞에서는 역부족이었다. 엘라임의 가벼운 손짓에 병사를 태우고 있던 불꽃은 힘없이 스러졌다.

"그래. 엘라임, 다른 사람의 몸에 붙은 불들도 꺼줘. 이미 싸울 수도 없는 이들인데 고통에 몸부림치는 게 너무 가여워."

눈앞에 병사의 몸에 붙은 불이 꺼지는 모습을 본 후 세린은 엘라임에게 다시 한 번 부탁했다. 엘라임은 고개를 끄덕인 후 공중으로 떠올랐다. 곧 그의 몸에서 뿜어져 나오는 물줄기는 고통에 신음하고 있는 병사들의 몸을 적셨다.

엘라임이 일부러 신경을 쓴 것인지 물에 몸을 적시고 난 병사들은 화상의 뜨거운 통증이 서서히 가라앉는 것을 느꼈다. 덕분에 전장을 뒤흔들던 신음 소리가 서서히 잦아들었다.

"글루틴! 글루틴! 정신 차려요!"

세린이 제일 처음 불을 꺼준 병사를 세차게 흔들며 카트린이 외쳤다. 그 병사의 정체는 자일론, 브라이튼과 함께 용병 생활을 했던 글루틴이었다.

버려진 땅에서 조건이 좋은 몬스터 토벌 의뢰가 있다며 헤어졌던 그 글루틴이었다. 이곳에서 반란이 터졌다고 했을 때 어느 정도 예상은 했지만 설마 이런 모습으로 재회하게 될 줄이야.

글루틴은 온몸이 시꺼멓게 그슬려 괴로운 듯 신음을 흘리고 있었다. 온몸을 죄어오는 고통에 정신을 차리지 못하고 있었다. 카트린이 아무리 불러도 글루틴은 눈조차 뜨지 못했다.

"잠시 비켜줄래요, 카트린."

그 모습에 곁으로 다가온 퓨어가 나직이 말했다. 일전에 퓨어가 죽기 직전의 케이를 살려냈던 것을 기억해 낸 카트린은 재빨리 옆으로 비켜섰다.

"퓨어 언니, 제발, 제발 글루틴을 살려줘요!"

카트린의 간절한 부탁에 퓨어는 고개를 끄덕였다. 그리고 실버니스를 글루틴의 몸 가까이 가져갔다.

"리커버리(Recovery)."

화상이 심하기는 했지만 당장 죽을 정도는 아니기에 퓨어는 리서시테이션이 아닌 리커버리를 사용했다. 곧 밝은 빛이 글루틴의 몸을 감싸자 그는 편안한 얼굴로 잠들었다.

그 모습에 눈물을 흘리고 있던 카트린의 얼굴에도 가는 미소가 생겼다.

"다행이야, 다행이야."

다리에 힘이 풀려 주저앉은 카트린은 웃는 얼굴로 눈물을 흘리며 쉼 없이 그 말만을 중얼거렸다. 그 모습에 모두의 눈에는 궁금함이 떠올랐다. 다만 이 일의 원인이나 다름없는 케이만이 머쓱한 표정으로 말에 탄 채 있을 뿐이었다.

어쩔 수 없이 한 일이지만 왠지 자신이 나쁜 놈이 된 기분이었다.

"치료는 끝났어요. 다만 의식을 회복하려면 시간이 좀 걸리겠군요. 어떻게 하죠, 이곳은 전장인데?"

퓨어의 말에 모두의 얼굴에는 난감함이 떠올랐다.

"쳇, 어쩔 수 없군. 이리 줘봐."

말에서 내려온 케이는 글루틴을 들쳐 업고는 사라졌다. 그리고 곧 다시 나타났다. 물론 다시 나타난 케이는 혼자였다.

"글루틴은요?"

"하이달로그에게 맡겨놨어."

카트린의 물음에 케이가 대답했다.

"자, 사정 이야기는 나중에 듣고 어서 가자구. 우리는 지금 전투 중이야. 이럴 시간이 없어."

케이의 연이은 마법에 모두 도망가 버려 주위에는 시체와 부상자들뿐이었지만 이곳이 전장이라는 것은 변함없는 사실이었다. 케이의 말에 모두들 말에 올라 다시 적들을 향해 세차게 달렸다.

"쳇, 갑자기 이게 왠일이야. 이렇게 적들이 몰려들다니."

전투 중에 제 모습을 찾은 브라이튼은 도망만 치던 반란군의 병사들이 미친 듯이 달려들자 검을 세차게 휘두르며 투덜거렸다.

"글쎄, 모르겠어. 그러고 보니 우리 군이 밀리고 있는 것 같은데. 대체 무슨 일이 일어난 거지?"

브라이튼의 투덜거림에 역시 바쁘게 검을 놀리던 자일론이 대답했다.

"그나저나 이제 슬슬 케이가 뒤에서 공격할 때가 되지 않았나?"

"조금만 더 참아봐."

두 사람이 바쁘게 검을 휘두르며 말을 주고받을 때 발린도 쉬지 않고 마법을 사용하고 있었다. 비록 1, 2서클의 매직 미사일이나 파이어볼이었지만 발린의 공격에 적들은 적지 않은 타격을 입었다. 아무런 아티팩트도 없는 발린으로서는 시동어만으로 사용할 수 있는 1, 2서클의 마법만이 이 치열한 전장에서 유일한 무기였다.

시간이 걸리는 5, 6서클의 마법을 준비하다가는 순식간에 창에 찔려 죽을 수 있다. 그나마 1, 2서클을 시동어만으로 사용할 수 있는 것도 다 케이에게서 훔쳐 배운 수식 덕분이었다. 그것이 아니었다면 지금 이 자리에 살아 있는 발린은 없었을 것이다.

그때 다시 한 번 적의 진영에서 헬 파이어가 날아왔다. 발린은 재빨리 품에서 스크롤을 꺼내 주욱 찢었다.

"샤이닝 실드!"

외침과 함께 공중에 빛나는 막이 형성되어 헬 파이어를 막았다.

"휴우."

그 모습에 발린은 안도의 한숨을 내쉬었다. 그때 적의 창날이 날아와 발린의 팔을 스치고 지나갔다.

"아앗! 쳇, 파이어 볼!"

잠시 방심한 사이 상처를 입고 말았다. 발린의 왼팔에서는 붉은 피가 배어 나오고 있었다.

꾸역꾸역 몰려드는 적군 덕에 잠시도 방심할 수 없었다.

자일론과 브라이튼이 열심히 적들을 해치우고 있는데도 점점 아군이 뒤로 밀리고 있는 것 같았다. 아니, 실제로 뒤로 밀리고 있었다. 아무리 병사들을 독려해도 소용이 없었다. 아군보다는 적군들이 더욱 악착같이 싸우니 어쩔 수 없는 결과였다.

그렇게 진압군은 조금씩 뒤로 밀렸다. 뒤로 밀리는 가운데 허겁지겁 도망쳐 오는 아군들이 보였다. 그 모습에 자일론은 절로 눈살을 찌푸렸다. 그러나 곧 그의 표정이 변했다.

병사들의 뒤를 쫓아 달려오는 적의 기사 한 명을 보았기 때문이다. 아니, 정확히는 그의 검에 맺힌 오러 소드를 보았다.

그의 모습은 자일론뿐만 아니라 브라이튼, 발린, 바볼랏 모두 보았다.

"그랜드 소드 마스터……."

넷의 입에서는 동시에 신음과도 같은 중얼거림이 새어 나왔다.

불타오르는 듯한 붉은 머리칼과 그와는 너무나 대조적인 얼음장 같이 차가운 은빛 눈동자.

자일론은 그를 보는 순간 그가 반란군의 대장이라는 것을 직감했다. 그의 몸에서는 그런 기운이 피어오르고 있었다.

반란군의 대장과 진압군 사령관의 조우. 누가 시킨 것도 아닌데 그 둘 주위로는 어느새 전투가 멈춰 있었다. 서로 대치한 상태에서 공터가 형성되어 있었던 것이다. 둘 사이가 경계선이라도 되는 듯 두 군의 병사들은 서로를 마주 쏘아보는 대치 국면을 만들고 있었다.

"라이신……."

그때 나직한 중얼거림이 바볼랏의 입에서 새어 나왔다. 처음 보았을 때 어디선가 본 얼굴이다 싶었기에 바볼랏은 자신의 기억을 뒤졌다. 처음에는 그랜드 소드 마스터라는 것에 놀랐지만 곧 낯익은 인상에 골똘히 생각에 잠긴 결과 그를 떠올릴 수 있었다.

10여 년 전, 케이와 처음 여행을 시작할 때 미드 산맥에서 만났던 사나이. 그가 반란군의 대장이었다니……. 바볼랏도 자일론과 마찬가지로 그를 보자마자 그가 반란군의 대장이라는 것을 직감했던 것이다.

자신의 이름을 중얼거리는 신관의 모습에 라이신의 눈에는 이채가 떠올랐다. 이곳에 자신을 아는 이가 있다는 것이 신기했기 때문이다. 그래서 그는 신관을 유심히 바라보았다. 그리고 곧 그의 이름을 떠올릴 수 있었다.

무척이나 개성이 강한 이였기에 쉽게 기억해 낼 수 있었다.

"바볼랏이군요."

라이신의 중얼거림에 자일론과 브라이튼은 바볼랏을 돌아보았다.

"저자를 알아요?"

"예전에 여행을 하다가 잠깐 만났었지."

브라이튼의 물음에 바볼랏이 고개를 끄덕이며 대답했다.

"그런데 퓨어 양이 안 보이는군요. 하긴 10년도 더 지났으니 아직까지 함께할 리 없는 건가요?"

혼자 궁금해하고 혼자 결론을 내려 버린 라이신. 그 때문에 바볼랏은 별다른 대답을 해주지 않았다.

"네놈이 반란군의 수괴냐?"

자일론이 물었다.

바볼랏과 저 라이신이라는 자가 무슨 사이인지는 중요하지 않았다. 중요한 것은 저자가 반란군의 대장이라는 것이다.

"그렇다. 네놈은 썩어 빠진 카이렌의 왕자 자일론인가?"

라이신의 대답에 자일론의 눈썹이 꿈틀했다.

"과연 반란을 일으킬 정도의 무뢰한이군."

"글쎄. 그래도 수도에서 백성들의 피땀으로 호의호식하며 사치하는 돼지 같은 귀족들보다는 낫다고 생각되는군."

태연한 라이신의 대답. 그의 대답에 브라이튼 역시 울컥했다. 하지만 당장 어쩌지는 못했다. 라이신의 검에서 빛나고 있는 오러 소드가 브라이튼의 이성을 자극했기 때문이다.

"그럼, 어디 그 유명한 카이렌 최연소의 소드 마스터 검의 천재 자일론 왕자님의 솜씨를 구경해 볼까?"

그렇게 말하며 라이신은 말을 몰아 서서히 앞으로 나왔다. 그 모습에 자일론은 침을 꿀꺽 삼켰다. 그리고는 자신도 서서히 앞으로 나갔다. 그런 자일론의 머리 속에는 예전 케이와의 대화가 떠올랐다.

"쳇! 케이, 소드 마스터는 절대 그랜드 소드 마스터를 이길 수 없는 거야?"

"훗, 퓨어에게 패한 것이 분한 거냐?"

"몰라."

"분명 경지가 다르니 이기기 힘들지. 아니, 거의 불가능해. 오러 블레이드와 오러 소드는 검에 대한 이해가 다르다는 증거이니까. 하지만 그건 너와 퓨어니까 그런 거야."

"그게 무슨 말이지?"

"음… 전에도 너에게 말했지만 이곳 류블라드의 검술은 내가 알고 있는 검술에 비해 상당히 뒤떨어져 있어. 이런 환경에서 검강, 오러 소드를 만들어 낼 수 있는 사람이 있다는 것도 신기하지."

"그러니까 류블라드 역사상 단 네 명뿐이었다잖아."

"그렇지. 내가 이곳의 그랜드 소드 마스터를 보지 않아서 모르겠지만 이 정도의 검술이라면 아마 퓨어의 오러 소드와는 상당히 다를 거야."

"그게 무슨 말이지?"

"마나의 양으로 억지로 만들어낸 오러 소드라고 할까? 검에 대한 깨달음의 부족을 마나로 메운 셈이지. 뭐, 어디까지나 추측이지만 말야. 퓨어의 검법은 내가 가르쳐 준 거야. 네게 가르쳐 준 혼원검법에는 못미치지만 내가 살던 세계에서는 절세의 검법으로 이름 높았던 뛰어난 검법이지. 그래서 네가 진 거야. 네가 소드 마스터이고 퓨어가 그랜드 소드 마스터라서 네가 진 게 아니야. 검에 대한 이해와 검법에 대한 이해가 너보다 깊었기에 퓨어가 이긴 거지."

"그러면 내가 그랜드 소드 마스터를 이길 수도 있다는 거야?"

"퓨어는 못 이겨. 퓨어를 이기려면 너도 그랜드 소드 마스터가 되어야 해."

"그게 아니라 류블라드의 검법만으로 그랜드 소드 마스터에 오른 인물이 있다면 소드 마스터인 내가 이길 수 있냐구?"

"글쎄. 검에 대한 이해가 상대보다 네가 더 깊다면 이길 수도 있겠지. 하지만 네가 퓨어나 나 이외의 그랜드 소드 마스터를 만날 수 있을까?"

"그건 모르는 일이지."

케이와의 대화를 되새긴 자일론은 라이신을 마주 보았다. 그리고 보니 라이신의 오러 소드는 퓨어의 그것과는 조금 달랐다. 영롱하게 빛나는 가운데 그 빛의 깊이가 없다고 할까? 퓨어의 오러 소드는 훨씬 더 신비스러운 빛을 뿌렸었다.

케이는 분명 검에 대한 이해가 자신이 더욱 깊으면 이길 수도 있을 거라 했다. 그 말에 모든 것을 걸기로 했다. 케이가 그토록 자신하는 혼원검법과 자신의 수련을 믿기로 한 것이다.

라이신과 마주 본 상태에서 자일론은 아무런 말 없이 말에서 내렸다. 그 모습에 라이신 역시 웃으며 말에서 내렸다.

두 사람은 서로에게 검을 겨눈 채 마주 보고 섰다. 그 주위를 둘러싼 사람들은 긴장한 채 숨소리조차 제대로 내지 못하고 있었다.

자일론과 라이신이 서로를 마주 보며 대치한 때 브로스넨과 바스테르는 다른 곳에서 진압군을 몰아붙이고 있었다. 헬 파이어를 한 번 사용해 보았지만 다시 한 번 샤이닝 실드에 막히자 이제는 작은 마법들로 주위의 병사들을 공격하기 시작했다. 브로스넨은 오러 소드를 입힌 검을 연신 휘두르며 진압군의 병사를 베어가고 있었다.

그런 그의 모습에 진압군 병사들은 도망가기 바빴기에 브로스넨은 도망치는 적들을 쫓아 바쁘게 움직이며 검을 휘둘렀다. 그렇게 얼마나 지났을까? 이미 그 둘 근처에는 적들이 없었다. 사기가 오른 반란군들 만 환호성을 지르며 두 사람을 둘러싸고 있었다.

그때 바스테르는 놀라서 뒤를 돌아보았다. 아군의 후방에서 대기를 울리는 마나의 파동을 느낀 것이다. 브로스넨 역시 바스테르와 같은 반응을 보였다.

"어떻게 이럴 수가……!"

"분명 이 파동은…….'

둘의 입에서 동시에 신음 같은 말이 흘러나왔다. 그들은 케이가 사용한 블리자드 스톰의 파동을 느낀 것이다.

"일단 후방으로 가봐야겠군."

브로스넨의 말에 바스테르는 고개를 끄덕이며 같이 말을 몰아 뒤로 달렸다. 그 와중에 다시 한 번 커다란 마나의 파동이 느껴졌다.

"있을 수 없는 일이야. 내 헬 파이어를 막은 샤이닝 실드는 분명 진압군의 진영에서 발현되었는데 어떻게 우리 후방에서 헬 파이어가 사용될 수 있는 거지?"

서둘러 후방으로 가면서 바스테르는 신음하듯 중얼거렸다. 브로스넨의 얼굴은 딱딱하게 굳어 있었다.

얼마 가지 않아 우왕좌왕 몰려오는 아군의 모습을 볼 수 있었다. 블리자드 스톰에 이어 헬 파이어의 공격에서 살아남은 병사들의 몰골은 말이 아니었다. 이미 사정을 짐작한 두 사람이었기에 꼴사나운 모습으로 후퇴하는 병사들에게 별말없이 그저 서둘러 후방으로 향할 뿐이었다.

하지만 후방에서 갑작스레 몰려오는 아군 때문에 군의 대열이 흐트러지고 전방에까지 그 혼란이 미쳐 가고 있었다.

얼마나 말을 달렸을까? 두 사람은 이윽고 군의 후방을 유린하며 다니고 있는 네 사람을 발견할 수 있었다. 그 모습에 둘의 얼굴은 잔뜩 일그러졌다.

그 둘의 출현을 케이 역시 느꼈다. 남다른 존재감이 느껴졌기 때문이다. 브로스넨과 바스테르가 나타나자 케이는 적 병사들을 공격하는 것을 그만두고 멈춰 섰다. 그리고 두 사람을 유심히 바라보았다.

케이의 모습에 나머지 셋도 공격을 중단하고 말을 세웠다. 그리고 케이의 눈길을 따라 새로이 등장한 두 사람을 유심히 바라보았다.

먼저 케이의 눈길은 바스테르를 향했다. 케이의 얼굴에 진한 흥미가 떠올랐다. 곧 이어 브로스넨에게로 눈길이 건너갔을 때 케이의 몸이 딱딱하게 굳더니 서서히 떨기 시작했다. 한눈에 브로스넨의 강함을 알아본 것이다.

"어떻게 당신 같은 존재가……."

케이의 중얼거림에 브로스넨의 입에 모호한 미소가 걸렸다.

"제법이군. 그나저나 저런 존재라니. 나크하이드, 자네 내기에서 질지도 모르겠는데."

브로스넨의 말에 바스테르의 얼굴이 잔뜩 일그러졌다. 그도 케이의 힘을 느낀 것이다. 눈앞에 있는 녀석은 분명 드래곤은 아니었다. 하지만 몸에 지니고 있는 힘은 도저히 인간의 그것이라 할 수 없었다. 자신이 자랑하는 자신의 아들 라이신으로도 도저히 상대가 불가능했다.

"크윽. 에르시안 녀석, 어디서 이런 놈을 구한 거지……."

절대적인 자신이 있었지만 갑작스럽게 알게 된 케이의 존재에 바스테르는 동요했다.

"첫날의 패배도 다 이유가 있었군. 아마 저 친구의 작품일 거야."

몹시 동요하는 바스테르와는 달리 불난 집 구경하듯 브로스넨의 목소리는 평온하기 그지없었다. 자신은 에르시안과 나크하이드가 벌인 내기의 방관자일 뿐이었다.

다만 나크하이드가 유희 중 얻은 아들 라이신의 재능이 뛰어나 그 재미에 이렇게 반란에도 참여한 것이다.

"세린, 내가 저 둘을 데리고 사라지면 바볼랏에게 연락해서 자일론에게 돌아가도록 해. 무언가 심상치 않은 일이 벌어졌을 거야."

바스테르가 혼자 중얼거린 말에서 무언가를 느낀 케이는 세린에게 전음으로 말했다. 세린은 가만히 고개를 끄덕였다.

"후우~ 일단 이런 곳에서 이야기하기는 조금 그렇군요. 두 분, 일단 장소를 옮기는 것이 어떨까요?"

케이의 말에 브로스넨은 고개를 끄덕였다.

"자네는 어떤가, 나크하이드?"

브로스넨의 물음에 바스테르도 고개를 끄덕였다. 두 사람의 승낙을 받은 케이는 텔레포트로 그곳에서 사라졌다. 케이가 사라지자 케이가 남긴 마나의 흔적을 읽어낸 둘은 곧 이어 텔레포트로 케이를 쫓아갔다.

그렇게 갑작스럽게 세 사람이 전장에서 사라지자 세린은 재빨리 바볼랏에게 연락을 취했다. 케이가 만들어준 통신용 반지를 통해 세린이 바볼랏을 부르는 소리가 모두의 머리에 울렸다.

카트린이 현재 위치의 좌표를 알려주자 바볼랏은 즉시 텔레포트해 왔다. 그의 얼굴에는 다급한 기색이 역력했다. 아직 자일론과 라이신은 대치한 상태였기에 바볼랏이 서둘러 나타난 것이다.

"왜 그래요, 바볼랏 아저씨?"

바볼랏의 다급한 얼굴에 카트린이 물었다.

"큰일이야. 지금 그랜드 소드 마스터가 나타났어. 반란군의 대장이 그랜드 소드 마스터였다구. 케이는 어디 있어?"

바볼랏은 급한 목소리로 케이를 찾았다.

"케이는 다른 일이 있어서 어디론가 갔어요. 상상도 할 수 없을 만큼 강한 사람 둘과."

"뭐라고요? 대체 얼마나 강하면 이 급한 때에 케이가 자리를 비운단 말이에요?"

퓨어의 말에 바볼랏이 급히 되물었다.

"아마 인간이 아닐 거예요. 케이와 함께 사라진 둘. 그런 힘은… 아마도… 드래곤일 거예요."

바스테르와 브로스넨의 힘을 퓨어 역시 어렴풋이나마 느꼈던 것이다. 그랬기에 케이가 그 둘과 함께 사라지는 것을 잠자코 지켜본 것이었다.

"바볼랏 오빠, 일단 가요. 상대에 그랜드 소드 마스터가 하나뿐이라면 케이 오빠가 없어도 저랑 퓨어 언니만으로도 어떻게든 될 거예요."

세린의 말에 바볼랏은 황급히 세 사람을 한곳으로 모았다. 케이가 없는 것이 아쉬웠지만 세린의 말대로였다. 퓨어와 세린이라면 라이신을 상대할 수 있다. 그 사실을 상기한 바볼랏은 서둘러 자일론이 있는 곳으로 텔레포트했다.

제   50   식

자일론의 대결

자일론의 대결

바볼랏이 퓨어, 세린, 카트린을 데리고 온 그때까지 자일론과 라이신은 서로를 마주 보고 있었다.

텔레포트 후 자일론과 대치하고 있는 상대를 지켜본 퓨어는 가늘게 중얼거렸다.

"저 사람은 분명 라이신……."

퓨어는 라이신을 보자마자 금방 기억해 냈다.

자일론의 뒤에서 갑자기 바볼랏이 사라지자 흠칫했던 라이신은 잠시 후 다른 세 명과 함께 다시 바볼랏이 나타나자 고개를 갸웃거렸다. 바볼랏이라는 신관에게 저런 능력이 있었던가 하는 의아함에서였다.

"어? 퓨어 양, 반가워요."

칼끝에 서 있는 듯한 긴장된 대치 상황에도 불구하고 퓨어를 발견한 라이신은 빙긋 웃으며 퓨어를 향해 손을 흔들었다. 승리에 대한 절대적인 자신감이 그를 여유있게 만들고 있었다.

그의 모습에 자일론은 잠시 눈썹이 꿈틀했지만 곧 마음을 다스렸다. 어쨌든 상대는 그랜드 소드 마스터였다. 그렇지 않아도 승산이 어떻게 될지 모르는 상황에서 괜히 마음을 어지럽게 해 화를 자초할 필요는 없었다.

예전 케이와의 대련이 지금 같은 상황에서 무척 도움이 되었다.

퓨어는 라이신을 알아본 후 그의 검에 맺힌 오러 소드를 보고는 표정이 살짝 변했다. 10여 년 전에 처음 만난 그가 자신의 실력을 숨기고 있었다는 것은 알았지만 설마 지금 그랜드 소드 마스터가 되어 있을 줄이야. 바볼랏이 말했던 그랜드 소드 마스터가 그였던 것이다.

퓨어의 놀람과는 상관없이 두 사람은 서로에게 더욱 긴장하고 있었다. 당장이라도 검을 움직일 것과 같은 분위기가 점점 극단을 향해 치달았다.

검에 대해서는 아무것도 모르는 일반 병사들도 침을 삼키며 두 사람의 모습을 긴장된 눈으로 쳐다보았다. 이 자리에 있는 사람들은 현재 전쟁터에 나와 있다는 사실조차 잊고 두 사람의 대치 상황에 빠져들고 있었다.

"수(水)."

먼저 움직인 것은 자일론이었다. 혼원검법의 1초 수의 초식명을 외치며 검을 부드럽게 움직였다. 케이와 대련할 때면 언제나 초식명을 외치며 공격을 했었다. 케이가 자신에게 공격할 때 그렇게 했기에 자일론도 따라 한 것인데 왠지 이 순간에도 그렇게 해야만 할 것 같았다.

자일론의 검은 혼원검법 1초의 특성답게, 이름답게 물이 흐르듯 부드럽게 라이신을 향해 움직였다. 그 모습에 퓨어의 눈엔 일순 경탄이 어렸다. 지난번 무투회에서 싸웠을 때와 비교해 볼 때 초식이 훨씬 정교해져 있었다. 정교해진 만큼 초식에 대한 이해도 깊어졌을 테니 그 사이 자일론의 실력이 진일보한 것이다.

라이신은 자일론이 검을 휘두르는 것을 담담히 지켜보았다. 그리고는 자신의 검을 휘둘러 자일론의 검을 막아갔다.

챙!

오러 소드와 오러 블레이드가 부딪치며 요란한 소리를 울렸다. 마나를 머금었으나 두 사람 모두 그 힘을 검의 예리함을 증가시키는 데 사용해서인지 지난번 무투회에서 자일론과 퓨어의 검이 부딪쳤을 때와 같은 폭발은 일어나지 않았다.

두 검이 부딪친 직후 자일론은 여전히 수의 초식을 펼치는 채 검로를 바꿨다. 갑작스러운 자일론의 검의 변화에 라이신의 표정이 변했다. 분명 검이 부딪친 감촉이 손에 전해져 왔는데 곧 자일론의 검이 사라져 버린 것이다.

라이신은 흡사 물속에 검을 집어넣고 움직이고 있는 것과 같은 착각에 빠졌다. 고개를 갸웃거리며 라이신은 자일론의 검에 집중했다. 이런 느낌은 스승님과 대련할 때도 경험한 적이 없었다.

눈앞의 상대가 사용하는 검법은 분명 특이한 구석이 있었다. 여태껏 대륙을 떠도는 동안에도 결코 본 적이 없는 신기한 검법이었다. 아니, 기억을 더듬으니 비슷한 검법을 한 번 본 적이 있었다.

10여 년 전에 퓨어가 미드 산맥에서 몬스터들과 싸울 때 사용한 검법. 그 검법도 무척이나 부드럽게 흘러가는 검로를 가지고 있었다. 두 검법이 비슷하기는 했지만 지금 자일론이 사용하는 검법은 그것과는 또 달랐다.

라이신은 자신의 가슴속에서 승부욕이 샘솟는 것을 느낄 수 있었다. 비록 반란군의 대장의 신분이지만 검사라는 또 다른 자신이 자일론과의 결투를 즐겁게 받아들이고 있었다. 검에 대한 재능만큼이나 검에 미쳐서 살아온 그가 아니던가.

그사이 자일론은 1초를 끝내고 2초로 넘어가고 있었다.

"풍(風)."

초식명을 외치며 2초 풍을 펼치자 자일론의 검로가 급격히 변했다. 지금까지는 물 흐르듯 부드럽게 일정한 길을 흘러가고 있었다면 새로이 변한 자일론의 검로는 한마디로 어디로 움직일지 예측할 수 없었다. 그것은 한줄기 바람처럼 자유롭게 라이신의 주위를 뛰놀았다. 전혀 예측하지도 못한 곳에서 검이 날아와 진땀을 흘리며 막기를 수차례.

시간이 흐를수록 라이신은 자일론을 경시하던 마음을 버렸다. 비록 자신이 그랜드 소드 마스터고 자일론이 소드 마스터라 할지라도 검을 운용하는 능력은 자일론이 한 수 위인 것 같았다. 자일론이 아직 소드 마스터에 머물고 있는 것은 아마도 마나가 부족해서이리라.

라이신은 그렇게 자일론의 실력에 대해 결론을 내려 버렸다. 사실은 마나의 양 역시 자일론이 더 많았다. 다만 오러 소드를 만드는 방법이 서로 달랐을 뿐이었다. 케이가 추측한 대로 라이신은 억지로 마나를 오러 블레이드에 씌워 넣어 오러 블레이드를 검날의 형태로 가공해 오러 소드를 만든 것이다.

이것은 마나의 양으로 오러 블레이드를 더 강하게 만든 것일 뿐 퓨어가 이룬 검강처럼 검에 대한 이해와 깨달음이 깊어진 것은 아니었다.

라이신은 자일론의 검을 침착하게 맞아갔다. 검이 의지라도 가진 양 자유롭게 움직였기에 한시라도 마음을 놓을 수 없었다. 라이신은 신중하게 자일론의 검의 움직임을 끝까지 쫓으며 막았다. 그 와중에 간간이 드러나는 허점을 향해 검을 찔러 넣기도 했으나 자일론은 현란한 움직임으로 라이신의 검을 피했다.

정말 신묘한 움직임이었다. 검의 움직임도 쫓기 힘들었지만 대체 어떻게 몸을 저렇게 움직이는지 알 수가 없었다.

두 사람의 결투를 바라보는 주위 사람들은 손에 땀을 쥐었다. 오직 퓨어만이 담담한 얼굴로 두 사람의 대결을 보고 있었다.

"자일론이 이길 수 있을까요?"

지금 이 자리에서 검에 대한 성취가 가장 높은 사람은 퓨어였다. 격정스레 자일론을 바라보며 브라이튼이 퓨어에게 물었다.

"글쎄요. 검법 자체는 자일론이 한 수 위예요. 하지만 오러 블레이드와 오러 소드는 분명한 차이를 지니고 있어요. 자일론의 오러 블레이드가 끝까지 버텨낼지는 알 수가 없네요."

퓨어의 대답에 브라이튼은 손을 더욱 꽉 쥐며 자일론을 바라보았다.

'자일론, 믿는다. 넌 이길 거야. 넌 누가 뭐래도 검에 관해서는 카이렌 최고의 천재니까.'

그사이 자일론이 펼친 2초 풍도 어느새 막바지에 달했다. 풍의 마지막 변화를 끝낸 자일론은 재빠르게 3초로 이어갔다.

"목(木)!"

자일론의 외침과 함께 혼원검법 3초 목이 펼쳐졌다. 그러자 지금까지와는 또 다른 검의 움직임을 보였다. 아니, 급변했다. 지금까지 자유롭게 뛰놀던 검이 갑자기 장중하게 움직이기 시작한 것이다. 라이신을 향한 공격의 횟수도 줄어들었다.

덕분에 라이신은 한숨을 돌릴 수 있었다. 하지만 그 대신 자일론의 검은 더욱 견고해졌다. 도저히 찔러 들어갈 틈이 없었다. 흡사 땅에 굳센 뿌리를 박고 서 있는 수천 년 된 고목과도 같은 장중함이 자일론의 검에서 뿜어져 나왔다.

검을 섞을수록 라이신의 이마는 축축하게 젖어들었다. 쉽게 생각한 대결이 점점 어려워지고 있었기 때문이다.

'젠장! 이놈은 대체 어떻게 된 녀석이야. 아무래도 스승님께서 오셔야 할 것 같은데 스승님은 어디에 계신 거지?'

의외로 강한 자일론의 실력에 라이신은 점점 초초해하고 있었다. 그러나 자일론은 변함없이 자신이 펼칠 수 있는 최고의 초식을 전력을 다해 펼치고 있었다. 그에 따라 라이신이 공격할 곳도 점점 줄어들고 있었다.

급기야는 자일론의 공격이 없을 때 라이신은 그저 검을 든 채 자일론을 지켜볼 뿐이었다. 찔러 들어갈 틈이 없었기에 그 틈을 찾기 위해서였다. 그렇게 시간을 보내는 사이 자일론의 다음 공격이 날아들고 있었다. 그러면 라이신은 다시 황급히 자일론의 검을 막았다.

라이신이 자일론의 실력에 당황하고 있는 반면 자일론은 라이신의 실력에 감탄하고 있었다.

'역시! 그랜드 소드 마스터. 내가 할 수 있는 최고의 공격들을 하고 있는데도 틈을 보이지 않고 잘 버티고 있다니… 과연 내가 이길 수 있을까?

라이신은 변변찮은 공격 하나 성공시키지 못했지만 그것은 자일론 역시 마찬가지였다. 라이신은 당황하는 가운데서도 자일론의 공격을 잘 막고 있었다.

라이신이 초조해하는 것은 자신은 그랜드 소드 마스터이고 자일론 은 소드 마스터인데도 불구하고 둘이 호각으로 싸우고 있기 때문이다. 자신의 경지가 상대방보다 높다면 자신이 몰아붙여야 정상 아닌가? 그런데 지금의 양상은 오히려 자일론이 몰아붙이고 있었다. 물론 자신에게 별 타격은 못 주고 있지만 라이신이 받은 심리적 타격은 제법 큰 것이었다.

"화(火)!"

어느새 혼원검법은 4초에 이르러 있었다. 힘찬 외침과 함께 자일론 의 검은 또 한 번 변화를 일으켰다. 흡사 검이 불타오르는 듯했다. 아니, 그것은 검의 변화에서만 느껴지는 것이 아니었다.

라이신은 조금 전부터 자일론의 검 주위에서 은은한 열기를 느끼고 있었다. 그 열기는 점점 더 강해졌다. 이런 기현상에 라이신은 어쩔 줄을 몰라 했다. 검에서 열기가 뿜어지다니… 이제는 검이 은은한 붉은색으로 달아오르기까지 했다.

검이 뿜어내는 열기 때문에 검을 맞부딪치는 것도 고통스러웠다. 검의 현란한 움직임은 여전한 가운데 라이신의 몸 전체가 그 열기의 영향권에 들었다. 하지만 조금 전과는 달리 다시금 허점이 간간이 보이기 시작했다.

그 허점으로 검을 찔러 넣으려 했지만 그것도 쉬운 일이 아니었다. 조금 전에는 굳건한 검의 변화에 막혀 허점이 없었다면 이번에는 검의 열기가 그 허점으로 가는 길목을 막고 있었다.

라이신은 어떻게든 자일론에게 일격을 가하려 했지만 그럴수록 자일론의 검이 뿜어내는 열기는 강해졌다. 그리고는 서서히 검 주위로 불길이 일기 시작했다. 그 모습에 놀란 것은 라이신뿐만이 아니었다.

"아니, 검에서 불길이!"

"어떻게 저럴 수가?"

자일론의 검을 지켜본 병사들은 적아를 가리지 않고 소리를 질렀다. 검이 불길을 내뿜다니, 그런 이야기는 들어본 적도 없었다. 어떻게 검이 불을 뿜을 수가 있단 말인가.

설사 마법검이라 하더라도 검에서 마법이 발현되는 것이지 저렇게 불길이 검신에 머물러 있지 않았다. 있을 수 없는 일이 일어났기에 두 사람을 둘러싼 병사들의 소란스러움은 말할 수도 없었다.

"대체 어떻게 저럴 수가 있는 거지요?"

자일론의 검을 보고 놀란 것은 브라이튼 역시 마찬가지였다. 퓨어에게 어떻게 된 일인지 물었지만 퓨어는 웃음만 지을 뿐 대답해 주지 않았다.

퓨어가 배운 오행심법 역시 오행지기를 수련하는 것이기에 자일론의 검에 불길이 일어나는 원리를 대충이나마 짐작할 수 있었다. 하지만 퓨어가 대답하지 않은 것은 설명을 해줘도 브라이튼은 모를 것이기 때문이었다.

'오행지기 중 화기를 극도로 운용하는 거군요. 지난번 무투회에서는

은은한 열기를 느낄 정도였는데 이제는 불길이 일게까지 하다니… 대단한 발전이에요, 자일론.'

다른 사람들에게는 말할 수 없었기에 퓨어는 가슴속에 혼잣말을 남길 뿐이었다.

그사이 라이신과 자일론의 싸움은 더욱 치열해져 있었다. 라이신이 온몸이 타는 듯한 열기에도 불구하고 강공을 하고 나섰기 때문이다. 그에 맞서 자일론의 움직임도 조금 급해졌다. 지금까지는 어느 정도 여유로운 듯한 움직임이었는데 지금은 그것이 사라진 것이다.

그에 따라 진압군 병사들의 손은 더욱 땀에 흥건히 젖어들었다. 그들도 자일론이 전보다 조금 밀리기 시작했다는 것을 알아본 것이다.

하지만 그런 외형과는 달리 오히려 라이신은 마음속에서 더욱 초조함이 일었다. 도무지 끝이 보이지 않는 싸움이었기 때문이다. 아직 오러 소드를 유지하기 위한 마나는 충분했지만 상대 또한 충분히 버티고 있었다.

소드 마스터라면 그랜드 소드 마스터의 마나 양과 비할 바가 아닌데도 불구하고 상대는 잘 버텼다. 아무리 마음을 다잡으려 해도 라이신은 초조해지는 것을 어찌할 수 없었다.

'젠장, 일단은 잠시 쉬어야겠어.'

그렇게 결정한 라이신은 검에 마나를 극도로 불어넣었다.

웅웅.

라이신의 검이 요란하게 울리며 오러 소드의 길이가 늘어났다. 그 모습에 자일론의 표정이 살짝 변했다. 라이신은 오러 소드의 길이가 늘어나자 빠르게 자일론을 향해 베어갔다. 아니, 정확히는 자일론의 검신을 향해 베어갔다.

라이신의 의도는 두 검이 부딪치게 하는 것이었다. 자일론이 피하지 않고 맞베어갔기에 곧 두 검은 부딪쳤다.

콰앙~!

그리고 요란한 폭음이 터졌다. 그 폭음과 함께 두 사람은 선 채로 뒤로 주루룩 밀려났다. 땅에는 두 사람이 밀려난 자국이 패어 있었다. 이번 승부에서는 아무래도 자일론이 더 큰 피해를 입은 것 같았다.

자일론의 얼굴은 살짝 일그러져 있었고 라이신의 얼굴에는 은은한 미소가 어려 있었다. 밀려난 거리도 자일론이 더 길었다.

'역시. 마나는 내가 더 많아. 단지 저 녀석의 검의 변화가 좀 더 현란한 것뿐이야. 내가 이긴다.'

눈앞에 드러난 결과에 라이신은 다시 한 번 자신을 다잡았다.

"훗. 대단하군, 자일론 왕자. 돼지들과 어울려 놀던 사람이라고는 믿기지 않을 정도야."

검을 섞으며 초조해했다는 것은 거짓인 양 라이신은 여유 넘치는 모습으로 자일론을 향해 말했다.

"반란의 수괴다운 실력이야. 이 정도 실력을 가지고 있으니 반란이라는 미친 짓을 저지른 거겠지."

라이신의 말에 자일론 또한 지지 않고 응수했다. 두 사람의 눈에 불꽃이 튀었다. 그러나 둘 중 어느 누구도 움직이지 않았다.

자일론도 어느 정도 잠시 숨을 돌릴 여유가 필요했기에 그 자리에 가만히 선 채 라이신을 노려보고 있었다. 라이신 역시 호흡을 고르며 자일론을 노려보고 있었다. 두 사람의 대치에 주위를 둘러싼 병사들은 숨소리조차 내지 못했다.

그러나 몇몇은 손에 흥건한 땀을 털어내며 잠시 숨을 돌리기도 했다. 대결을 벌이는 이들만큼이나 지켜보는 이들도 힘들었던 것이다. 게다가 둘의 싸움은 눈을 뗄 수 없게 만드는 현란한 움직임이 난무했기에 더욱 피곤했다.

"그나저나 대단해. 그랜드 소드 마스터라니… 이런 곳에서 어떻게 그런 실력을 가지게 된 거지?"

서로를 노려보는 가운데 자일론이 라이신을 향해 물었다.

"소드 마스터밖에 되지 못한 자의 시기인가?"

자일론의 물음에 라이신이 빈정거렸다.

"마음대로 생각해. 지금은 내가 소드 마스터일지 모르지만 나 역시 언젠가는 그랜드 소드 마스터가 될 테니까."

"너에게는 불가능할 것 같은데."

라이신이 다시 한 번 빈정거리자 자일론이 피식 웃었다.

"소드 마스터조차 제대로 제압하지 못하고 고전하는 그랜드 소드 마스터라면 차라리 안 되는 게 나아."

자일론의 반격에 라이신의 얼굴이 확 일그러졌다. 그렇지 않아도 자일론과 싸우는 내내 그의 가슴속에서 떠돌던 초조함을 자일론이 정확하게 집어낸 것이다.

"우습군. 그래도 왕자라고 군을 이끌고 나온 것이 기특해서 가능한 마음껏 검을 휘둘러 보라고 봐주는 것도 모르는 건가?"

얼굴은 일그러졌지만 아직 라이신의 어조에는 여유가 흘렀다. 비록 가장된 여유였지만 누구도 그것을 눈치 채지 못했다. 퓨어를 제외하고는.

"대체 왜 반란을 일으킨 거지? 그랜드 소드 마스터라면 어느 나라로 가든 편안하게 살 수 있었을 텐데."

자일론의 물음에 라이신의 두 눈은 분노로 물들었다.

"왜 반란을 일으켰냐구? 너희가 그렇게 만들어놓고 왜냐고 묻는 것인가?"

분노의 일갈. 자일론은 라이신의 가슴 깊은 곳에서 끓어오르는 분노를 느꼈다.

"대체 그게 무슨 말이지, 우리가 그렇게 만들다니?"

"흥, 그렇겠지. 호화찬란한 왕궁에서 호의호식만 한 네 녀석이 알 리가 없지."

라이신의 말에 이번에는 자일론의 눈썹이 꿈틀했다. 비록 3년이라는 짧은 기간이었지만, 그리고 그렇게까지 힘든 생활은 아니었지만 자일론은 세상을 떠돌아 다녔었다. 그 속에서 많은 경험을 쌓았고 많은 사람을 만났다.

그의 생각에 지금의 대륙은 평화기였다. 결코 반란 따위가 일어날 그런 시기는 아니었다.

"우습군. 왕자는 모두 왕궁에만 있을 거라 생각했나? 용병단 DASH의 쟈이가 나의 또 다른 이름이다. 나도 세상 속에서 치열하게 사는 사람들을 만나보았고 나 또한 그렇게 살아봤다. 그리고 내가 본 세상은 결코 반란 따위가 일어날 곳이 아니었어. 그런데 대체 무슨 속셈으로 반란을 일으킨 거냐?"

차가운 목소리로 자일론이 말했다. 냉랭한 자일론의 대답에 라이신의 표정이 변했다.

"훗, 곱게만 자란 왕자는 아니라는 건가? 하지만 네가 보고 온 세상은 모두 허깨비였나 보군. 반란 따위가 일어날 곳은 없었다니. 버려진 땅에 한 번이라도 가본 적이 있나? 그곳의 사람들이 어떻게 사는지 본적이 있느냔 말이다! 비단 카이렌뿐만이 아니다. 마케인도, 마오도 버려진 땅의 사람들은 모두 똑같아. 중앙에서 버린 땅이기에 그곳의 사람들은 어떻게 살든 아무도 아무런 상관을 안 하지. 자신들의 배를 불려줄 세금만 들어온다면 말이야. 너희들이 세금으로 피둥피둥 제 몸을 살찌우고 있을 때 버려진 땅에 사는 사람들이 어떻게 죽어갔는지 아느냔 말이다!"

절규와도 같은 라이신의 외침에 반란군의 얼굴에는 저마다 비장감이 떠올랐다. 라이신의 절규는 바로 자신들의 이야기이기 때문이다.

"나는 수련을 위해 어린 시절 고향을 떠났었다. 그리고 8년이라는 세월이 흐른 후 고향에 돌아왔지. 그런데 아무도 없었다. 어린 시절 나와 함께 뛰어놀던 녀석들, 언제나 훈훈한 웃음을 보여주었던 마을 어른들 모두 없었어. 어떻게 된 일인지 아나? 영주의 개인 광산에 끌려갔다더군. 말도 안 되는 죄를 뒤집어씌워서 말이야. 그리고 모두 광산에서 죽었어. 네놈이 그런 사실을 알아!"

다시 한 번 터져 나온 라이신의 외침에 자일론은 곤혹스러워졌다. 버려진 땅에 광산이 있다는 이야기는 금시초문이었다. 버려진 땅의 비옥한 땅에서 나오는 농산물만이 세금으로 중앙으로 들어왔다. 광산 같은 것이 존재한다는 것은 누구도 몰랐다.

영주가 개인적으로 비밀리에 개발한 곳이니 그럴 수밖에. 자일론은 라이신의 절규에 어떤 말도 할 수 없었다. 자신은 몰랐던 사실이기에 그의 분노에 어떤 대꾸도 할 수 없었던 것이다.

"분명 그건 내가 모르는 일이다. 하지만 반드시 여기서 너를 막겠다. 그래야 이곳 밖에서 평화로운 삶을 사는 이들을 지킬 수 있을 테니까."

묵묵히 있던 자일론은 그 말을 남기며 다시 검을 쥔 손에 힘을 주었다. 자일론의 마지막 말에 라이신의 눈도 빛났다. 이제 다시 한 번 어울릴 때가 된 것이다.

"금(金)!"

자일론은 혼원검법 5초의 초식명을 힘차게 외치며 검을 찔러갔다. 지금까지와는 다른 심상치 않은 기운에 라이신은 재빠르게 자일론의 검을 피했다.

쾅~!!

요란한 폭음과 함께 조금 전까지 라이신이 있던 자리가 깊게 패였다. 아니, 패인 정도가 아니라 그 주위로 땅이 갈라져 있었다. 어마어마한 위력의 찌르기였다.

그 모습을 확인한 라이신은 자신의 결정에 안도했다. 만일 정면으로 그 찌르기를 막았다면 과연 자신이 무사했을까라는 생각이 들었다. 위력만 놓고 따지면 자신이 조금 전 자일론에게 오러 소드를 한껏 늘려 베어갔던 공격보다 더 강한 것 같았다.

자일론이 보여준 일검의 위력에 놀란 라이신은 검에 마나를 더욱 불어넣었다. 다시금 검이 떨리며 오러 소드의 길이가 좀 더 늘어났다.

그 순간 다시 한 번 자일론의 찌르기가 날아들었다. 라이신은 재빠르게 검을 휘둘러 그 찌르기를 막았다.

쾅!

다시 한 번 터지는 폭음. 주위의 사람들이 그 폭음에 놀라고 있을 때 자일론의 검은 어느새 라이신을 향해 베어가고 있었다. 라이신은 재빨리 몸을 옆으로 틀며 그 검을 피했다. 그리곤 자일론의 옆구리를 향해 검을 찔러갔다. 그러나 자일론은 그의 공격을 유유히 피했다. 유수보법의 현묘한 움직임 덕분이었다.

재빨리 몸을 움직인 자일론은 어느새 라이신의 뒤를 잡았다. 자일론은 라이신의 등을 향해 회심의 일격을 찔러 들어갔다. 이것이 제대로 들어간다면 자일론의 승리는 확실했다.

등 뒤에서 느껴지는 기운에 라이신은 재빨리 앞으로 굴렀다. 체면이고 뭐고 없었다. 등 뒤에서 악마 같은 숨결을 뿜으며 다가오는 자일론의 검을 피하는 것이 먼저였다.

그렇게 굴러 라이신은 자일론의 검을 피할 수 있었다. 라이신이 피해 버리자 자일론은 재빨리 검을 회수했다. 괜히 땅에다가 아까운 마나를 쏟아가며 공격할 필요는 없었다.

그리고는 곧장 몸을 일으키고 있는 라이신을 향해 달려들었다. 지금까지의 싸움으로 봤을 때 라이신은 카이렌의 여느 검사와 같았다. 그도 발을 별로 사용하지 않았다. 자일론이 싸워본 상대 중 발을 사용하는 자는 케이와 퓨어가 유일했다.

어릴 때부터 자일론은 발을 많이 사용했다. 케이의 가르침 때문이었다. 자일론이 사용하는 유수보법에 수많은 사람이 제대로 대응하지 못했다. 그래서 어린 시절부터 자신보다 강한 사람들의 혼을 빼놓는 공격을 할 수도 있었던 것이다.

라이신 역시 마찬가지일 것이다. 발을 움직이지 않는다면 자신에게 밀릴 것이 분명했다. 그것은 지금까지의 경험이 말해 주고 있었다. 자일론은 어느 정도 라이신을 상대해 낼 자신이 붙었다. 지금까지의 정황으로 보면 검에 대한 이해도 자신이 라이신보다 앞서면 앞섰지 뒤지지 않는 것 같았다.

라이신이 자신보다 나은 것은 단 하나, 오러 소드를 만들 수 있다는 것뿐이었다.

몸을 바로 세운 라이신은 어느새 자신의 눈앞에 다가와 있는 자일론의 모습에 대경실색해 검을 휘둘렀다. 그러나 갑작스레 휘두른 검에 힘이 실렸을 리 만무했다. 자일론은 손쉽게 그 검을 쳐내고는 다시 한 번 검을 찔러 넣었다.

라이신은 다급히 뒤로 훌쩍 뛰었다. 있는 힘을 다해 뛰었기에 제대로 된 착지를 못하고 그만 엉덩방아를 찧고 말았다. 그러나 모양새가 중요한 것이 아니었다. 라이신은 그 상태에서 재빠르게 뒤로 몇 번 더 구른 뒤 몸을 일으켰다.

자일론과는 제법 거리가 벌어져 있었다. 어느 정도 간격이 생기자 라이신은 안도의 한숨을 내쉬었다. 그런 라이신의 모습에 자일론의 입가에 가는 미소가 어렸다.

이 싸움의 분위기를 자일론 자신이 잡은 듯했다. 자일론은 이제 라이신이 그랜드 소드 마스터라는 것은 신경 쓰지 않기로 했다.

"감리(坎離)!"

자신에 찬 목소리로 자일론은 혼원검법 제6초의 초식명을 외쳤다. 그 순간 자일론의 검 양쪽으로 새하얀 냉기와 새하얀 열기가 일어났다.

붉은 불꽃의 열기가 극에 이르면 불꽃의 색이 하얗게 변한다.

백염(白炎).

지극한 열기를 머금은 불꽃이다. 그런 백염이 자일론의 검 한쪽에서 피어올랐고 그에 맞먹은 냉기가 다른 한쪽에서 피어올랐다. 모두 순백색이었기에 자일론의 오러 블레이드는 하얗게 빛났다.

멀리서도 그 두 기운을 느낄 수 있던 라이신은 얼굴이 딱딱하게 굳어갔다. 라이신은 자일론의 검에서 풍기는 심상치 않은 기운에 자신의 검에 마나를 더욱 밀어 넣었다. 이제 오러 소드의 길이가 거의 100세르에 이르고 있었다.

감리를 운용한 자일론은 가만히 검을 들고 있었다. 혼원검법은 6초부터는 정형화된 검로가 없었다. 다만 검의 기운을 움직이는 방법이 있을 뿐이다. 즉, 6초부터의 검로는 1초에서 5초까지의 검로에서 깨달은 대로 스스로 움직이는 것이었다.

그래서 혼원검법에 대한 깨달음이 깊어질수록 후반 5초의 위력은 더욱 강해지고 검로는 더욱 복잡해진다. 전반 5초는 후반 5초의 검로를 위한 준비 단계 정도인 것이다.

자일론은 음양이기(陰陽二氣)를 동시에 뿜어내는 검을 곧추세워 들고는 라이신을 바라보았다. 그사이 자일론의 검에서는 또 하나의 변화가 일어났다. 눈에 띄는 변화는 아니었지만 열기와 냉기가 나선형으로 서로 간에 얽히며 똬리를 틀고 있었다. 둘 모두 눈부신 순백이었기에 외형상의 변화는 없었다.

그때 라이신이 먼저 움직였다. 100세르에 이르는 오러 소드 덕에 그의 검은 무척이나 길어져 있었다. 그 긴 길이의 이점을 살리기 위해서

인지 라이신은 멀리서 재빠르게 검을 베어왔다. 자일론은 그의 검을 머리칼 하나의 간격으로 피하고는 라이신을 향해 파고 들었다.

라이신은 검이 길어진 만큼 자신을 향해 파고드는 자일론에게 제대로 된 반격을 하지 못했다. 자일론은 라이신을 자신의 간격 안에 둔 것이다. 그때 뿜어져 나오는 자일론의 검. 순백의 기운으로 덮여 있었기에 새하얀 빛살이 라이신을 향해 쏘아져 가는 것 같았다.

라이신은 재빨리 몸을 비틀었다. 자일론의 검은 라이신의 옆구리를 스치고 지나갔다. 훌쩍 오른 라이신은 몸을 공중에서 돌리며 재빨리 검을 휘둘러 자일론에게 반격을 했다. 자일론은 검을 들어 라이신의 검을 막았다.

두 검이 부딪쳤지만 별다른 소리가 나지 않았다. 라이신은 고개를 갸웃거리며 바닥에 착지했다. 검이 부딪쳤을 때도 손에 별다른 감촉이 없었기에 그런 기이한 현상에 고개를 갸웃거린 것이다.

바닥에 착지한 후 자일론의 검이 스친 곳을 바라보았다. 별다른 통증이 없었기에 상태를 확인하기 위해서였다. 다행히 자일론의 검은 라이신의 옷자락만을 스치고 지나간 듯했다. 구멍이 나서 옷이 나풀거리는 사이로 하얀 살갗이 보였으니까.

옷에 난 구멍을 확인한 순간 라이신의 눈이 급격히 커졌다. 검이 지나간 흔적 때문이었다. 오러 블레이드가 스치고 지나갔으니 예리하게 베어져 있어야 했다. 그런데 그렇지가 않았다. 마치 옷에 처음부터 구멍이 있었던 것처럼 그 부분의 옷자락이 사라져 있었다.

소멸(消滅).

말 그대로 소멸되어 버린 것 같았다.

그것이 음양이기가 한데 어우러진 감리의 위력이었다.

라이신은 마른침을 삼켰다. 대체 어찌 된 일인지는 모르겠지만 저 검에 맞았다가는 무사하지 못할 것 같았다. 그냥 베고 지나가는 오러 블레이드보다 더욱 위협적이었다.

자일론은 다시 자세를 취했다. 라이신은 긴장된 자세로 역시 자세를 취했다. 이대로 자일론의 검을 피하기만 하다가는 승산이 없었다. 지금도 인정하긴 싫지만 자신이 밀리고 있었다. 역시 공격밖에 없었다. 방어에만 급급하다가 결정적인 순간에 일격을 허용하고 쓰러질 수는 없었다. 전력으로 공격해야 한다.

라이신은 그렇게 결심하고는 빠르게 자일론을 향해 쏘아져 갔다. 그 모습에 자일론은 그를 맞아 마주 달려들었다. 라이신이 자신의 간격에 들어온 순간 자일론은 라이신을 향해 검을 내리그었다. 그러나 아무런 감촉이 없었다. 놀라서 라이신의 모습을 찾은 순간 라이신은 자신의 간격 밖으로 물러나 있었다.

빠른 속도로 쇄도해 오다가 순간 멈추고는 다시 재빠르게 뒤로 튕겨 나간 것이다. 자일론이 허공을 베어냈을 때 라이신은 다시 자일론을 향해 쏘아져 오며 검을 찔렀다. 아직 자일론은 검을 베어가는 중이었기에 움직이기가 여의치 않았지만 한껏 몸을 옆으로 틀었다.

라이신의 검은 아슬아슬하게 허공을 찌르고 지나갔다. 그때 자일론의 베기 동작도 끝나 있었다. 그 순간 자일론은 틀던 몸을 더욱 틀어 한 바퀴를 돌아서는 라이신을 향해 검을 떨쳤다. 라이신은 재빨리 자리에 주저앉으며 자일론의 검을 피했다. 그리고 어느새 회수한 검을 밑에서 위로 올려 그었다. 라이신의 공격에 자일론은 일단 한 발 뒤로 물러섰다.

그러나 라이신은 집요하게 따라붙으며 공격했다. 오러 소드의 길이는 이미 처음처럼 50세르로 줄어 있었지만 영롱한 빛은 오히려 더욱 진해져 있었다. 그만큼 위력도 강해져 있었다.

두 사람은 근접한 거리에서 치열하게 검을 주고받았다. 눈으로는 검의 움직임을 쫓을 수 없을 정도였다. 다만 퓨어만이 두 사람의 그런 모습을 하나하나 지켜보고 있었다.

라이신이 공격 일변도로 나오기 시작하자 다시 자일론이 밀리기 시작했다. 하지만 여전히 서로 간에 결정적인 공격은 성공시키지 못하고 있었다.

"진뢰(辰雷)!"

더 이상의 진전이 없자 자일론은 혼원검법의 7초 진뢰를 펼쳤다. 진(辰)의 기운을 담아 뇌전과 같은 빠름과 강맹함을 보이는 초식. 7초 진뢰는 전반 5초의 움직임에 번개의 움직임까지 검에 담았기에 더욱 변화무쌍하고 강하며 빠른 초식이었다. 그야말로 변화와 빠름, 강함의 삼 박자를 모두 갖춘 초식이었다.

갑작스레 풍기는 기운이 바뀐 자일론의 검에서 터져 나오는 공격에 라이신은 재빨리 뒤로 물러섰다. 그러나 이미 레더 아머의 왼쪽 어깨 부분이 시꺼멓게 그슬려 있었다.

검병을 쥔 라이신의 손에 촉촉하게 땀이 배어 나왔다. 자일론의 또 다른 검에 긴장한 것이다. 대체 저 녀석의 검법은 어떤 것이길래 상대할수록 점점 다른 모습을 보여주는 것일까? 도대체 누구에게서 검을 배웠길래 저런 위력을 내는 것일까?

수많은 의문이 머리 속을 휘저었지만 라이신은 집중해서 자일론을 바라볼 뿐이었다.

"타핫!"

힘찬 기합 소리와 함께 라이신은 자일론을 향해 쏘아져 갔다. 그에 맞대응하는 자일론. 자일론의 검은 지금까지 싸웠던 것 중에서 가장 완벽했다. 조금 전 자신의 옷자락을 소멸시킨 검도 무서웠지만 지금 펼치는 검은 더했다.

빠르기나 변화, 힘, 어느 것 하나 빠질 것 없이 완벽했다. 완벽하게 갖춰진 검의 끝은 이런 것이다라는 것을 보여주는 듯했다. 라이신은 점차 힘에 부치기 시작했다. 지금까지 고르게 내쉬던 호흡도 점차 거칠어졌다.

승기는 서서히 자일론을 향해 다가가기 시작했다.

"헉헉. 젠장! 정말 네 녀석 소드 마스터냐?"

"물론."

잠시의 틈에 라이신은 숨을 몰아쉬며 거칠게 자일론에게 말했다. 자일론은 담담한 신색 그대로 대답했다.

"말도 안 되는 헛소리군. 뭐, 어쨌든 좋아. 난 무조건 이겨야 하니까. 간다! 타핫!"

라이신은 다시 전력을 다해 자일론에게 달려들었다. 둘의 검은 또다시 치열하게 얽혀 들어갔다. 그러나 점차 자일론의 검이 라이신의 검을 밀어붙이고 있었다. 밀릴 때마다 라이신은 검에 더 더욱 마나를 불어넣었지만 단지 검에 마나를 많이 불어넣는다고 해서 검법이 좋아지는 것은 아니었다. 다만 검의 위력이 증가하는 것일 뿐.

자일론이 다만 오러 블레이드로만 라이신의 오러 소드를 막아갔다면 벌써 결판이 났어도 났을 것이다. 분명 오러 블레이드는 오러 소드보다 약했으니까. 하지만 혼원검법이 후반 5초로 넘어가면서 검에 혼원검법 자체의 기운이 뿜어져 나와 부족한 부분을 채워주고 있었다.

그랬기에 오러 블레이드로 오러 소드를 맞아 이렇게 버티고 있는 것이었다. 아니, 몰아붙이고 있는 것이다.

"이제 그만 끝내지! 타핫!"

점점 승기가 자신에게로 오자 자일론은 이만 끝낼 생각으로 온몸의 기운을 담아 라이신에게로 떨쳤다. 검은 뇌전의 기운을 뿜어내며 라이신에게 날아갔다.

가만히 앉아서 당할 수 없었던 라이신 역시 검에 마나를 한껏 불어넣고는 자일론의 검을 막아갔다.

쾅! 콰콰쾅!

천지가 진동하는 폭음과 함께 자욱한 먼지가 주변을 감싸 안았다. 진한 먼지가 시야를 가려 자일론도 라이신도 보이지 않았다. 손에 땀을 쥐고 구경을 하던 병사들은 갑작스러운 사태에 웅성거리기 시작했다.

퓨어만이 한곳을 뚫어져라 바라보고 있었다.

"어떻게 됐죠?"

역시 먼지로 인해 시야가 가려진 브라이튼이 퓨어를 보고 물었다. 브라이튼은 두 사람의 실루엣 정도는 볼 수 있었지만 조금 전 격돌의 결과까지는 알 수 없었던 것이다.

"무승부예요."

퓨어의 말에 브라이튼은 아쉬운 표정을 지었다. 분명 자일론에게 유리하게 싸움이 흘러가고 있었는데 무승부라니 아쉬울 법도 했다.

"슈리엘, 부탁해."

세린이 소환한 슈리엘이 주위에 자욱이 낀 먼지를 날려 버렸다. 먼지가 서서히 가라앉기를 기다릴 수가 없었던 것이다.

곧 드러난 두 사람의 모습은 참혹했다. 둘 모두 가슴에 걸치고 있던 레더 아머는 어디로 갔는지 보이지 않았다. 옷은 갈가리 찢어져 너덜거렸고 몸 여기저기에 상처가 나서 피가 흘러나오고 있었다.

"좀 전의 격돌이 그렇게 강했나?"

두 사람의 모습을 확인한 브라이튼이 가만히 중얼거렸다. 그 중얼거림에 퓨어가 고개를 끄덕였다. 그리고는 실버니스를 향해 손을 가져갔다. 그 모습에 브라이튼은 의아한 눈을 하고는 퓨어를 쳐다보았다.

"왜 그러죠?"

"자일론의 패배예요."

퓨어의 대답에 브라이튼의 얼굴이 일그러졌다. 지금 눈에 보이는 두 사람의 상태는 누가 낫다 못하다 할 것 없이 비슷해 보였다. 그런데 자일론의 패배라니 브라이튼은 납득할 수 없었다.

그때 가만히 검을 든 채 서로를 마주 보던 두 사람 중 자일론에게서 변화가 생겼다. 영롱한 빛을 뿌리며 검을 감싸고 있던 오러 블레이드가 서서히 사라진 것이다. 라이신의 오러 소드는 여전히 그 영롱한 빛을 한껏 뽐내고 있었다.

"그런……."

브라이튼은 그 모습을 망연자실하게 바라보고 있었다.

"훗, 나의 승리로군."

온몸에 엉망진창으로 상처를 입은 채 라이신이 빙긋 웃었다.

"쳇! 계산 착오인가."

마나량은 자일론이 더 많았지만 먼저 모든 마나를 소진해 버린 것이 문제였다. 원인은 혼원검법에 있었다. 더 많은 양의 마나를 가진 자일론이었지만 마나의 소비량 역시 더 컸던 것이다. 특히 혼원검법의 후반 5초식의 마나 소비는 어마어마했다.

검강을 맞상대할 수 있는 기운을 뿜어내는 초식이니 오죽할까. 거기에 자일론은 검사(劍絲)로 있는 대로 뿜아내 검을 완전히 감싼 형태, 즉 오러 블레이드를 사용하고 있었다.

그 둘이 합쳐졌기에 라이신의 오러 소드를 상대할 수 있었던 것이지만 그만큼 마나의 소모도 컸다. 자일론의 초식에 대한 깨달음이 조금만 더 깊었어도 이 정도는 아니었을 테지만 지금의 자일론으로서는 이것이 한계였다.

특히 감리를 펼친 이후부터 라이신과의 싸움이 더욱 격렬해졌기에 마나 소모도 그만큼 더 컸다. 어쨌든 드러난 현실은 자일론의 패배였다.

"그럼 마지막을 장식해 주지."

이대로 두면 자일론이 라이신의 손에 죽는다는 것을 뻔히 알고 있었지만 누구도 움직이지 못했다. 지금 저곳은 두 사람만의 영역과도 같았다. 움직인다 해도 과연 끼어들 수나 있을지 의심이 갔다. 결국 진압군 모두는 그저 그것을 지켜만 볼 수밖에 없었다.

브라이튼은 입술을 깨물었고 바볼랏은 발만 동동 굴렀다. 세린이 미네르바를 소환해 끼어들려 했지만 퓨어가 왼손을 들어 조용히 제지했다.

퓨어는 오른손을 여전히 검병에 올려둔 채 두 사람을 주시하고 있었다.

"비록 오러 블레이드가 사라졌다고는 하나 그렇게 호락호락 당하지는 않을 거야."

자일론은 서서히 검을 중단으로 바로 세웠다. 지금과 같은 상황은 우연인지 공교롭게도 지난번 무투회의 8강과 비슷했다. 상대가 퓨어에서 라이신으로 바뀌었다 뿐이지 둘 모두 그랜드 소드 마스터였으니. 그리고 지금 자일론이 사용하려는 초식도 역시 그때 마지막으로 사용했던 그 초식이다.

자일론의 모습에 라이신도 검을 바로 세웠다.

"무영(無影)."

그 순간 자일론 자신이 사용할 수 있는 최강의 초식 혼원검법의 8초 무영이 터져 나왔다. 혼원심법의 어느 한 기운을 뽑아 사용하는 것이 아닌 혼원지기 그 자체를 사용하는 초식.

지금까지의 초식과는 다르게 아무런 소리도 어떠한 움직임도 보이지 않았다. 그저 라이신을 향해 검이 움직일 뿐이었다. 하지만 지금까지의 어떤 초식보다도 빨랐다. 그리고 무거웠다.

라이신은 서둘러 자신의 가슴을 막았다. 어느새 자일론의 검이 자신의 가슴에 닿아 있었던 것이다. 재빠르게 가슴 앞으로 검을 휘두른 라이신은 곧 몸을 옆으로 날려 굴렀다.

툭.

반으로 잘린 검끝이 바닥에 떨어졌다. 자일론의 손에는 반으로 잘린 검이 들려 있었다. 오러 소드가 덮인 라이신의 검에 자일론의 검이 잘린 것이다. 만일 자일론의 검에 오러 블레이드가 맺혀 있었다면 라이신의 가슴에 커다란 구멍이 뚫렸으리라. 무영이 실패로 돌아가자 자일론은 움직임을 멈췄다. 마지막 마나까지 쥐어짜 펼친 공격이 수포로 돌아가자 탈진한 채로 서 있었다.

그런 자일론을 향해 어느새 몸을 일으켰는지 가슴에 가는 핏줄이 그어진 라이신이 검을 휘두르고 있었다. 진압군 병사들은 끝장이라는 생각에 모두들 눈을 질끈 감았다.

챙!

그러나 요란한 소리가 울렸다. 그 소리에 놀란 모두가 자일론과 라이신을 쳐다보았다.

언제 움직인 걸까? 자일론과 라이신 사이에 퓨어가 서 있었다. 그녀의 검이 자일론에게로 향하는 라이신의 검을 막고 있었다. 그리고 그녀의 검에는 영롱하면서도 깊이있는 신비한 빛을 뿌리는 오러 소드가 맺혀 있었다.

그 모습에 진압군 병사들은 환호성을 질렀다.

"어… 어떻게……."

자신의 앞을 막아선 퓨어의 모습에 라이신은 온몸을 떨었다. 힘겹게 적의 사령관을 쓰러뜨렸다 생각했는데 그랜드 소드 마스터라니. 이런 일은 있을 수 없었다.

퓨어는 그런 라이신은 일별도 하지 않고 뒤를 돌아봤다.

"브라이튼, 자일론을."

퓨어의 말에 브라이튼이 서둘러 다가와 탈진한 자일론을 부축했다. 브라이튼이 자일론을 데리고 오자 바볼랏이 서둘러 다가와 회복 마법을 사용했다.

"후~ 퓨어, 당신이 그랜드 소드 마스터였나?"

"그래요, 라이신."

침울한 목소리로 물어오는 라이신의 말에 퓨어가 대답했다.

"그래, 그런가? 브레그마의 무투회에 나타났다는 퓨어라는 그랜드 소드 마스터 엘프가 당신이었군."

기억 속에서 얼마 전 온 류블라드를 진동시켰던 브레그마 무투회를 떠올린 라이신은 고개를 흔들며 한숨을 쉬었다.

"이 이상 승산은 없어요, 라이신. 이만 군을 물려요. 저도 무익한 살상은 하고 싶지 않아요."

측은한 눈빛으로 라이신을 바라보며 퓨어가 말했다. 어느새 둘은 모두 검을 거둬들여 한쪽으로 늘어뜨리고 있었다.

"아니, 아직 끝나지 않았어."

퓨어의 말에 라이신의 눈은 다시금 활활 타올랐다.

"그 두 사람을 믿고 그러는 건가요?"

정확히 누구인지 지칭하지 않고 그냥 두 사람이라 말했지만 라이신은 퓨어가 말하고자 하는 사람이 자신의 아버지와 스승임을 직감했다.

"어떻게 알지?"

"후우~ 그들이라면 이곳에 없어요. 저보다 더 강한 한 사람과 이곳을 떠났어요. 그들만의 승부를 가리기 위해."

퓨어의 대답에 라이신의 눈이 급격히 커졌다.

"뭐야? 너보다 더 강한 사람?!"

라이신의 외침에 퓨어는 그저 고개를 끄덕였다.

"믿을 수 없어!"

절규와도 같은 라이신의 외침. 그러나 퓨어는 고개를 가로저으며 나직이 말했다.

"저희 엘프들은 거짓을 말하지 못한답니다."

그 말에 라이신은 온몸을 덜덜 떨었다.

"이럴 수가! 제대로 시작도 하지 못하고, 버려진 땅조차 벗어나지 못하고 이렇게 끝이 나는 건가……. 아니, 스승님은, 아버님은 이곳으로 돌아오실 거야. 그분들이 어떤 분이신데. 8서클 마스터 마법사와 그랜드 소드 마스터가 아닌가."

집착과도 같은 중얼거림. 그런 라이신을 퓨어는 연민 어린 얼굴로 바라보았다.

"그들과 함께 간 제 동료는 9서클의 마스터이자 소드 슈페리어에요."

라이신만이 겨우 들을 수 있는 작은 목소리. 그러나 그 소리는 라이신에게는 청천벽력보다도 더 큰 소리였다.

"뭐라고?"

광기가 스며든 눈동자를 희번득거리며 라이신은 퓨어를 쳐다보았다. 퓨어의 마지막 말에 그의 눈에 광기가 떠오른 것이다. 마지막 희망의 싹을 깨끗하게 잘라 버렸으니 라이신으로서는 미치지 않을 수가 없었다.

"방금 말한 그대로예요."

연민이 가득했지만 단호한 한마디.

"우아아아악! 이럴 수는 없어!"

그 말에 라이신은 절규의 비명을 지르며 땅에 주저앉았다. 그런 인간 같지도 않은 괴물이 존재한다니.

9서클 마스터라니. 역사상 인간은 단 한 명 존재했던 9서클 마스터. 그 존재가 이곳에 있었다니.

소드 슈페리어라니. 역사상 존재했던 네 명의 그랜드 소드 마스터가 막연히 말한 그랜드 소드 마스터 이상의 경지. 그저 뜬구름 잡는 듯한 추측에 불과했던 경지. 전설상에서도 존재한 적이 없던 경지. 그 경지를 이룬 이가 이곳에 와 있다니.

그리고 그 두 가지를 이룬 이가 한 인물이라니.

있을 수가 없는 일이었다. 그 말을 한 이가 엘프가 아니었다면 라이신은 미친 개소리라며 비웃어주었을 것이다. 하지만 절대 거짓말을 하지 못한다는 엘프의 말이었다.

지금 라이신의 앞에 존재하는 것은 절망이라는 두 글자뿐이었다.

그런 라이신의 모습에 반란군 병사들은 주춤주춤 뒤로 물러서기 시작했다. 그들도 느낀 것이다, 반란이 실패했음을. 그리고는 서서히 움직이는 속도가 빨라지더니 곧 무기를 버리고 도망치기 시작했다. 아무런 소리도 내지 않았다. 그저 무기가 땅에 떨어지는 소리와 급히 달려가는 그들의 발소리만 울릴 뿐이었다.

그런 반란군의 모습을 진압군 병사들은 그저 바라만 보고 있었다. 사령관으로부터 어떠한 명령도 없었기에 그저 그렇게 도망치는 그들을 바라만 보았다.

그 모습을 지켜본 라이신은 벌떡 일어섰다.

"이젠 끝인가?"

어느새 광기로 물들었던 그의 눈에는 체념이 떠올라 있었다.

"그래요. 그냥 항복해요. 더 이상의 싸움은 의미가 없어요."

"훗! 그런 것 같군. 지금 내가 당신을 이길 수도 없고, 또 여기 있는 3만에 이르는 군사들을 당할 수도 없겠지. 하지만 항복은 할 수 없어. 반란의 대가는 정해져 있으니까."

그렇게 말하며 라이신은 빙긋 웃었다. 체념 어린 미소였지만 그 어떤 미소보다도 밝았다. 그리고 그는 쓰러졌다. 어느새 그의 검은 그의 심장을 꿰뚫고 있었다. 자신의 주인의 심장을 꿰뚫은 검은 여전히 오러 소드로 빛나고 있었다. 서서히 라이신의 눈이 감기면서 오러 소드도 서서히 스러져 갔다.

자신이 반란을 일으키게끔 키워졌다는 사실을 모르는 라이신은 그렇게 버려진 땅에서 죽은 사람들에 대한 한을 품은 채 죽었고 반란의 진압은 끝이 났다.

반란을 진압한 기쁨보다는 온몸을 찜찜하게 하는 무거운 기운이 대기를 떠돌았다. 무언가 굉장히 불쾌한 싸움이었다.

제   51   식

게이 vs 브로스넨

케이 vs 브로스넨

  횡한 바람이 불어오는 고원. 고원의 한곳이 밝은 빛에 휩싸이며 케이가 그곳에 나타났다.

  "이곳도 벌써 세 번째군. 매번 드래곤과 싸울 때면 이곳을 찾게 되니……."

  일라나와 싸운 지 불과 한 달도 되지 않아 케이는 다시 미드 산맥의 고원을 찾았다. 곳곳이 낯익은 고원을 둘러보며 케이가 중얼거리고 있을 때 밝은 빛과 함께 바스테르와 브로스넨이 나타났다.

  "9서클 마스터라… 대단하군. 시스렌 그 친구 이후에는 9서클 마스터는 나타나지 않을 줄 알았는데."

  케이가 남긴 마나의 흔적을 읽으며 케이의 경지를 짐작한 브로스넨이 케이를 보며 말했다.

"과찬이군요."

브로스넨의 말에 케이는 빙그레 웃었다.

"하찮은 놈이 까부는구나."

여유로운 케이의 모습이 마음에 안 드는지 바스테르, 아니, 나크하이드는 불쾌한 듯 중얼거렸다. 그러나 케이는 그런 그의 반응에 아랑곳하지 않았다.

"그나저나 이쪽 분의 이름이 나크하이드인 건 알겠는데 이쪽 분은? 펜타 드래곤 중 누구시죠?"

케이의 물음에 두 사람의 얼굴에는 놀람이 떠올랐다.

"호오~ 우리가 드래곤인 걸 알았나? 하긴 그랬으니 장소를 옮기자는 말만 남기고 그렇게 무턱대고 텔레포트를 했겠지. 그것보다 펜타 드래곤이라는 말을 안다는 것도 신기하군. 난 그다지 좋아하지 않는 말인데 말이야."

브로스넨은 흥미로운 눈으로 케이를 바라보며 중얼거렸다.

"음… 제가 맞춰볼까요? 아마 브로스넨님 같습니다만."

브로스넨이 케이의 질문에 대답하지 않고 자신의 할 말만을 하자 케이는 자신의 추측을 말했다. 케이의 말에 브로스넨의 얼굴은 다시 한번 묘하게 변했다.

"놀랍군. 일개 인간이 말이야. 어떻게 알았는가?"

"기도지요. 브로스넨님의 기도는 잘 벼린 한 자루의 검과 같군요. 드래곤이지만 마법보다도 검을 더 좋아하는 드래곤에 대한 이야기를 들었지요. 인간 세상에 나타났던 네 명의 그랜드 소드 마스터 중 세 명이 그의 화신이라는 이야기도 들었구요."

케이는 여전히 웃음 띤 얼굴로 여유롭게 대답했다.

"우하하하하! 대단하군, 대단해. 인간 세상에 나에 대한 것은 별로 알려진 것이 없을 텐데 자네는 아주 잘 알고 있군."

무엇이 그리 유쾌한지 브로스넨은 웃음을 커다랗게 터뜨렸다. 그 모습에 나크하이드는 안절부절못했다. 한시바삐 눈앞의 녀석을 처리하고 다시 전장으로 돌아가 봐야 하는데 브로스넨이 눈앞의 녀석에게 흥미를 보이고 있었기 때문이다. 무척이나 골치 아픈 상황이 벌어진 것이다.

"음… 저기 저분은 이 자리가 별로 마음에 들지 않는 모양이군요. 저리도 안절부절못하는 걸 보면요."

케이는 그런 나크하이드를 가리키며 브로스넨에게 말했다.

"하하, 장가가는 문제가 걸려 있으니 그럴 만도 하지."

브로스넨의 대답에 케이의 표정이 야릇하게 변했다. 분명 이곳으로 텔레포트하기 전에 나크하이드가 에르시안이라는 일라나의 성이자 드래곤으로서의 본명을 이야기하는 것을 들었기 때문이다. 케이는 설마 하는 심정으로 물었다.

"혹시 나크하이드라는 분이 장가들려는 상대가 일라나, 아니, 에르시안이라는 드래곤은 아니겠지요?"

케이의 물음에 나크하이드의 고개가 획 돌아갔다. 브로스넨이 어떤 반응을 보이기도 전에 재빠른 반응을 보인 것이다.

"네놈이 어떻게 에르시안을 알고 있지?"

나크하이드의 반응에 케이는 고개를 끄덕였다. 그의 추측이 맞은 것이다.

"흐음… 이거 정말 흥미롭군요. 인간들의 반란에 위대하신 종족이라는 드래곤이 두 분씩이나 끼어 있다니 말이에요. 아니, 셋인가요? 어떻게 된 영문인지 알고 싶군요."

자신의 물음에는 대답하지 않고 케이가 엉뚱한 소리만 늘어놓자 나크하이드는 소리를 질렀다.

"놈! 시건방진 소리는 그만 지껄이고 내 물음에나 답해라!"

"흐음… 일단 당사자들을 모두 모아놓는 것이 이야기하기에는 빠르겠죠?"

그 말을 남기고 케이는 텔레포트로 사라졌다. 그 모습에 흥분한 나크하이드가 쫓아가려고 재빨리 마나의 흔적을 읽었다.

"흥, 제깟 놈이 뛰어봐야……."

그러면서 나크하이드가 케이를 쫓아 텔레포트하려 할 때 브로스넨이 막았다. 나크하이드는 의아한 얼굴로 브로스넨을 쳐다보았다.

"자네, 정말로 텔레포트할 텐가? 그곳으로? 한 번 좌표를 다시 잘 살펴보게."

브로스넨의 말에 나크하이드는 고개를 갸웃거리며 좌표의 위치를 다시 살펴보았다. 그리고 눈을 부릅떴다. 주의를 준 브로스넨이 그렇게 고마울 수가 없었다.

케이가 이동한 곳은 카이렌의 왕궁이었다. 그것도 에르시안이 머물고 있는 방. 내기가 시작된 이후에도 나크하이드는 끊임없이 에르시안에게 관심을 가졌기에 금세 그 좌표가 가리키는 곳을 알 수 있었다.

"당사자를 모두 모아놓겠다고 했으니 아마도 에르시안을 데리고 이리로 오겠지. 기다려 보자구."

그렇게 느긋하게 말한 브로스넨은 근처에 솟아오른 돌을 앉기 편하게 잘라낸 후 그 위에 걸터앉았다. 그 모습에 나크하이드도 적당한 곳에 자리를 잡고 앉아 케이를 기다릴 수밖에 없었다.

발코니에 마련된 작은 티 테이블에 앉아 한가로이 차를 즐기던 일리나는 갑작스레 나타난 케이의 모습에 놀랐다.

"네놈은… 버려진 땅에 있어야 할 네놈이 여기는 웬일이지?"

일리나의 반응은 냉랭했다.

"뭐, 나도 별로 네 얼굴을 보고 싶지는 않아. 나에게 무참히 박살났던 그 기억을 네가 떠올리게 하고 싶지 않거든."

케이의 대답에 일리나의 고운 눈썹이 한곳으로 휘었다. 생각하기도 싫은 그날 밤의 일이 떠오른 것이다. 명색이 지상 최고의 종족이라는 드래곤이 고작 늑.대. 따위에게 죽을 뻔하다니… 그렇게 수치스러운 일은 앞으로 남은 8,000여 년의 세월 동안에도 없을 것이다.

"자일론은 어떻게 하고 네가 여기에 나타난 거지?"

자일론에게 생각이 미친 일리나는 자신의 아들이 걱정되었는지 다시 한 번 케이를 다그쳤다.

"아, 자일론이라면 잘하고 있을 거야, 걱정 마."

케이의 대답에 일리나는 고개를 끄덕였다. 그러나 여전히 매서운 표정으로 케이를 노려보고 있었다.

"그것보다도 말이야, 궁금한 게 있어서 찾아왔어."

케이의 말에 일리나는 고개를 갸웃거렸다. 반란을 진압하러 갔던 녀석이 갑자기 자신을 찾아와서 궁금한 것이 있다니 영문을 알 수 없었다.

"그렇게 도통 모르겠다는 표정을 짓지 말라구. 네가 관련된 일이니까. 대체 어떻게 된 일이지, 반란군에 드래곤이 둘이나 섞여 있다니? 게다가 그중 하나는 펜타 드래곤 중 브로스넨이고 말이야."

케이의 말에 일라나는 자리에서 벌떡 일어났다. 브로스넨이란 말에 놀란 것이다.

"뭐야? 브로스넨? 그가 왜 거기에 있지? 거기에 있는 드래곤은 나크하이드가 아니야?"

다급하게 쏘아붙이는 일라나의 질문. 그런 일라나를 보며 케이는 고개를 끄덕였다.

"역시 무언가 있었군."

"어떻게 된 거냐니까?!"

어느새 일라나는 케이에게 달려들어 케이의 멱살을 잡고 흔들었다. 케이가 자신의 물음에 대답을 하지 않자 다급한 마음에 몸이 먼저 움직인 것이다. 브로스넨이 버려진 땅에 있다니… 그렇다면 자일론이 위험했다.

"젠장, 도대체 나크하이드 녀석이 무슨 짓을 한 거야!"

"나참! 자자, 진정하라구. 그리고 일단 이 손부터 놓지 그래."

케이는 흥분한 채 소리치는 일라나의 손을 자신의 멱살에서 떼어냈다. 이미 이곳에 왔을 때부터 주위에 마나로 방음막을 쳐두었기에 이 소란에도 누구도 찾아오지 않았다.

"일단 자일론은 무사해. 자일론에게 무슨 변고가 생겼다면 나에게 연락이 오게 되어 있으니까. 그리고 브로스넨이 어떻게 버려진 땅에 있는지는 가서 직접 물어보라구. 나도 그 일 때문에 너를 데리러 온 거니까."

그리곤 케이는 일라나를 데리고 다시 브로스넨과 나크하이드가 있는 곳으로 텔레포트했다.

케이가 사라지고 조금 지나자 다시금 허공에 밝은 빛이 일었다. 그 빛에 브로스넨은 자리에서 일어났다.

"왔군."

나크하이드도 일어나 그 빛 근처로 자리를 옮겼다.

빛이 사라지자 케이와 일라나가 나타났다.

"오랜만이야, 에르시안."

일라나가 나타나자 나크하이드는 반갑게 인사를 했다.

"흥! 뻔뻔한 녀석. 어떻게 브로스넨님을 끌어들인 거지?"

일라나는 나크하이드를 보자마자 대뜸 쏘아붙였다.

그런 둘의 모습을 케이와 브로스넨은 흥미롭게 지켜보았다.

"뭐가 뻔뻔하다는 거지? 나는 내기의 규칙을 어긴 적이 없어."

"그게 무슨 말이야? 우리의 내기는 분명!"

"분명?"

일라나가 무어라 외치려 하자 나크하이드는 자신만만한 얼굴로 되물었다.

"나와 네가 유희를 나간다. 난 버려진 땅으로 넌 왕궁으로 들어간다. 그리고 각자 2세를 낳는다. 내가 나의 2세로 하여금 버려진 땅에서 반란을 일으킨다. 넌 너의 2세를 대장으로 하여 반란을 진압한다. 반란이 성공하면 나의 승리, 반란이 실패하면 너의 승리. 내가 이기면 넌 나와 결혼, 네가 이기면 난 조용히 물러난다. 이게 내기의 내용 아니었나?"

일라나에게 되물은 후 나크하이드는 스스로 그 물음에 대한 답을 했다. 둘의 대화를 들은 케이는 이번 반란에 숨겨진 전모를 알 수 있었다.

결국 카이렌이라는 나라가 두 드래곤의 내기에 놀아난 꼴이었던 것이다.

'후, 역시 드래곤이라는 종족답군. 한낱 결혼을 결정하는 내기에 인간 세상의 한 국가를 가지고 놀다니.'

케이는 그들이 한심해졌다. 그러나 그런 케이는 현재 그들의 관심 밖에 있었다.

"자, 이 내용에 다른 드래곤을 끌어들이면 안 된다는 내용이 있었나? 유희 중인 모습으로 직접 전쟁에 뛰어들면 안 된다는 내용이 있었나? 없지. 그런데 내가 뭐가 뻔뻔하다는 거지?"

나크하이드, 그는 정말로 뻔뻔했다.

"이이……!"

나크하이드의 말에 일라나는 별다른 말을 못하고 이를 갈 뿐이었다.

"후우… 뻔뻔한 것 맞네요. 그런 걸 뻔뻔하다고 하는 거죠. 단순한 말장난으로 그 허점을 교묘히 이용하다니. 이건 뻔뻔한 걸 넘어서서 비겁하다고도 하지요."

보다 못한 케이가 끼어들었다. 케이는 여전히 일라나가 마음에 안 들었지만 저 나크하이드라는 드래곤은 마음에 안 드는 정도를 넘어서 정말 재수가 없었다. 생각지도 못한 케이가 자신을 거들자 일라나는 의외라는 얼굴로 케이를 쳐다보았다.

"이 하찮은 인간 놈이……."

나크하이드는 당장에라도 케이에게 달려들 듯했지만 브로스넨이 그에게 흥미를 보이는 것을 알았기에 차마 실행하지는 못했다.

"미안하지만 나는 인간이 아냐."

"뭐라?"

케이의 말에 나크하이드는 어이없다는 얼굴을 했다. 분명한 인간이었다. 그런데 인간이 아니라니?

"그놈은 늑대야."

그때 일리나의 입에서 대답이 흘러나왔다. 그 말을 하는 일리나의 얼굴에는 불쾌한 기운이 역력했다.

"뭐야?"

브로스넨과 나크하이드의 입에서 동시에 경악성이 튀어나왔다.

"그럴 리가? 아무리 봐도 인간인데……."

브로스넨이 알 수 없다는 듯 고개를 갸웃거리며 케이를 꼼꼼이 살폈다.

"폴리모프 중이에요, 그 녀석은."

브로스넨이 궁금해하자 일리나가 대답했다.

"흐음… 하지만 에르시안, 현재 인간이 사용할 수 있는 폴리모프는 시스렌이 만든 그것뿐이야. 그 마법의 치명적인 결점은 바로 엄청난 마나 소모에 있지. 폴리모프를 유지하려면 쉼없이 마나를 소모해야 해. 그것도 엄청난 양을. 그런데 저 케이라는 친구는 그런 흔적이 전혀 없는걸. 그리고 무엇보다 그런 것을 떠나서 어떻게 늑대가 마법을 사용할 수 있나? 그 인간보다도 하찮은 동물은 지능도 제대로 가지지 못한다구."

브로스넨의 말에 일라나는 고개를 끄덕였다. 그러고 보니 케이가 폴리모프를 사용할 때 너무 놀라 폴리모프에 대한 사실을 간과하고 있었던 것이다. 브로스넨의 말이 일리는 있지만 어쩌겠는가? 일라나는 이미 케이가 늑대라는 사실을 절실히 겪었는데.

"그것은 어찌 된 일인지는 모르겠습니다만 분명 저 녀석은 늑대입니다. 저 녀석이 태어난 직후부터 저는 지켜봤으니까요."

일라나의 대답에 브로스넨의 눈에 맺힌 흥미는 무척이나 짙어졌다. 드래곤 역시 엘프와 마찬가지로 거짓을 말할 수 없었다. 일라나가 그렇다면 그런 것이다. 그런데 도저히 있을 수 없는 일이었다. 그 사실이 브로스넨의 호기심을 강하게 자극했다.

"에르시안의 말이 사실인가?"

"물론이죠."

"그렇다면 본 모습을 보여줄 수 있겠는가?"

브로스넨의 요청에 케이는 폴리모프를 풀어 늑대의 모습으로 돌아갔다. 은빛의 털이 아름다운 카이져 실버 울프. 잠시 그 모습을 유지하던 케이는 곧 폴리모프를 사용해 인간의 모습으로 돌아왔다.

"과연! 카이져 실버 울프라. 늑대 중에서도 대단한 혈통이군."

케이의 진면목을 확인한 브로스넨은 유쾌한 듯 말했다. 그러다가 그의 눈이 케이의 망토로 향했다.

"응? 그건? 분명! 이런, 내가 왜 지금까지 그걸 알아차리지 못했지. 하하하. 그렇게 된 것인가?"

케이가 걸치고 있는 망토, 그것은 에르데미안에게서 얻은 브로스넨의 드래곤 스킨으로 만든 망토였다. 자신의 가죽으로 만든 망토도 한눈에 알아보지 못했으니 브로스넨이 자신의 이마를 치며 크게 웃을 만도 했다.

"에르데미안과는 어떤 사이인가?"

"폴리모프를 얻었습니다."

케이의 대답에 브로스넨은 고개를 끄덕였다.

"과연. 에르데미안이라면 전혀 새로운 폴리모프를 만들 수도 있지. 드래곤 중에서도 가장 마법에 정통한 그녀라면 말이야. 하지만 그냥은 자네의 부탁을 들어주지 않았을 텐데. 무엇을 지불했나?"

에르데미안에 대해서 잘 알고 있는 브로스넨은 호기심 가득한 얼굴로 케이에게 물었다. 자신도 괴짜였지만 에르데미안은 괴팍했다. 그 괴팍한 태고룡이 폴리모프의 수식을 한낱 늑대에게 만들어주다니 어떤 대가를 받았는지가 무척 궁금했다.

"제 자신에 관해서지요."

"응? 그게 무슨 말인가?"

"제가 어떤 존재인가 하는 에르데미안님의 궁금증을 풀어주는 것이 대가였습니다."

케이의 대답에 브로스넨은 자신의 머리를 다시 한 번 쳤다.

"하하하, 그렇군. 이 세상에는 결코 자네 같은 늑대가 존재할 수 없지. 분명 무언가 우리는 알 수 없는 것이 있었을 거야. 그것을 알려주는 대가로 폴리모프를 얻었다는 말인가?"

"그렇습니다."

케이의 대답에 브로스넨은 크게 웃었다.

"아하하. 재미있군, 재미있어. 이런 일이 있을 줄은."

그런 브로스넨의 모습에 안절부절못하던 나크하이드가 결국은 입을 열었다.

"저… 브로스넨님, 일단은 전장으로 돌아가는 것이……. 아직은 전쟁 중입니다."

나크하이드의 말에 일라나의 눈이 매섭게 변했다.

"뭐야? 나크하이드, 지금 반란에 끼어들겠다는 거야?"

"물론이지. 아까도 이야기했지만 내기의 규칙에 전혀 위배되지 않는다구. 마음에 안 들면 너도 끼어들면 될 거 아니야?"

나크하이드의 태연한 대답에 일라나는 아무런 대답을 못했다. 나크하이드는 아마도 처음부터 마법사 행세를 하며 유희를 시작했을 테지만 자신은 그저 몰락 귀족가의 딸이었다. 지금에 와서 마법을 사용할 순 없는 노릇이었다.

이러지도 저러지도 못하는 일라나는 발만 동동 구를 뿐이었다.

"그럴 필요 없을 것 같군요."

브로스넨과 함께 전장으로 돌아가려는 나크하이드를 향해 케이가 담담한 목소리로 말했다.

"그게 무슨 말이지?"

나크하이드는 매서운 눈으로 케이를 노려보며 물었다.

"반란 진압에 성공했다는군요. 지금 제 동료들이 저에게 소식을 전해왔어요."

그렇게 말하며 케이는 자신의 왼손을 들어 보였다. 케이의 왼손 중지에서 붉은빛을 뿌리는 반지. 세 드래곤은 이내 그 반지가 통신용 반지임을 알아차렸다.

"그런 말도 안 되는! 그럼 라이신은?"

"라이신은 자살했다는군요. 반란군의 병사들이 모두 도망친 후에."

케이는 씁쓸하게 대답했다. 바볼랏이 그 소식을 전할 때 케이도 상당히 놀랐었다. 그때 만난 그 숨기는 것 많은 여행자 라이신이 반란군의 대장이었다니. 제법 밝은 녀석이었는데 케이는 그가 불쌍해졌다. 결국 그는 아무것도 모르고 두 드래곤의 내기에 이용만 당하다가 스스로 목숨을 끊은 것이다.

'안타깝군.'

"그럴 리가 없어! 라이신은 그랜드 소드 마스터란 말이다!"

나크하이드는 절규하듯 외쳤다.

"후우~ 그래요? 아마도 브로스넨님이 가르쳤겠군요."

"그렇네. 어떻게 짐작했는가?"

브로스넨의 물음에 케이는 별것 아니라는 투로 대답했다.

"소드 마스터는 몰라도 그랜드 소드 마스터는 아무나 될 수 있는 것이 아니지요. 누군가 뛰어난 스승의 가르침이 있어야지요."

"그래, 네놈 말이 맞다. 라이신은 바로 그런 그랜드 소드 마스터라구. 그런데 라이신이 자살을 했다고?"

케이의 말을 들은 나크하이드는 케이를 노려보며 외쳤다. 마치 케이가 나크하이드 평생의 원수라도 된 듯했다.

"하아~ 그래요. 일단 자일론부터 상급의 소드 마스터예요. 그것도 그랜드 소드 마스터에 근접한. 라이신과 자일론이 격렬하게 싸웠지만 결과는 라이신의 승리였다는군요. 자일론은 탈진해서 쓰러지구요."

"당연하지."

케이의 말에 나크하이드는 힘차게 고개를 끄덕이며 말했다. 일라나는 자일론이 탈진해서 쓰러졌다는 말에 얼굴 가득 근심을 떠올렸다.

"뭐, 버려진 땅에서 반란을 준비했다면 알겠지요. 겪어보니 무던히도 철저히 준비했었으니까. 얼마 전에 브레그마에서 벌어졌던 무투회에 대해서 알아요?"

"정령왕을 소환한 정령술사와 그랜드 소드 마스터 엘프가 나타났다는 그 무투회 말이야?"

나크하이드의 물음에 케이는 고개를 끄덕였다.

"그 정령술사와 엘프가 자일론의 곁에 있었어요. 자일론은 탈진해 쓰러졌지만 그 둘이 버티고 있었죠. 결국 절망한 라이신이 무릎을 꿇었고 그 모습을 본 병사들은 모두 도망갔다는군요. 그리고 병사들이 사라진 모습을 본 라이신이 자살을 했구요."

케이의 말에 나크하이드는 힘없이 주저앉았다. 내기에서 진 것이다. 이길 것이라 믿어 의심치 않았던 내기에서 진 것이다.

"호호호! 나의 승리군, 나크하이드. 그러면 약속대로 앞으로는 나를 귀찮게 하지 마."

일라나는 기쁘게 웃었다. 그러나 곧 표정이 변해서 안절부절못했다. 자일론 때문이었다.

"자일론 일이라면 걱정 마. 옆에 바볼랏이라는 신관이 붙어 있으니까 금세 괜찮아질 거야."

케이의 말에 일라나의 얼굴은 곧 안정을 되찾았다.

"그럼 난 간다. 너도 나에게 볼일은 끝났지?"

이내 일라나는 원래의 얼굴로 돌아가서 냉랭하게 말했다.

"그래, 잘 가라구."

케이의 대답에 일라나는 고개를 끄덕였다.

"그럼, 브로스넨님, 저는 이만."

"그래. 잘 가게, 에르시안."

브로스넨은 일라나의 인사에 웃으며 말했다. 브로스넨의 인사를 뒤로하고 일라나는 텔레포트로 사라졌다.

"늑대, 고맙다."

일라나가 사라지는 것과 동시에 케이의 귀에 은은하게 들려오는 소리. 이동하면서 케이에게 한마디의 인사를 남긴 것이다.

"훗, 별일이군. 천하의 일라나 에르시안께서 고맙다는 말을 다 하고."

일라나의 행동이 의외였는지 케이는 피식 웃었다. 그리고 곧 케이는 등 뒤에서 쏟아져 오는 어마어마한 살기를 느꼈다. 나크하이드였다.

"크윽! 네놈, 네놈 때문이다!!"

나크하이드의 분노는 고스란히 살기로 변해 케이를 향해 쏟아져 갔다. 과연 일라나보다 1,000살 이상 많은 드래곤이라 그 위력이 달랐다. 일라나가 뿜던 기세에 비할 바가 아니었다.

'우웃, 대단한걸. 저 녀석은 일라나보다 제법 나이가 많나 보군. 역시 이게 드래곤들의 나이의 위력인가?'

온몸을 압박하는 나크하이드의 기세에 케이는 몸이 답답해져 오는 것을 느꼈다. 그러다가 일순간 온몸을 압박하던 기운이 눈 녹듯이 사라졌다. 의아함에 케이가 나크하이드를 바라보니 나크하이드는 멍하니 브로스넨을 바라보고 있었다.

'훗, 그렇게 된 것인가?'

브로스넨이 나크하이드의 기운을 막아준 것이다.

"브로스넨님, 도대체 왜?"

갑자기 자신을 막아서는 브로스넨의 태도에 놀란 나크하이드가 브로스넨을 보며 물었다.

"으음. 나크하이드, 자네 조금 추하군. 자네도 이제 200년만 있으면 태고룡의 반열에 드는 나를 내기에 끌어들이지 않았는가? 그런데 내기에 끼어든 다른 존재에게 패배의 화풀이를 하려 하다니 조금 그렇군."

브로스넨은 그렇게 말하며 나크하이드를 향해 자신의 기운을 개방했다. 나크하이드로서는 케이를 당장에라도 찢어 죽이고 싶었지만 어쩔 수가 없었다. 브로스넨이 앞을 막아서고 나선 이상 그냥 물러서야 했다.

본인의 말대로 브로스넨은 고룡을 넘어서 이제 태고룡을 바라보고 있었다. 이제 2,000살이 조금 넘은 나크하이드로서는 어찌할 수 있는 상대가 아니었다.

"알겠습니다."

그 말을 남긴 나크하이드는 불만 가득한 얼굴로 자신의 레어로 텔레포트했다. 아마도 화를 식히기 위해서라도 수면에 들 것 같았다.

"자, 그럼 대충 정리가 끝난 것인가?"

브로스넨은 케이를 돌아보며 말했다.

"글쎄요. 아직 다 끝난 것 같지는 않군요. 아무래도 브로스넨님께서 제게 무슨 볼일이 있는 것 같은데요."

케이의 말에 브로스녠은 크게 웃었다.

"하하하. 역시 대단해. 자네 머리 하나는 잘 돌아가는구먼."

"무슨 일이시지요?"

케이의 물음에 브로스녠은 눈을 빛냈다.

"뭐, 자네도 알겠지만 나 역시 펜타 드래곤일세. 그 말을 별로 좋아하지는 않네만. 드래곤들 사이에서 괴짜로 불릴 만큼 호기심이 많은 것은 사실이지."

브로스녠의 말이 거기에 이르렀을 때 케이는 한숨을 내쉬었다. 결국 그의 목적도 에르데미안의 그것과 같았던 것이다.

"후우~ 그러니까 저에 대해 알고 싶다는 말씀이시군요."

"그렇네. 자네는 역시 대화가 통하는군."

케이의 말에 브로스녠은 기쁜 듯 대답했다.

"만약 제가 거절한다면요?"

케이의 말이 끝나자마자 브로스녠의 눈은 스산하게 빛났다. 그리고 강맹한 기운이 케이의 온몸을 옥죄어왔다.

'으윽, 이런 기운이라니. 젠장, 역시 미친 드래곤이군. 펜타 크레이지 드래곤이라는 말이 괜히 있는 게 아니었어.'

아직 거절한 것도 아니고 거절의 뉘앙스를 풍겼을 뿐인데 그 즉시 강맹한 기운으로 온몸을 옥죄어오는 브로스녠의 기세에 케이는 속으로 투덜거렸다.

케이가 괴로워하는 것을 보면서도 브로스녠은 여전히 스산하게 눈을 빛내며 서 있었다. 케이가 승낙의 말을 할 때까지 풀어줄 생각이 없는 것처럼 보였다.

"크윽, 저로서도 저에 대해서는 말 못할 사정이 있어서요. 그 대신이 라면 뭣하지만 검에 대한 새로운 경지를 보여 드리면 어떨까요?"

케이가 신음을 내며 말하자 브로스넨의 표정에 변화가 생겼다. 과연 검에 미쳤다는 소리를 들을 만했다. 순간 케이의 몸을 옥죄던 기운이 사라졌다.

"자네가 지금 나에게 검에 대한 새로운 경지를 보여주겠다고 했는 가?"

"그렇습니다."

케이의 대답에 브로스넨은 황당하다는 얼굴을 했다.

"자네는 나에 대해 제법 잘 알고 있는 것 같았네만 그래도 진심으로 하는 소리인가."

"물론이죠. 드래곤으로서의 능력이 아닌 브로스넨님께서 유희 중에 사용하시는 검사로서의 능력만이라면 제가 새로운 경지를 보여 드릴 수 있을 겁니다."

브로스넨의 눈에 짙은 호기심과 살기가 동시에 떠올랐다.

"자네가 말한 것을 지킬 수 있다면 그리하도록 하지. 하지만 지키지 못한다면 각오해야 할 것이야."

그 말에 케이는 빙긋 웃었다. 그리고는 허리에서 은무를 꺼내 들었 다.

"호오? 신기한 검이군."

찰랑찰랑 흔들리는 은무를 보며 브로스넨은 강한 관심을 드러냈다.

"미리 말씀드립니다만 이건 검사와 검사의 대결입니다."

"잘 아네. 자네야말로 불리하다고 마법을 쓰지 말게. 그 순간 응분의 대가를 치러야 할 테니."

브로스넨의 말에 케이는 눈을 빛내며 고개를 끄덕였다.

두 사람은 서로에게 검을 겨눈 채 그렇게 잠시간 상대를 노려보며 서 있었다.

케이의 검에서 영롱한 빛이 솟아오르며 검을 감싸 안았다. 완벽한 형태의 오러 소드. 그 모습을 지켜본 브로스넨의 입에는 한줄기 미소가 걸렸다.

"자네, 어느 정도는 하는 모양이군."

브로스넨의 검에도 영롱한 빛과 함께 오러 소드가 나타났다. 그러나 둘의 오러 소드는 어딘가가 달랐다.

영롱한 빛은 같았지만 그 빛깔의 깊이가 다르다고 할까? 빛이 뿜어내는 신비스러운 기운이 다르다고 할까? 아무튼 케이의 오러 소드와 브로스넨의 오러 소드는 무언가 이질감이 느껴졌다.

브로스넨도 그것을 느낀 듯했다. 케이의 검을 바라보는 그의 눈은 무언가 아련한 기억을 떠올리려 노력하는 그런 모습이었다.

'역시 예상대로야. 저건 억지로 강(罡)의 형태를 만들어낸 것이지, 진정한 검강이 아니야.'

케이가 생각했던 대로 이곳에서 말하는 그랜드 소드 마스터의 오러 소드는 검강과는 달랐다. 그가 자일론에게 말했던 그 방법으로 그저 강의 형태를 만들 뿐이었던 것이다.

케이는 승리를 확신했다. 브로스넨의 수준이 이 정도라면 검강만으로도 충분했다. 하지만 새로운 경지를 보여주겠다고 약속을 했기에 조금 더 서비스하기로 마음먹었다.

"그럼 갑니다."

케이는 가볍게 말하고는 역시 가볍게 움직였다. 무척이나 편안한 움직임이었다.

그러나 경시할 수는 없었다. 무척이나 빨랐으며 무척이나 무거운 움직임이었다. 순식간에 눈앞에 도달한 케이의 모습에 브로스넨은 흠칫 놀랐다. 그러나 몇천 년의 경험을 쌓은 드래곤답게 침착하게 대응했다.

브로스넨은 케이의 검을 잘 받아내고 있었다. 케이의 눈에도 이채가 떠올랐다. 과연 긴 세월의 경험은 브로스넨의 검에 고스란히 녹아 있었다. 지금까지 케이가 만난 이들 중 검에 대한 이해가 가장 깊었다.

이곳 류블라드에서 이 정도의 성취를 이루었다는 것이 놀랍기만 했다.

'역시 시간의 힘인가?'

인간에 비하면 무한에 가까운 수명을 살아가는 드래곤이기에 가능한 성취였을 것이다.

케이와 검을 섞으며 브로스넨은 계속해서 놀랐다. 케이가 사용하는 검법은 류블라드에서는 결코 볼 수 없는 것이었다. 무척이나 부드러웠고 또한 자유로웠으며 진중했다. 그런가 하면 불같이 뜨거웠고 무엇이든 부숴 버릴 듯 강맹했다.

전혀 다른 세계에서 온 듯한 검의 움직임. 브로스넨의 기억 속에 아련한 과거의 일이 떠올랐다. 그자의 검도 이랬다. 케이가 사용하는 검법과는 달랐지만 어디서 나타났는지도 모를 생소한 검법이었다. 그리고 무척 부드러웠다. 힘이라고는 없어 보이는 그의 검을 도저히 당할 수가 없었다.

브로스녠은 알 수 없는 예감에 몸을 떨었다. 눈앞의 케이라는 자는 자신에게 말한 대로 새로운 검의 경지를 보여줄지도 몰랐다. 그런 생각이 떠오르자 브로스녠은 전율에 몸을 떨었다.

어쩌면, 그랜드 소드 마스터의 벽을 넘어설지도 몰랐다. 그 옛날 만났던 그자에 의해 알게 된 또 다른 경지. 케이가 보여주려는 경지가 그것일지도 몰랐다.

케이는 브로스녠의 변화를 눈치 챘지만 그에 아랑곳 않고 검을 휘둘렀다. 과연 케이가 펼치는 혼원검법은 자일론에게 비할 바가 아니었다. 너무나 자연스럽고 매끄럽게 펼쳐지는 검법에 브로스녠은 시종일관 케이의 검을 막기에 급급했다.

케이와 검을 섞은 지 오래지 않아 브로스녠은 케이가 자신보다 검에 대한 이해가 더욱 깊다는 것을 인정하지 않을 수 없었다. 그렇기에 케이의 움직임에서 눈을 떼지 않았다. 새로운 경지를 보기 위해.

진지하게 자신과의 대결에 임하는 브로스녠의 모습에 케이는 웃음을 지었다. 검에 미친 드래곤이라더니 검에 관해서는 누구보다도 순수했다. 그의 그런 모습이 케이를 웃음 짓게 한 것이다.

케이의 검이 점점 빨라졌다. 혼원검법은 어느새 6초 감리에 접어들어 있었다. 감리가 펼쳐지자 브로스녠의 얼굴은 급변했다. 검에 맺힌 뜨겁고 찬 기운. 서로 똬리를 틀어가며 휘감아 하나로 합쳐지는 두 기운에 브로스녠은 놀랄 수밖에 없었다. 검에 마나가 아닌 다른 기운을 불어넣을 수 있다니… 얼마나 놀라운 일인가!

브로스녠은 케이의 검을 받으면서도 황홀한 눈으로 케이의 검을 바라보았다. 흡사 사랑에 빠진 연인을 바라보는 듯한 모습이었다.

'제대로 검에 미쳤군.'

그 모습에 케이는 도저히 웃음 짓지 않을 수 없었다. 단언하건대 케이가 지금껏 만났던 모든 존재 가운데 가장 깊게 검에 미쳐 있었다. 퓨어도 브로스넨에 비교할 상대가 못되었다.

그사이 케이의 검은 7초 진뢰에 들어서 있었다. 여기서 브로스넨은 또 다른 환희를 보았다. 마법이 아닌 검이 번개가 되다니! 어떻게 그럴 수가 있단 말인가!

하지만 브로스넨의 눈에 보이는 케이의 검은 완벽한 번개 그 자체였다. 이리 번쩍 저리 번쩍 뇌전을 뿌리는 케이의 검에 브로스넨은 그저 넋을 잃고 있었다.

케이는 처음 그가 말한 대로 검의 새로운 경지를 보여주고 있었다. 브로스넨의 심장은 세차게 뛰기 시작했다. 과연 이 다음은 어떤 것을 보여줄 것인가? 새로운 경지에 대한 기대로 브로스넨의 심장은 터질 것만 같았다.

챙!

그때 케이가 브로스넨의 검에 자신의 검을 부딪쳤다. 잠시 서로의 검을 밀며 대치 상태를 유지하다가 케이는 브로스넨의 검을 세차게 밀며 그 반동으로 뒤로 훌쩍 물러났다.

그리고는 검을 가만히 세워 브로스넨을 겨눴다. 그 모습에 브로스넨의 가슴은 세차게 두방망이질쳤다. 그는 직감한 것이다. 케이의 검이 또 다른 변화를 보여줄 것이라는 걸.

케이의 검이 움직였다. 브로스넨은 두 눈을 부릅떴다. 그러나 아무 것도 볼 수가 없었다. 분명 케이의 검이 움직인 것 같았는데 아니었다.

케이의 검은 그대로였다. 자신이 착각한 것일까? 브로스넨은 고개를 갸웃거렸다.

그때였다. 브로스넨의 왼팔 옷자락이 나풀거리며 떨어져 내렸다. 처음에는 한 조각이 나풀거리며 떨어지던 것이 곧 우수수 떨어졌다. 그의 상의는 왼팔만 민소매로 변해 버렸다.

"이… 이런 빠름이라니……."

브로스넨은 멍한 눈으로 중얼거렸다.

혼원검법 8초 무영.

그림자조차 없는 극쾌의 초식. 브로스넨이 본 검의 움직임은 잘못 본 것이 아니었다. 초식의 시작을 브로스넨은 엿본 것이다. 그리고 초식이 끝났을 때 검이 처음과 같은 자리에 그대로 돌아와 있었기에 브로스넨은 마치 아무 일도 없었던 것과 같은 착각에 빠진 것이다.

브로스넨은 왠지 억울했다. 이번의 공격도 굉장했다. 하지만 지금까지와는 전혀 다른 신세계였기에, 그래서 보지 못했기에 그것이 억울했다. 어마어마한 보물이 있는데 보지 못하고 지나친 듯했다. 그토록 빠른 검을 구사한 케이가 원망스럽기까지 했다.

그런 심정은 고스란히 얼굴에 드러났다. 그런 순진하기까지 한 모습에 케이는 실소했다.

"훗, 너무 그런 표정을 짓지 마십시오. 지금까지는 준비 운동 정도니까요. 이번에 가는 것이 진짜입니다."

케이의 말에 브로스넨은 얼른 자세를 바로잡았다. 그리고 곧 있을 케이의 공격을 대비했다. 브로스넨의 준비가 끝난 것을 보자 케이는 슬며시 검을 놓았다.

그러자 응당 떨어져야 할 검이 공중에 떠 있었다. 그 모습에 브로스넨은 두 눈을 부릅떴다. 본 적이 있었다. 아니, 절대 잊을 수 없었다. 그 옛날 그자의 검이 저랬다. 공중에 떠서 검 스스로가 의지를 가진 것처럼 자유자재로 떠돌았다.

그때와 똑같은 일이 지금 다시 눈앞에 펼쳐진 것이다. 그런데 무언가 달랐다. 예전 그자의 검은 곧장 세차게 자신을 향해 날아왔는데 케이의 검은 달랐다. 그저 둥둥 떠 있을 뿐이었다. 브로스넨이 멍하니 바라보자 케이는 다시 한 번 웃었다. 그리고 브로스넨이 들을 수 있을 만한 소리로 외쳤다.

"천환(天幻)!"

혼원검 제9초 천환!

류블라드에 온 이후 처음으로 펼치는 초식이었다. 버츄얼 이미지를 사용해 자일론에게 혼원검법을 가르칠 때도 8초 무영까지만 보여주었었다. 그 이후 대련을 할 때에도 자일론의 경지가 못미처 8초 무영까지만 사용했었고.

드래곤들과 싸울 때도 천환을 사용할 일이 없었다. 워낙 강한 상대였기에 바로 자연검을 사용했으니. 천환이 굉장한 초식이기는 하나 결국 한 자루의 검이었다. 한 자루의 검으로 드래곤에게 입힐 수 있는 타격은 한계가 있었기에 혼원검법의 9초는 사용하지 않았었다. 아니, 혼원검법의 최종 오의(奧義) 10초 혼원도 사용하지 않았었다.

그러다가 마침 때와 상황이 맞아 환생 후 처음으로 천환을 펼친 것이다. 이기어검술로 공중에 떠 있던 은무가 서서히 움직이기 시작했다. 무척 느리게 움직이는 것 같았는데 은무는 하나에서 둘로 둘에서

넷으로 서서히 그 수를 늘리기 시작했다.

그렇게 늘어난 검의 수효는 천(千)이 되었을 때 멈췄다. 하늘에 떠 있는 천 자루의 검! 그것은 가히 장관이었다. 브로스넨은 멍한 눈으로 그것을 바라볼 뿐이었다.

천 자루로 늘어난 후 가만히 공중에 멈춰 있던 검들이 다시 서서히 움직이기 시작했다. 그러자 이번에는 검들이 하나씩 사라지기 시작했다. 그리고 그 자리를 푸른 빛과 흰 빛이 대신했다.

검이 모두 사라졌을 때 브로스넨은 하늘에 떠 있었다. 아니, 하늘에 휘감겨 있었다. 주위를 둘러봐도 온통 하늘이었다. 분명 자신은 땅을 딛고 서서 케이를 마주 보고 있었는데 어느새 하늘이 자신을 휘감은 것이다. 어찌 된 영문인지 궁금해하고 있을 때 배에서 아련한 통증이 느껴졌다.

"쿨럭."

그 통증은 온몸을 휘젓더니 브로스넨은 피를 토했다.

그러자 자신을 감싸고 있던 슬프도록 푸른 아름다웠던 하늘은 사라지고 없었다. 다시 미드 산맥의 고원에 자신이 한쪽 무릎을 꿇고 주저앉아 있었다. 그 앞에 케이가 미소 지은 채 자신을 바라보고 있었다.

"대단하군. 과연 자네의 말대로 새로운 경지를 보았어. 이거 자네에 대한 호기심이 더욱 커지네만 약속한 것이 있으니 묻지 않도록 하지."

케이가 내민 손을 잡고 일어서며 브로스넨이 말했다.

"감사합니다."

"자네도 소드 슈페리어였을 줄이야."

브로스넨의 말에 케이가 브로스넨을 향해 물었다.

"대체 뭡니까, 그 소드 슈페리어라는 경지는?"

"나도 몰라. 그저 옛날 그랜드 소드 마스터로서의 두 번째 유희 때 어떤 검은 머리의 검사에게 졌지. 그때까지 그랜드 소드 마스터보다 강한 자는 없었으니까 나에게는 충격이었어. 그자가 보인 경지는 그랜드 소드 마스터의 그것과는 전혀 달랐으니까. 그래서 난 그자를 소드 슈페리어라고 불렀어. 그랜드 소드 마스터 위의 어떤 경지라는 생각에서 말이야. 그것이 전설이 되어 사람들의 입으로 전해진 거지."

브로스넨의 대답에 케이는 맥이 빠졌다. 결국 소드 슈페리어라는 말은 브로스넨이 패배한 후 만들어낸 말이었던 것이다. 그러니 누구도 소드 슈페리어에 관해 정확히 설명하지 못했던 것이다.

"내가 볼 때 자네는 그때 그자보다 훨씬 강하네. 자네야말로 진정한 소드 슈페리어야."

브로스넨은 엄지손가락을 치켜들며 케이에게 말했다. 정말 브로스넨은 유쾌한 드래곤이었다.

"그런데 옛날 브로스넨님을 패배시켰다는 사람은 어떤 검법을 사용했습니까?"

그랜드 소드 마스터를 처음으로 패배시켰다는 인물에 대해 호기심이 동한 것일까? 케이는 브로스넨에게 그자에 대해 물었다.

"우선 어디 좀 앉지. 이렇게 서서 이야기하는 것도 좀 그렇지 않은가?"

브로스넨은 그렇게 말하며 케이가 돌아오길 기다리며 걸터앉았던 돌 위에 앉았다. 케이도 주변에 적당한 바윗덩이를 찾아 앉기 좋게 잘라낸 후 거기에 앉았다.

"그자의 검은 자네와는 비슷하다면 비슷했네. 하지만 자네의 검처럼 다양한 기운을 머금지는 않았고 무척이나 부드러웠네. 그리고 날카롭기도 했지. 그리고 자네가 마지막에 사용한 그 검 혼자 움직이는 그것도 사용했네. 자네와의 차이라면 그자의 그 기술은 오직 검 한 자루가 빠르게 날며 날 공격했다는 거지."

브로스넨의 설명에 케이는 고민에 잠겼다.

'이기어검술이라. 류블라드에서는 그런 경지에 이를 수가 없을 텐데…….'

"혹시 그자의 이름을 아십니까?"

"알고 있지. 무척이나 발음하기가 까다로운 이름이라네……. 음, 사, 사이몬 진? 그런 발음이었네. 완전히 똑같지는 않고 내가 들은 발음과 가장 비슷하게 말하면 사이몬 진이라네."

이름을 들어봐도 별반 달라질 게 없었다. 하긴 케이 자신이 이곳 류블라드의 신도 아니고 류블라드에 대해 완벽히 알 리 없었다. 지금은 잊혀졌지만 사실 류블라드에 엄청난 수준의 검법이 존재했을 수도 있는 것이었다.

"아, 맞네. 그리고 보니 그자가 검을 펼치면 이상하게 그자의 검에서 은은한 꽃 향기가 났다네. 이곳에서는 맡을 수 없는 꽃 향기였네만 무척이나 향기로운 것이 아주 기분이 좋았지."

그자에 대해 또 다른 사실을 떠올린 브로스넨이 케이에게 말해 주었다. 그의 말을 듣는 순간 케이의 머리를 스치는 무언가가 있었다.

'검향(劍香)의 경지! 가만, 사이몬 진이라고? 사이몬… 사이몬… 설마?'

브로스넨의 말에 머리를 스친 생각이 계속해서 꼬리에 꼬리를 물고 이어졌고 결국은 어떤 결론에 도달했다.

"브로스넨님, 혹시 그자의 이름이 서문진이 아니었습니까?"

"그래! 맞네! 바로 그 이름이었네! 사이몬 진."

케이의 말에 브로스넨이 케이의 발음을 따라 했지만 여전히 사이몬 진이라는 이름이 나왔다.

"자네는 어찌 그 어려운 발음을 그대로 할 수 있는 겐가?"

브로스넨은 신기하다는 듯 케이를 바라보며 물었다.

"제 과거와 관계된 일이죠."

웃으며 얼버무리는 케이의 태도에 브로스넨은 별달리 뭐라 하지 못했다. 이제 더 이상 케이의 과거에 대해서는 묻지 않기로 했으니까.

'후, 서문진이라… 놀라운걸. 혹시나 했지만. 화산제일검 서문진. 화산에서 세 번째로 검향의 경지에 든 화산의 신성(新星). 그러다가 어느 날 홀연히 사라져 버렸지. 설마 류블라드로 차원 이동한 것일 줄이야. 안타깝게 됐군, 화산으로서는. 후후. 갖은 추측이 무림을 떠돌았었는데 말야. 그나저나 그 정도 되는 인물이 이곳에서 살았는데 그에 대해서는 남겨진 것이 아무것도 없다니… 과연 그다워. 그 고고한 성격대로 조용히 살다가 갔나 보군.'

브로스넨을 통해 정확한 이름을 확인한 케이는 자신의 추측이 맞았음에 놀랐다. 설마설마 한 추측이었던 것이다. 차원 이동이 그리 쉬운 것은 아니었기에. 한때나마 중원을 떨치던 검의 천재가 어딘지도 모르는 낯선 대륙에서 여생을 보내게 되다니… 조금은 서글픈 생각도 들었다.

"자네, 무슨 생각을 하는 건가?"

멍하니 하늘을 바라보는 케이의 모습에 브로스넨이 슬그머니 물었다. 브로스넨의 물음에 정신을 차린 케이는 잠시 과거의 일을 회상했다며 얼버무렸다. 궁금하다는 것마다 과거 일이라고 얼버무리는 케이의 행동에 브로스넨의 표정이 살짝 변했다.

"그런데 브로스넨님은 저의 오러 소드와 브로스넨님의 오러 소드의 차이점을 아십니까?"

그런 그의 기색을 눈치 챈 케이가 재빨리 화제를 검으로 돌렸다. 과연 브로스넨은 눈을 반짝반짝 빛내며 물어왔다.

"그게 무슨 말인가? 자네의 오러 소드와 나의 오러 소드가 다른가?"

"잠시 검을 빌려주시겠습니까?"

케이의 요청에 브로스넨은 군말하지 않고 검을 뽑아 건네주었다. 브로스넨의 검을 왼손에 쥔 케이는 검에 오러 소드를 일으켰다.

"이것이 브로스넨님의 오러 소드입니다."

그리고는 자신의 은무를 뽑아 검강을 펼쳤다.

"이것이 제 오러 소드입니다. 어떻습니까?"

케이가 동시에 펼쳐서 보여주자 브로스넨은 무심히 그 둘을 살폈다. 그리고는 고개를 끄덕였다.

"확실히 다르군. 자네의 것이 더 깊이가 있다고 할까? 더 맑다고 할까? 아니, 더 신비롭다고 해야 하나?"

브로스넨의 대답에 케이는 고개를 끄덕이며 오러 소드를 소멸시키고 브로스넨의 검을 돌려주었다.

"제대로 보셨습니다."

"그 차이가 중요한 것인가?"

브로스넨의 물음에 케이는 다시 한 번 고개를 끄덕였다.

"중요합니다. 경지의 차이니까요."

"그게 무슨 말인가? 그럼 나의 오러 소드가 자네의 오러 소드보다 경지가 낮다는 말인가?"

케이의 말에 브로스넨은 흥미가 가득한 눈으로 물었다.

"그렇습니다. 브로스넨님의 오러 소드는 억지로 만들었다고 할까요? 저의 오러 소드는 자연스럽게 피어오른 것이구요."

"잘 이해가 안 되는군."

고개를 갸웃거리는 브로스넨의 모습에 케이는 주변의 작은 나뭇가지 하나를 꺾어왔다.

"이것이 오러 블레이드 상태라고 한다면 브로스넨님의 오러 소드는 이곳에 마나를 더욱 불어넣어서 압축 가공한 형태입니다. 즉, 이렇게 오러 블레이드를 깎아낸 것이라고 할까요?"

케이는 그렇게 말하며 뭉툭한 나뭇가지를 수도로 잘라내 예리한 검의 형태로 만들었다.

"반면 제 오러 소드는 검 자체에서 마나가 자연스럽게 피어오르게 한 것입니다. 이렇게요."

말을 마친 케이는 나뭇가지에 불을 붙였다. 그러자 불길이 나뭇가지를 감싸며 너울너울 춤을 추었다.

"두 가지의 차이가 뭔가?"

"검에 대한 이해의 차이죠. 처음의 오러 소드는 단순히 마나만 많으면 가능합니다. 마나를 검에 밀어 넣어서 압축시키고 모양을 가공하면 되니까요. 물론 오러 쓰레드를 형성시키는 것도 검에 대한 깊은 이해가 있어야 합니다만 브로스넨님의 오러 소드는 오러 쓰레드와 별다른 차이가 없는 것이죠. 다만 마나의 농도가 더욱 짙다는 것 정도입니다."

케이의 설명에 어느 정도 이해한 듯 브로스넨은 고개를 끄덕였다.

"그럼 자네의 오러 소드는?"

"그야말로 검의 경지에 대한 새로운 깨달음이 있어야죠. 검 스스로 오러 소드를 피워 올리는 것이니까요. 이것은 마나가 아무리 많아도 검에 대한 깨달음이 없으면 불가능한 겁니다. 그래서 브로스넨님이 검에 있어서는 제게 진 것이죠. 마나량이라면 제가 어찌 브로스넨님께 상대가 되겠습니까?"

"그렇군. 그렇다면 어떻게 해야 검에 대한 깨달음을 얻을 수 있는 가?"

케이의 설명을 제대로 이해한 브로스넨은 그 길을 가기 위한 방법을 물었다.

"특별할 것 없습니다. 명상에 잠겨서 고민하고 또 고민하십시오. 그러면 얻으실 수 있을 겁니다. 브로스넨님처럼 오랜 시간 검을 수련한 분이라면 오래지 않아 깨달으실 겁니다."

케이의 말에 브로스넨의 얼굴은 무척이나 밝아졌다.

"고맙네. 자네 덕에 가슴을 답답하게 막고 있던 돌이 치워진 기분이야. 난 이만 가볼 테니 도움이 필요하면 언제든 찾아오게. 내 레어는 에르데미안에게 물어보면 알 거야."

케이에게 새로운 수련법을 배워서일까? 브로스넨은 황급히 인사를 남기고는 텔레포트로 사라져 버렸다. 그 모습에 케이는 어이없는 웃음을 지었다.

"정말 검에 미친 드래곤이군. 자, 그럼 나도 이만 돌아가 볼까?"

케이는 주변을 잠시 둘러본 후 다시 진압군의 진영으로 텔레포트해 갔다.

제   52   식

개선,
그리고 휴식

개선, 그리고 휴식

　케이가 진영으로 돌아왔을 때 진영의 병사들은 분주히 움직이고 있었다. 전투의 뒷정리를 해야 했기에 무척이나 어수선했다. 그러나 바쁜 가운데 다들 활기찬 움직임을 보였다. 이런 것이 승리한 병사들의 모습이구나란 생각에 케이의 얼굴에도 웃음이 떠올랐다.

　케이는 병사들의 모습을 살피며 천천히 걸어 막사 쪽으로 이동했다. 이제 전투는 끝났다는 기쁨 때문일까? 저마다 얼굴에는 생기가 가득했다.

　"아, 케이. 이제 오네요."

　한쪽에서 부상병들을 돌보던 바볼랏이 케이를 발견하곤 그에게 다가왔다.

　"그래, 자일론은 이제 괜찮아?"

"예, 지금 침대에서 자고 있어요. 하긴 그렇게 완벽하게 탈진했으니… 지금 군은 브라이튼이 지휘하고 있어요. 달리 할 사람도 없으니."

바볼랏의 대답에 케이는 현재 상황을 대충 파악했다.

"그래? 잘하고 있군. 부상병 돌보던 중이었지? 하던 일 계속해."

바볼랏의 어깨를 두드려 주곤 케이는 자신의 막사로 향했다. 자신이 없어도 모든 일이 순조롭게 진행되고 있었다. 이런 상태라면 자신이 막사에서 푹 쉬어도 될 것 같았다.

곧 케이는 자신의 막사에 도달할 수 있었는데 막사 앞에는 퓨어가 기다리고 있었다. 케이가 걱정되었던 것이다. 케이와 함께 사라졌던 이들의 정체를 어렴풋이 눈치 챘기에 걱정을 안 할래야 안 할 수가 없었다.

비록 케이가 드래곤에게 이긴 전력이 있다고는 하나 이번에는 둘이었다. 아무리 케이라도 동시에 드래곤 둘을 상대하는 것은 무리였다.

막사 앞에 모습을 드러낸 케이의 모습에 퓨어는 안도의 한숨을 내쉬었다.

"다행이에요. 별일없었던 모양이죠?"

"뭐, 별거 아니었어. 그나저나 마지막에 수고했어."

케이와 퓨어는 서로의 말에 미소 지었다. 그리고 퓨어는 고개를 살짝 숙여 인사하고는 돌아갔다. 케이의 모습을 확인했으니 그녀의 볼일은 끝난 것이다.

케이는 막사의 입구를 걷고 안으로 들어섰다. 간이 침대이긴 했지만 지금 케이에게는 세상에서 가장 편안한 곳으로 보였다. 간이 침대에 몸을 누인 케이는 곧 잠에 빠져들었다.

그렇게 달콤한 휴식을 취하는 것은 케이만이 아니었다. 오늘의 전투로 모두 피곤했기에 세린도, 카트린도, 발린도 깊은 잠에 빠져들었다. 사령관을 대행하고 있는 브라이튼과 부상자들을 치료하는 신관 바볼랏만이 제대로 쉬지도 못하고 일에 시달리고 있었다.

심지어 퓨마저도 휴식을 위해 바스테르 산맥으로 들어간 상황에서.

그렇게 승리의 날은 저물었다.

다음날.

군을 재정비한 후 자일론은 절반을 남겨 후발대를 기다리게 하고는 나머지 절반을 이끌고 버려진 땅으로 들어갔다. 비록 반란군을 모두 처리했다고는 하나 아직 버려진 땅 안에는 불안의 씨앗이 남아 있었다.

모든 반란의 가능성을 뿌리 뽑기 위해 자일론은 군대를 이끌고 버려진 땅 안으로 들어섰다.

버려진 땅 안으로 들어선 자일론은 놀라움을 감출 수 없었다. 전날 라이신에게 들었던 것과는 전혀 달랐던 것이다. 영주의 폭정으로 인해 피폐해져 있을 영지를 생각했는데 버려진 땅은 자일론이 여행했던 어느 곳보다도 윤택했다.

반란군이 점거하고 있던 십 년 동안 오히려 이곳의 주민들에게는 더 살기 좋아진 것 같았다. 진압군이 들어서자 주민들은 모두 문을 닫고는 집 안으로 꼭꼭 숨었다. 자신들이 반란을 일으킨 것은 사실이니 어떤 보복을 당할지 두려워서였다.

버려진 땅의 이곳저곳을 돌아다닌 후 마지막으로 대영주 성에 이르렸다. 대영주의 집무실은 그대로 보존되어 있었다. 아크로미온 백작이 작성했던 장부는 십 년이 지났지만 그대로였다. 반란군들이 모두 불태워 버렸을 거라 생각했는데 의외로 깨끗하게 보존되어 있었다.

케이와 함께 장부를 살피며 자일론과 브라이튼, 바볼랏은 신음을 흘렸다. 정말 아크로미온 백작은 반란이 일어날 만한 짓을 서슴지 않고 저질렀던 것이다. 그렇게 모은 재산은 어마어마했다. 지금은 하나도 남아 있지 않지만. 그 재산은 반란군들이 버려진 땅을 윤택하게 하는 데 모두 써버렸던 것이다.

자일론이 찾아낸 의외의 수확은 아크로미온 백작의 비밀 장부였다. 바로 중앙에 보낸 뇌물을 기록한 것으로 그것에는 제법 많은 귀족들의 이름이 적혀 있었다. 아크로미온 백작은 상당히 꼼꼼한 성격이었는지 이름 옆에 액수와 날짜가 빠짐없이 적혀 있었다.

"이거면 이 귀족들 타격이 클 거야. 비록 십 년도 더 지난 일이지만 따지자면 결국 반란의 원인을 제공한 거나 다름없으니까."

자일론은 그 장부를 품속에 소중히 갈무리했다. 무슨 일이 있어도 이 장부에 적힌 이들은 반드시 처벌할 것이다.

자일론은 아직도 잊을 수가 없었다. 전날 라이신이 외친 그 절규를, 그 절규에 공명하는 반란군 병사들의 모습을. 그런 만큼 중앙의 썩어 빠진 귀족들을 용서할 생각은 추호도 없었다.

버려진 땅의 정리 작업은 생각보다 빨리 끝났다. 반란군이 반란군답지 않았다고 해야 할까? 모든 것이 정리가 잘되어 있어 달리 손댈 것이 없었다. 버려진 땅에서 더 이상 반란이 일어날 위험도 없어 보였다. 이곳에 영주로 올 케이가 앞으로 관리만 잘한다면 어느 영지보다도 훌륭한 영지가 될 것 같았다.

버려진 땅에서의 일을 마친 자일론은 군대를 이끌고 버려진 땅을 벗어났다. 입구에는 후발대가 도착해서 자일론을 기다리고 있었다. 후발대와 남겨두었던 부대와 합류한 자일론은 라디칼로 귀환을 시작했다.

올 때는 단 삼 일 만에 왔지만 갈 때는 멀었다. 급할 것이 없었기에 육로로 천천히 이동했기 때문이다. 며칠을 이동했을까? 제법 오랜 시간이 흐른 후 드디어 자일론과 케이 일행은 라디칼에 도착했다.

성문 안으로 들어서자 보이는 라디칼의 시가지가 반갑기 그지없었다. 갑작스레 나타난 군대의 행진에 사람들은 저마다 수군거렸다. 얼마 전 출진한 군대가 돌아온 모습에 저마다 추측과 억측이 난무했지만 누구도 정확한 사실을 알지 못했다.

반란에 대한 소문은 중앙에서 철저히 차단했기 때문이다. 그래서 반란을 진압하고 당당히 개선하는 진압군에 대한 별다른 환영 행사도 없었다. 반란이 일어난 사실조차 모르고 있는데 반란 진압을 하고 개선하는 군대에 대한 환영이라니… 말이 안 되는 일이었다.

그렇게 썰렁한 개선을 한 후 진압군은 해체되어 뿔뿔이 흩어졌다. 그런 병사들에게는 군부 차원에서 푸짐한 포상이 있을 예정이었다.

왕궁으로 돌아온 자일론과 브라이튼, 케이들에 대한 환영 행사는 대전에서 있었다. 중앙의 고위 귀족들만이 반란에 대한 사실을 알았기에 축하 파티도 없었다. 그저 대전에서 국왕이 직접 훈장을 수여하는 정도의 행사가 전부였다.

그렇게 조촐하다면 조촐하게 진압군의 공을 치하하는 자리가 끝이 났다. 그 자리에서 케이는 버려진 땅을 영지로 하사받아 카이렌에서 가장 큰 영지를 가진 귀족이 되었다. 그리고 브라이튼의 작위는 백작으로 올라가 콘티넌트 백작이 되었다. 비록 빈 영지가 없어서 영지를 받는 것은 보류되었지만 말이다.

이와 같은 자일론의 승승장구에 게일은 입술만 깨물 뿐 어떠한 행동도 할 수 없었다.

모든 공식 행사가 끝나고 난 뒤 카류일 국왕의 서재, 자일론의 은밀한 청으로 카이렌의 핵심 요인이 모두 모여 있었다.

카류일 국왕을 필두로 로이드 왕세자, 자일론, 그리고 케이, 에피데르 드 레시페 공작, 네이팜 유크 콘티넌트 공작, 헤르만 라이트 후작, 페이트라 카나카인 후작, 브라이튼 유크 콘티넌트 백작 이렇게 왕국의 군부 실세들이 모두 모였다.

"그래, 자일론. 무슨 일로 이렇게 보자고 한 것이냐?"

자일론이 이 모임을 주도했기에 카류일 국왕은 자일론을 바라보며 물었다. 아버지의 물음에 자일론은 버려진 땅, 아크로미온 백작의 집 무실에서 가져온 장부며 서류들을 모두에게 보여주었다.

케이가 마법으로 사람 수만큼 복사해 두었기에 각자가 하나씩 들고 볼 수 있었다. 제법 많은 양의 자료였지만 그것을 보는 사람들은 하나같이 집중해서 뚫어져라 바라보았다.

너무나 놀라운 내용들이었기에 아무 말도 못하고 그저 한 장, 한 장 넘기며 보았다. 시간이 흐를수록 모인 사람들의 얼굴은 딱딱하게 굳어갔다.

마지막으로 아크로미온의 뇌물 장부를 보고 난 후 사람들은 고개를 들었다. 저마다의 얼굴은 침중하게 굳어 있었다.

"어떻게 이런 일이……!"

카류일 국왕의 얼굴은 더 이상 어두워질 수 없을 정도였다. 특히 카이렌 내의 각 영지에 대한 감사를 책임지고 있는 실버 기사단의 단장인 카나카인 후작은 고개를 들지 못하고 있었다.

"결국 이번 반란의 원인은 아크로미온 백작에게 있었습니다. 중앙과 격리되다시피 한 버려진 땅의 지리적 특성을 이용해 갖은 폭정을 휘두른 것이지요. 그의 폭정에 엄청난 사람이 희생되었습니다."

라이신의 절규를 떠올리며 자일론은 담담히 말했다. 그러나 그의 목소리는 이미 깊은 슬픔에 젖어 있었다.

"반란군을 토벌한 후 버려진 땅으로 들어갔을 때 그곳의 상황은 저에게 충격이었습니다. 반란군이 그곳을 점거한 지 십 년이 지나 있었는데 버려진 땅은 무척이나 풍요로웠습니다. 제가 삼 년간 떠돌며 본 어느 영지보다 살기 좋아 보였습니다. 감히 왕국에 반기를 든 무뢰한들에게 이런 말을 할 수는 없겠습니다만 그래도 제가 느끼기에는 그들은 살기 위해 반란을 일으켰던 것 같습니다."

자일론의 목소리를 한껏 적신 슬픔이 모두에게 전염된 것일까? 자일론이 말을 맺자 서재 안엔 숙연한 분위기가 감돌았다.

"폐하, 이번 일은 철저히 조사해서 징계해야 합니다. 비록 십 년 전의 일이라고는 하나 도저히 묵과할 수 없는 일입니다. 그토록 많은 귀족이 뇌물을 받고 버려진 땅에서의 일을 묵과하다니."

레시페 공작의 말에 카류일 국왕은 고개를 끄덕였다.

"그래야지요."

"면목없습니다."

고개를 들지 못하고 있던 카나카인 후작이 작은 목소리로 힘겹게 이야기했다.

"이건 카나카인 후작의 탓이 아니오. 십 년 전이면 카나카인 후작이 실버 기사단에 입단하고 얼마 지나지 않았을 때 아니오? 게다가 그때는 아직 실버 기사단이 왕국 내의 모든 감사권을 가지기 전이오. 후작이 책임을 느낄 필요는 없소."

카류일 국왕은 그런 카나카인 후작을 위로했다. 그녀는 현재 카이렌 국방의 세 축을 담당하는 이 가운데 한 사람이었다. 그런 그녀가 의기소침해서 좋을 것은 없었던 것이다.

"그래요. 카나카인 후작은 책임을 느낄 필요가 없어요. 이 장부를 보니 당시 실버 기사단의 단장을 맡고 있던 메기우스 후작에게도 상당한 양의 뇌물이 들어갔군요. 그랬기에 중앙에서 몰랐던 거지요."

로이드는 자일론이 건네준 장부를 다시 한 번 세세히 살펴보며 말했다.

"그보다도 이 일에 트빌리시 후작이 연루되어 있군요. 이건 제법 문제가 커지겠어요."

콘티넌트 공작이 심각한 어조로 중얼거렸다.

"그럴 수밖에요. 일단 그는 벌써 십오 년째 우리 카이렌의 재정을 책임지고 있으니까요. 아크로미온 백작이 가장 공들여 뇌물을 바쳤을 대상도 트빌리시 후작이었겠지요."

레시페 공작이 심각한 어조로 중얼거렸다.

트빌리시 후작이 이 일에 연루되어 있다는 것은 무척이나 심각한 문제였다. 그는 카이렌의 귀족 사회에서 하나의 큰 세력을 형성하고 있었으며 국왕의 장인이었다. 비록 귀비라고는 하나 카이렌의 제2왕자인 게일을 낳은 티라나 귀비의 아버지였다.

이번 일로 귀족들을 처벌하게 되면 그는 결코 피해갈 수 없었다. 장부에 적힌 뇌물의 액수는 상상을 초월할 정도였기에 그의 죄는 그만큼 무거웠다. 큰 세력을 가진 왕자의 외척이 얽힌 비리.

어쩌면 카이렌의 왕궁은 이 일로 무척이나 혼란스러워질지도 몰랐다.

"어떤 혼란이 오든 처벌해야 할 것은 처벌해야겠지요. 어쨌든 반란의 원인이나 다름없었던 일이오. 비록 트빌리시 후작이 연관이 있다고는 하나 철저히 관련자들을 처벌해야 할 것이오."

카류일 국왕은 단호한 목소리로 말했다. 사실 이번 일은 그에게도 충격이었다. 자신이 왕위에 오른 후 백성들이 평안하게 살 수 있도록 나름대로 나라를 잘 다스려 왔다고 생각했다. 그동안 별다른 일 없이 잘 다스려 오기도 했다. 그런데 갑작스레 터진 반란, 그리고 그 반란의 이면에 있었던 귀족들의 비리.

그것은 카류일 국왕에게 있어 일대 충격이었으며 또한 분노로 이어졌다.

"카나카인 후작."

"예, 폐하."

"이번 일에 대한 조사는 실버 기사단에 맡기겠소. 관련자가 누구든 상관치 말고 철저히 조사하시오."

"예, 폐하. 신의 모든 것을 바쳐 반드시 완수하겠습니다."

"지니어스 후작."

"예, 폐하."

은밀히 모인 실세들의 비밀스런 회의를 가만히 지켜보던 케이는 국왕이 갑자기 자신을 부르자 의아한 가운데 대답했다.

"다시는 버려진 땅에서 그런 일이 일어나지 않도록 잘 다스려 주시오."

그렇게 말하는 카류일 국왕의 어조는 간곡함으로 가득 차 있었다. 자신의 백성이 자신의 무관심 속에 그런 아픔을 겪었다는 것이 무척이나 마음 아팠던 것이다.

그런 국왕의 심정을 이해한 것일까? 케이는 엄숙한 자세로 대답했다.

"예, 폐하. 열과 성을 다 바쳐 카이렌 최고의 영지로 만들어 보이겠습니다."

은밀한 회의는 그렇게 끝이 났다. 국왕의 서재에서 나서는 사람들의 표정은 저마다 달랐다. 그중 카나카인 후작은 결의에 가득 찬 얼굴로 빠르게 걸음을 옮기고 있었다. 오늘부터 실버 기사단이 무척이나 바빠질 것 같았다.

'그나저나 반란은 결국 복합적으로 일어난 건가? 자일론의 이야기를 들으니 라이신은 결국 자기의 의지로 반란을 일으켰으니. 뭐, 어찌 됐든 그건 이미 끝난 일이니 내가 신경 쓸 필요는 없겠지.'

따스한 햇살이 비치는 왕궁의 정원으로 나온 케이는 하늘을 보며 한껏 기지개를 켰다.

지금부터 케이가 할 일은 그다지 없었다. 오랜만에 휴식다운 휴식을 취할 수 있을 것만 같았다.

첫 의뢰를 받아 몬스터를 퇴치한 때부터 정신없이 일이 진행되었다. 물론 로이드를 만날 때까지 세 달 정도의 휴식은 있었지만 갑작스런 반란에 워낙 바쁘게 움직였기에 무척 오랜만의 휴식처럼 느껴졌다.

왕궁에서의 일이 모두 끝난 케이는 느긋하게 왕궁을 나서 라디칼의 시가지로 향했다. 시가지에서 조금 벗어난 곳에 귀족들의 저택이 모여 있는 곳을 향해 케이는 천천히 말을 몰아갔다. 케이의 앞에는 시종 복장의 사내가 케이를 안내하고 있었다.

반란을 진압하기 위해 라디칼을 떠난 사이 리마 왕비가 케이의 저택을 준비해 주었다. 로이드 왕세자를 지켜준 것에 대한 감사의 선물이라며 부디 잘살아달라고 했었다.

언제까지나 왕궁에 머물 수는 없었기에 케이는 흔쾌히 받았다. 왕궁에서 자일론이 요청한 회의를 하는 동안 다른 일행은 한발 앞서 리마 왕비가 준비해 준 저택으로 갔기에 지금 케이는 따로 안내를 받으며 자신의 집으로 향하고 있는 것이다.

귀족들이 모여 사는 곳이라 그럴까? 호화롭고 으리으리한 집들이 연이어 이어졌다. 케이가 가는 곳은 특히나 백작 이상의 귀족들의 저택만 모여 있는 곳이라 그 화려함이 말로는 표현할 수 없을 정도였다.

케이는 주위의 저택들을 구경하는 사이 어느새 자신의 집에 도달할 수 있었다. 눈앞에 있는 저택이 자신의 집이건만 케이는 잠시 굳어서 멍하니 저택을 바라보고만 있었다.

그 모습에 케이를 안내한 시종은 소리 죽여 웃고는 케이에게 인사하고 왕궁으로 돌아갔다.

해도 너무했다. 그 웅장함과 화려함이 예상치도 못할 정도였기에 케이는 잠시간 굳어 있었던 것이다.

"이거, 화려해도 너무 화려하군. 뭐, 어쨌든 선물이라고 준 것이니 고맙게 받기는 하겠지만……."

케이는 태어났을 때부터 왕궁에서 살았기에 화려함에는 익숙해져 있었다. 케이는 그 화려함을 왕궁이라서 그러려니 하고 생각했기에 별로 대수롭지 않게 여겼다.

하지만 그에 비견할 만한 저택이라니… 이 저택은 왕궁에 비하면 다만 면적이 훨씬 작다는 것을 제외하고는 별반 다를 것이 없어 보였다. 왕궁이 아닌 귀족이 사는 집이 이렇게 화려하다는 것에 케이는 놀랐다. 예전에 머물렀던 소미니엔의 집이야 왕세자비의 집이니 그러려니 하고 여겼었지만 이건 도대체가 말이 안 나올 지경이었다.

곧 정신을 추스른 케이가 말을 몰아 저택의 정문으로 다가가자 정문을 지키고 있던 병사가 달려와 꾸벅 인사를 했다. 이미 먼저 온 이들로부터 케이의 인상착의를 자세히 들었기에 가능한 눈치 빠른 행동이었다.

"어서 오십시오, 지니어스 후작님. 기다리고 있었습니다. 이리로 오시죠."

병사는 저택의 정문을 열고 케이의 말고삐를 잡고는 안으로 들어섰다. 넓은 정원을 가로질러 저택의 입구에 다다르자 집 안의 하인과 시녀들이 나와 양쪽으로 주욱 늘어서 있었다.

"지니어스 후작님을 뵙습니다."

동시에 터져 나오는 우렁찬 인사. 그 모습에 케이는 실소하며 저택 안으로 들어섰다.

"아! 어서 와요, 케이."

케이가 안으로 들어서자 응접실에서 먼저 도착한 일행이 기다리고 있었다.

"케이, 부러운걸요. 이렇게 으리으리한 저택이라니."

빙그레 웃으며 말하는 바볼랏의 모습에 케이는 가만히 고개를 저었다.

"왕세자 저하께 그런 말을 듣고 싶지는 않군요."

"하하. 케이, 그래도 헤이트론은 신성 국가라 무척이나 검소하다구요. 왕궁이 큰 것은 사실이지만 그건 헤이트론을 모시는 커다란 신전과 다름없다구요. 제가 지내는 곳은 여기에 비하면……."

케이의 말에 바볼랏은 여전히 웃으며 변명을 했다. 계속해서 싱글벙글거리는 것이 케이를 놀리려는 장난일까? 자신이 사는 곳이 초라하다는 것을 말하면서도 떳떳하게 말하는 바볼랏의 모습은 화려한 케이의 저택을 부러워하는 모습은 결코 아니었다.

"아아, 됐어. 알았다구. 뭐, 나도 얼떨떨하니까 장난은 그 정도로 끝내라구."

케이는 푹신한 소파에 몸을 기대며 바볼랏에게 말했다. 케이의 표정에는 귀찮음이 역력했다. 케이의 말에 바볼랏은 아쉬운 듯 입맛을 다시며 다시 소파에 앉았다.

"그런데 케이 오빠, 회의 결과는 어떻게 나왔어요?"

세린이 자리에 앉은 케이에게 물었다. 일행은 회의에 관해서는 이미 알고 있었다. 버려진 땅에서 함께 아크로미온 후작의 집무실을 조사했으니까. 다만 우르르 몰려갈 필요가 없어서 케이만 대표로 참석했던 것이다.

"뭐, 결론은 정해진 거지. 뇌물을 받은 귀족들에 대한 대대적인 조사와 처벌. 비록 많은 시간이 지났지만 반란으로까지 이어진 비리 사건이니 덮어둘 수 없지. 덕분에 실버 기사단이 제법 바쁠 거야. 우리와는 상관없는 일이지. 당분간은 별일없을 것 같으니 푹 쉬자구."

"흐음… 용병단 결성 후 겨우 의뢰 두 건만 하고 끝내다니 조금 아쉽네요."

세린이 케이의 말에 아쉬운 듯 중얼거렸다. 그저 이곳저곳을 다니는 여행이 아닌 어떤 목적을 가지고 활동한다는 것이 세린에게는 제법 즐거웠다. 반란이라는 상황으로 인해 용병단을 해체하고 자일론의 친위단으로 들어갔지만 막상 반란을 진압하고 나니 아쉬웠다.

"뭐, 별수없지. 나는 작위에 영지까지 받았으니까. 나도 아쉽기는 마찬가지야."

세린의 말에 케이가 어쩔 수 없다는 얼굴로 말했다. 어딘가에 얽매이는 것을 싫어하는 케이도 아쉽기는 세린과 매한가지였다.

"저, 스승님. 그럼 이제 계속 라디칼에 머무는 건가요?"

발린의 물음에 케이는 고개를 저었다.

"그건 아냐. 이곳의 일이 정리가 되면 난 버려진 땅으로 가야지. 일단 그곳이 내 영지니까 다스리기는 해야 하지 않겠어? 쩝, 그런 넓은 땅을 책임지는 건 부담스러워서 싫은데 말야."

말을 마친 케이는 잠시 고개를 젖히고 천장을 바라보았다.

"에휴~ 모르겠다. 당분간은 이번 뇌물 사건으로 라디칼이 시끄러울 거야. 그리고 또 그 일이 해결될 때까지는 수도에 있어야 할 테고.

그러니까 당분간은 하고 싶은 것 하며 편하게들 지내라고."

그리곤 소파에서 일어나 응접실을 빠져나갔다. 공식 행사에 회의까지 이만저만 피곤한 것이 아니었다. 그 딱딱하고 숨 막히는 공간에 있다가 왔으니 푹신한 침대가 절로 생각이 났다.

이제 쉬어야지라는 생각으로 응접실을 나온 케이는 넓은 복도 앞에서 멈춰 섰다.

"가만, 내 방은 어디지?"

이제 처음 집에 와본 것이기에 자신의 침실도 모르는 케이는 복도에 멍하니 서서 고개만 이리저리 돌리고 있었다.

다음날.

케이의 저택이 있는 고급 저택가는 무척이나 소란스러워졌다. 뇌물 수수 사건에 대한 실버 기사단의 조사가 시작되면서 수많은 기사가 귀족들의 저택에 들이닥친 것이다. 연행되어 가는 과정에서 기사들과 귀족들의 실랑이로 이곳저곳에서 커다란 소리가 들렸다.

귀족들은 자신의 작위와 권위를 내세워 기사들을 윽박질렀지만 어느 누구도 꿈쩍하지 않았다. 그저 묵묵히 자신의 할 일만 할 뿐이었다. 그 속에서 귀족들이 할 수 있는 일이라고는 고래고래 소리를 지르는 일뿐이었다.

그중에서 가장 시끄러웠던 집은 단연 트빌리시 후작의 집이었다. 카이렌의 최고 권력자 중의 한 사람인 그였기에 순순히 잡혀가지 않았던 것이다.

실버 기사단의 기사들도 트빌리시 후작에게만은 조심스러웠다. 왕자의 외할아버지이자 국왕의 장인인 그에게 함부로 할 수는 없었던 것이다. 하지만 그런 그도 실버 기사단장 카나카인 후작이 나타나자 어쩔 수 없이 실버 기사단의 취조실로 끌려갔다.

발악을 하며 버팅겼지만 카나카인 후작이 스산한 눈빛으로 쳐다보며 온몸으로 살기를 발산하자 벌벌 떨면서 끌려갔다. 트빌리시 후작이 아무리 대단한 권세를 지녔다 한들 일개 문관이었다. 검이라고는 잡아본 적도 없는 그가 소드 마스터의 살기에 대항할 방법은 없었다.

그렇게 카나카인 후작이 직접 발로 뛰면서 반항이 심한 귀족들을 제압하자 오후가 되기 전에 저택가는 조용해졌다. 자일론이 가져온 장부에 적힌 귀족들을 모두 실버 기사단으로 연행했기에 저택가는 다시 평화를 되찾은 것이다.

대신 왕궁의 실버 기사단 건물이 무척이나 시끄러워졌다. 여기저기서 비명 소리와 고함 소리가 터져 나왔다. 취조를 하는 기사들의 윽박지름과 그런 기사들을 호통 치는 귀족들. 실버 기사단은 그야말로 아수라장이었다.

아수라장인 곳은 한곳 더 있었다. 바로 대전이었다. 갑작스러운 귀족들의 연행에 대해 항의하기 위해 수많은 귀족이 왕궁으로 몰려온 곳이다. 그들로 인해 대전은 가득 찼고 대전은 그들의 항의 소리로 떠나갈 듯이 시끄러웠다.

갑작스럽고도 재빠른 실버 기사단의 움직임에 현재 라디칼은 혼란 그 자체였다. 트빌리시 후작까지 연행되었으니.

트빌리시 후작의 체포 소식은 왕궁에도 빠르게 전해졌다. 그 소식을 접하자마자 티라나 귀비는 카류일 국왕을 찾았다. 자신의 아버지가 체포되었다는데 가만히 있을 수가 없었다.

티라나 귀비는 카류일 국왕을 찾아 간절히 호소했지만 요지부동이었다. 거기에 게일까지 합세하여 국왕을 설득하려 했지만 국왕의 결심은 단호했다. 이번 반란은 그에게는 적지않은 충격이었기에 그 원인이 된 귀족들의 처벌에 누구보다도 강력한 의지를 가지고 있었다.

갑작스러운 사건에 수도는 소란스러웠지만 시간이 흐르자 그것도 곧 잦아들었다. 카나카인 후작이 깔끔한 솜씨로 모든 일을 처리해 나갔기에 소요는 생각보다도 빨리 진정되었다.

그리고 뇌물 사건에 연루된 귀족들에게는 엄한 처벌이 가해졌다. 일부 귀족들은 작위를 박탈당하고 평민으로 강등되기도 했다. 이번 사건에서 가장 큰 타격을 입은 자는 트빌리시 후작이었다. 티라나 귀비의 아버지라는 점 때문에 작위는 유지되었지만 그것뿐이었다. 자신이 가지고 있던 권력 대부분을 잃고 이빨 빠진 호랑이 신세로 전락해 버린 것이다.

무려 십오 년 동안 카이렌의 재정을 좌지우지했던 그였지만 이제 그에게 남은 것은 후작이라는 허울 좋은 작위뿐이었다.

그렇게 소란스러운 한 달이 지나가자 라디칼은 다시 평화를 되찾았다. 트빌리시 후작이 맡았던 재정 장관에는 시에니안 프란시스카 백작이 임명되었다. 재정 장관이라는 중임을 맡기에는 낮은 작위였지만 그 능력을 인정한 로이드의 강력한 추천으로 재정 장관에 임명된 것이다.

시에니안 프란시스카 백작은 페이트라 카나카인 후작과 함께 카이렌에서 작위를 가진 단둘밖에 없는 여성 중 하나였다. 군부에서 카나카인 후작이 탁월한 능력을 발휘했다면 프란시스카 백작은 내정에서 탁월한 능력을 발휘하고 있었다.

반란으로 인한 문제가 거의 대부분 해결되자 케이는 자신의 영지로 향했다. 버려진 땅이라고만 불리던 케이의 영지는 지니어스 후작령이라는 새로운 이름으로 다시 태어났다.

이번 반란으로 느낀 바가 많았던 카류일 국왕은 버려진 땅이라는 이름의 사용을 금하고 지니어스 후작 영지로 부르라 했기 때문이다. 그리고 거의 독립되다시피 했던 그 땅은 여느 영지와 마찬가지의 체계로 바뀌었다. 케이는 아무래도 좋았다. 어차피 이곳에서는 별다른 욕심이 없었기에 그저 흘러가는 대로 몸을 맡기고 있을 뿐이었다.

"케이, 아쉽지 않아요?"

"뭐가?"

케이의 영지로 향하는 배 위에서 바볼랏이 케이에게 물었다.

"아크로미안 백작이라는 작자가 개발해 놓은 금광 말이에요. 지금까지 중앙에서 금광의 존재를 몰랐기에 채굴되는 모든 황금이 영주성에 고스란히 쌓였는데 이제는 세금을 내야 하잖아요. 그것도 무려 사십 퍼센트나. 나 같으면 엄청 아까울 텐데."

바볼랏다운 말에 케이는 별다른 반응을 보이지 않았다.

"뭐, 어차피 나한테는 별 필요도 없는 것들이야. 돈이라면 충분하니까. 자일론 때문에 떠맡은 거지. 뭐, 자일론이 욕 안 듣게 하려면 내가 잘해야 하나?"

케이는 라디칼 쪽을 바라보며 중얼거렸다.

"그런데 케이, 돈이 충분하다니요? 물론 우리가 테리고이드 영지의 의뢰를 해결하면서 엄청난 돈을 번 것은 사실이지만 언제 그렇게 돈을 모았어요?"

케이의 말에 바볼랏이 고개를 갸웃거리며 물었다.

"예전에 에르데미안님께 받은 보물들. 아직 그거 구 할 이상이 남아 있어."

"아, 맞다! 그 보물. 어라? 근데 왜 그걸 케이가 다 가지고 있어요, 우리가 함께 받은 건데. 공평하게 나눠서 보관하고 있어야 하는 것 아니에요?"

바볼랏은 지금까지 그 보물에 대해서는 까맣게 잊고 있었던 듯 케이의 말에 탄성을 질렀다. 그리고는 떠오른 생각에 케이를 다그치기 시작했다. 케이는 바볼랏의 그런 모습을 한심하다는 눈빛으로 바라보다가 아무런 대꾸도 않고 선실을 향해 걸음을 옮겼다. 상대하고 있어봐야 골치만 아플 뿐이었다.

케이에게 완벽히 무시당하자 바볼랏은 서둘러 따라붙어 무어라 말하려 했지만 케이의 등에서 풍겨 나오는 기운에 곧 멈춰 섰다. 역시 바볼랏을 제어하는 가장 좋은 방법은 '힘'이었다.

*　　　　*　　　　*

"에르데미안님, 그간 어떻게 지내셨습니까?"

"뭐, 나야 항상 똑같죠. 이 마법, 저 마법, 마법만 연구하고 있죠. 호호."

케이가 자신의 영지로 간 것도 어느새 세 달이 지나 있었다. 영지 일도 어느 정도 안정이 되자 케이는 오랜만에 에르데미안을 찾았다.

"케이, 대단했다면서요?"

"예?"

갑작스러운 에르데미안의 말에 케이는 되물었다.

"호호, 브로스넨에게 들었어요. 케이에 대한 칭찬이 대단하던걸요. 그리고 묻는 것도 집요했죠."

"아, 그 일 말이군요. 브로스넨님이 이곳에 왔던 모양이에요?"

브로스넨의 이름이 나오자 어떻게 된 일인지 깨달은 케이는 별거 아니라는 투로 대답했다.

"자신이 7천 년간 고민하던 것을 알려줬다며 입 안에 있는 침이란 침은 모두 튀겨가며 이야기하는데 아무튼 괴짜는 괴짜예요."

에르데미안의 말에 케이는 슬며시 미소 지었다. 케이, 그가 알고 있는 최고의 괴짜는 에르데미안이었기에 그녀의 말이 재미있었던 것이다.

"그리곤 케이에 대해 이것저것 묻는데 내가 대답을 피하느라 얼마나 고생한 줄 알아요? 브로스넨에게 케이에 대해 이야기하지 않겠다고 약속한 게 있어서 아무 말도 안 해주니까 얼마나 집요하게 날 괴롭히든지."

에르데미안은 생각하기도 싫은 듯 고개를 절레절레 흔들며 말했다. 그 모습에 케이는 빙그레 웃으며 물었다.

"그래서 어떻게 하셨습니까?"

"어떻게 하긴요, 그냥 힘으로 쫓아보냈지. 아직 8천 살도 안 된 녀석인데요, 뭐."

역시 에르데미안은 손쉽고도 간단한 방법으로 귀찮은 브로스넨을 처리했다. 힘으로 쫓아냈다니… 얼마나 간단명료한 방법인가? 하지만 그것은 에르데미안에게만 가능한 방법이었다.

현재 류블라드에 사는 존재 중 가장 강한 존재가 에르데미안이니까. 최강의 종족이라는 드래곤 중에서도 가장 강한 힘을 지닌 에르데미안. 그녀를 건드릴 존재는 류블라드에는 없었다. 혹시라도 마계의 문이 열려 마족들이 현신하거나 신계의 천족들이 내려온다면 모르지만.

"참, 케이. 요즘 내가 제법 재미있는 마법을 개발했는데 한 번 들어 볼래요?"

에르데미안은 생각났다는 듯 두 눈을 빛내며 말했다.

"호오, 뭔데 그러시죠?"

"창조 마법이에요."

에르데미안의 말에 케이의 두 눈은 놀람으로 가득 찼다.

"호호, 창조 마법이라고 해서 거창한 건 아니에요. 존재의 창조란 오직 신만이 행할 수 있는 권능. 아무리 드래곤이라도 그런 일은 불가능하죠."

케이의 놀라는 모습에 에르데미안은 웃으며 말했다.

"그러면?"

"음… 9서클의 마법이에요. 창조를 하기는 하는데 존재를 창조하는 게 아니죠. 음… 정신을 창조한다고 할까요? 아니, 의식을 창조한다고 할까요? 조금 설명하기 애매하네요."

에르데미안은 설명하기에 적당한 말이 떠오르지 않는지 턱을 만지작거리면서 이 말 저 말 꺼냈지만 영 마음에 들지 않는 듯했다.

"음… 예를 들면 어떤 게 있을까요?"

케이 역시 이해가 잘되지 않았기에 에르데미안에게 다시 물었다.

"아, 그래. 예를 들면 이해하기가 쉽겠네요. 그러니까 어떤 사물이 스스로의 자아를 가질 수 있게끔 하는 마법이죠."

"그런 것이 가능합니까?"

에르데미안의 말에 케이는 강한 흥미를 나타냈다.

"물론이죠. 자아를 가진다는 것은 곧 영혼을 가진다는 뜻이지만 이 방법은 그저 영혼을 흉내 낸 복제품을 사물에 심어주는 것이라고 할까요?"

"음… 신들의 규칙에 위배되지는 않나요? 환생의 신인 리야드가 가만히 보고 있지는 않을 것 같은데요."

영혼을 복제해 낸다는 말에 케이가 걱정스러운 얼굴로 물었다.

"괜찮아요, 완전히 규칙에서 벗어났기에. 그 영혼은 마법으로 만들어진 것이기에 영혼이 깃든 물건이 사라지는 순간 소멸되어 버리죠. 즉, 환생의 고리에 아무런 영향을 미치지 않기 때문에 괜찮아요. 크리에이트 에고(Create Ego)라는 마법인데 어때요?"

"별문제없다면 상당히 재미있는 마법이군요."

"물론이죠. 어때요? 한 번 배워볼래요?"

에르데미안은 자신이 개발한 마법을 자랑하고 싶은지 먼저 케이에게 가르쳐 주겠다고 나섰다. 사물에 자아를 심을 수 있다는 말에 강한 흥미를 느낀 케이는 곧 승낙을 했다. 그리고는 에르데미안에게서 마법을 배우기 시작했다.

9서클의 마법이었지만 쉽지 않았다. 9서클 마스터인 케이가 한참을 걸려서야 배웠으니. 에르데미안과 함께 시간을 보내기를 일주일, 드디어 케이는 크리에이트 에고를 완벽히 익힐 수 있었다.

"자, 그럼 케이, 한 번 사용해 봐요."

케이가 크리에이트 에고를 완벽히 익히자 에르데미안은 눈을 반짝반짝 빛내며 케이를 재촉했다. 오히려 케이보다 더욱 홍분한 모습이었다.

"아직은 사용해 볼 생각은 없습니다만."

그런데 의외로 케이는 사용하기를 꺼려했다.

"왜 그러죠?"

케이의 대답에 에르데미안은 맥 빠진 얼굴로 물었다.

"그래도 자아를 만들어내는 것인데 아무 곳에나 재미 삼아 할 수는 없지 않습니까? 좀 더 생각해 본 후에 적당한 곳에서 시험해 보겠습니다."

케이의 말이 일리가 있었기에 에르데미안은 별다른 말을 하지 못했다.

"케이의 생각이 그렇다면 어쩔 수 없지요. 대신 자아를 심으면 꼭 나에게 보여줘야 해요."

케이는 웃으며 고개를 끄덕였다.

"그러면 이만 가보도록 하겠습니다. 마법을 배우느라 영지를 너무 오래 비웠네요."

"영지라뇨?"

케이의 말에 에르데미안은 눈을 빛내며 물었다. 그러고 보니 케이는 아직 버려진 땅에서 터진 반란에 대해 에르데미안에게 이야기를 하지 않았었다. 물론 브로스넨에게 듣기는 했지만 그것은 어디까지나 브로스넨이 알고 있는 것에 한정될 뿐이었다.

그만 자리를 뜨기 위한 인사에 케이는 발목을 잡혀 버린 꼴이 됐다. 에르데미안의 질문 공세가 시작되었기 때문이다. 덕분에 케이는 이틀이 지난 후에 자신의 영지로 돌아올 수 있었다.

제법 오랜 시간 영지를 비웠는데도 영지는 잘 돌아가고 있었다. 바볼랏이나 카트린이 잘해준 것도 있었지만 이미 십 년이나 영지를 관리해 오던 관리들이 있었다.

그들도 반란에 연루된 인물들이었지만 케이는 그냥 그들을 그대로 두었다. 반란에 얽힌 진면목을 아는 유일한 이가 케이였기에 그들을 그대로 두기로 결정한 것이다.

두 드래곤의 내기와 영주의 폭정, 두 가지 요소가 어우러진 결과가 버려진 땅의 반란이었기에 케이는 자신의 영지민들에게 그에 대한 책임을 일체 묻지 않았다.

덕분에 세린과 발린은 모처럼 한가한 시간을 가졌다. 발린은 케이가 마련해 준 연구실에 틀어박혀 마법 수련에 몰두했고 세린은 영지 이곳저곳을 돌아다녔다. 케이와 함께 여행할 때도 와본 적이 없는 곳이었기에 곳곳을 둘러보는 것이 그렇게 즐거울 수가 없었다.

모처럼의 즐거운 휴식, 그것을 케이 일행은 만끽하고 있었다.

그 와중에 자일론과 브라이튼이 자주 찾아왔다. 케이가 자신의 영주 성 지하와 자일론의 궁을 연결하는 이동 마법진을 그려두었기에 두 사람은 마치 옆 집을 찾듯 자주 방문했다.

자일론은 케이와 수련을 함께했고 브라이튼은 종종 카트린과 함께 시간을 보냈다. 언젠가 케이가 보았던 브라이튼의 눈에 씌인 콩깍지는 여전히 그 자리를 지키고 있었다. 그동안 이런 저런 여건상 조용히 있었는데 요즘 들어 브라이튼의 태도가 심상치 않았다.

하지만 그 와중에도 수련은 착실히 했다. 이곳에 올 때면 반드시 퓨어와 대련을 한 후에 돌아갔으니까 콩깍지에 씌었다고 수련을 게을리하지는 않았다.

그러는 와중에 시간은 착실히 제 할 일을 하며 흘러가고 있었다. 시간의 흐름에 따라오는 많은 변화 역시 일어나고 있었다.

로이드는 점점 자신의 세력을 공고히 했다. 어느새 카류일 국왕은 정치에서 한발 물러서고 로이드가 일선에서 대부분의 일을 처리하기 시작했다. 왕위 이양의 준비가 착착 진행되고 있는 것이었다.

그리고 자일론 주위로도 많은 사람이 몰려들었다. 제5왕자라고는 하나 소드 마스터에다가 로이드의 신임을 한 몸에 받고 있었다. 로이드가 왕위에 오르면 자일론이 군부의 실력자가 되리라는 것은 라디칼의 귀족이라면 누구나 확신하는 사실이었다.

반면에 게일의 주변은 초라해졌다. 트빌리시 후작이 모든 권력을 잃으며 그 여파가 미친 것이다. 트빌리시 후작의 손자라는 사실이 게일 주변에서 사람들을 떠나가게 만들었다. 이미 후계자는 로이드로 결정되었고 로이드는 그것을 뒤받침하는 막강한 힘을 지니고 있었다.

로이드가 무(武)에 취미가 없어 유약하다는 약점은 자일론이 잘 보완해 주고 있었다. 아무리 제2왕자라고는 하나 이미 게일은 볼품없는 신세였다.

브라이튼은 새로운 성을 하사받았다. 차남이었기에 콘티넌트 가를 이을 수가 없어 카류일 국왕이 새로운 성을 내려주었다. 보통 차남이라 하더라도 자신의 성을 그대로 쓴다. 하나 브라이튼은 스스로의 실력으로 백작의 작위를 얻었기에 새로운 성을 받게 된 것이다. 그리고 뇌물 사건으로 인해 비어 있는 영지 중 한곳을 하사받았다.

브라이튼 유크 테리토리.

이것이 브라이튼의 새로운 이름이었다. 중간 성은 그대로 쓰기로 했다. 원래 카이렌에서는 공작만이 중간성을 쓸 수 있지만 브라이튼이 공작가의 자제였기에 유크라는 중간성을 그대로 쓰게 한 것이다.

브라이튼이 자신의 영지를 얻어 그곳으로 간 이후 마법진이 하나 늘었다. 케이의 영지와 브라이튼의 영지를 잇는 마법진과 브라이튼의 영지와 자일론의 궁을 잇는 마법진을 새로 만들어놓은 것이다.

많은 변화 속에 저마다 성장을 계속했다. 그동안 수련을 꾸준히 한 퓨어는 이기어검술을 조금씩 익혀 나갔다. 아직 많이 부족했지만 시간이 흐를수록 깨닫는 것이 있는 듯했다. 발린은 7서클 익스퍼트에 올랐고 카트린은 6서클 러너에 진입했다. 그리고 브라이튼도 중급의 소드마스터에 이르렀다.

많은 시간이 흐르지 않았는데도 다들 대단한 성취를 보였다 그간의 경험이 일행의 성취에 큰 역할을 하는 듯했다. 게다가 곁에 케이라는 아주 훌륭한 재능의 선생이 있었으니 성취 속도는 더욱 빨라질 수밖에 없었다.

그렇게 평화로운 시간은 계속해서 흘러가고 있었다.

제   53   식

음모의 씨앗

"흐음… 어디에 자아를 넣어본다?"

서재의 소파에 기대어 앉은 케이는 천장을 바라보며 중얼거렸다. 에르데미안에게서 크리에이트 에고를 배운 지 제법 시간이 흘렀다. 그간 계속해서 고민을 해보았지만 별다른 생각이 떠오르지 않았다. 게다가 최근 들어 자연검에서 성취가 있어 수련에 빠져 크리에이트 에고에 대한 것은 잊고 살았다.

그러다가 잠시 쉰다고 소파에 몸을 누인 순간 갑자기 머리에 떠올랐다. 생각난 김에 한 번 궁리해 보자고 결심한 케이는 그때부터 고민을 했지만 딱히 마땅한 물건이 없었다. 게다가 크리에이트 에고는 영혼을 복제해서 자아를 심는 것이기 때문에 영혼을 복제할 대상도 필요했다.

복제라고 해도 영혼의 기본 구조를 복제하는 것이기에 기본적인 성격만 유사하게 만들어질 뿐 다른 것은 전혀 달랐다. 성격도 새로이 만들어진 자아가 성장하는 환경에 따라 달라지므로 복제하는 대상과 전혀 다른 존재가 될 수도 있었다.

크리에이트 에고가 영혼을 복제하는 이유는 무에서 유를 창조할 수 없기 때문이다. 무에서 유를 창조하는 것은 오직 신만의 권능이었기에 복제라는 편법을 사용하는 것이다.

"어디, 그럼 일단 누구의 영혼을 복제할 것인지부터 결정하고 보자."

도무지 물건을 결정할 수 없었던 케이는 일단 그 건은 제쳐 두고 영혼의 주인부터 물색하기 시작했다.

"흐음… 남자가 좋을까, 여자가 좋을까?"

우선 성별부터 결정해야 했기에 케이는 자신의 주위 남자들부터 떠올려 보았다.

"바볼랏? 발린? 자일론? 브라이튼? 으음… 그다지 하고 싶지가 않은 걸……."

가만히 주변 인물들을 떠올린 케이는 고개를 절레절레 흔들었다. 일단 바볼랏은 생각할 필요도 없었다. 그리고 발린은 너무 조용했다. 발린의 영혼을 복제해서 자아를 만든다면 아마 자아를 넣었는지 안 넣었는지도 모를 것 같았다. 물론 환경에 따라 달라지지만 그 기본이 어디로 갈까 싶었다.

자일론과 브라이튼은 그냥 제외시켰다.

브라이튼은 요즘 들어 카트린과의 사이에 진전이 있었는지 데이트하느라 바빴다. 게다가 브라이튼의 영혼을 복제하겠다고 했다간 카트린이 어떤 반응을 보일지가 두려웠다. 카트린도 브라이튼에게 마음이 있었던 듯 브라이튼이 이곳을 자주 찾기 시작한 때부터 둘은 급속도로 가까워졌고 요즘 들어서는 카트린이 브라이튼을 더 챙겼다.

자일론은 일라나가 걸렸다. 요즘 일라나는 자일론을 부쩍이나 챙겼다. 예전에 못한 것까지 다하려는 듯. 자일론이 너무 자주 케이를 찾자 한 번은 일라나가 케이를 살짝 찾아와서는 한껏 난리를 피우고 갔었다. 이미 한 번 케이에게 진 전적이 있었지만 그래도 자식 일이 걸리자 물불 가리지 않았던 것이다. 단지 친구를 만나러 오는 것뿐인데도 일리나가 그러는 정도니 영혼을 복제한다면 생각하기도 싫었다. 일라나가 무서운 것은 아니었지만 귀찮은 것은 사실이었다.

결국 한 명 한 명 제하다 보니 남자는 적당한 사람이 없었다. 그래서 여자들을 한 명 한 명 검토하기 시작했다.

"으음… 퓨어는… 안 돼. 발린과 같은 이유로 기각. 카트린은… 역시 브라이튼과 같은 이유로 기각. 괜히 일부러 귀찮아질 필요는 없지. 그러면 세린이 남는 건가? 흐음… 뭐, 세린이면 괜찮겠군. 뭐, 본인이 허락을 해야겠지만. 어쨌든 영혼은 세린의 것을 복제하기로 하지. 그러면 이제 물건이 남았나? 어디에 자아를 부여하지?"

그렇게 세린의 영혼을 복제하기로 결정한 케이는 다시 팔짱을 끼고 고민에 잠겼다. 그렇게 얼마나 시간이 흘렀을까? 케이는 벌떡 일어났다.

"그래, 내가 가장 가까이 두는 물건에다가 해보지 뭐. 그러면 검밖에 없나? 흠… 은무가 자아를 가진다라… 재미있기도 하겠군. 그럼 세린을 찾아가 볼까?"

모든 결정을 내린 케이는 자리에서 일어나 서재를 나섰다. 그리고 세린의 방으로 발길을 옮겼다.

똑똑.

"네, 들어오세요."

마침 방 안에 세린이 있었는지 대답 소리가 들려왔다. 케이는 문을 열고 안으로 들어섰다.

"아, 케이 오빠. 어쩐 일이에요?"

세린은 책을 읽고 있었는 듯 탁자에 놓인 책을 덮고는 자리에서 일어났다. 방 한쪽에 있는 소파로 케이를 안내하고는 차를 가져왔다. 퓨어의 영향인지 세린은 평소 차를 즐겼다. 그래서 항시 세린의 방에는 따뜻한 차가 준비되어 있었다. 찻물을 항상 따뜻하게 유지시켜 주는 주전자는 아르스 노바에서 알라닌으로부터 얻어왔다.

향기로운 차를 한 모금 삼킨 케이는 이야기를 시작했다. 예전에 에르데미안을 찾아가서 배운 마법에 대한 이야기부터 지금 시험해 보려고 한다는 것까지. 그리고 그러기 위해서는 복제하기 위한 영혼이 필요하다는 이야기도 했다.

"으음… 그러니까 그 마법의 원리가 한 사람의 영혼을 복제해서 특정한 물건에 심어 자아를 형성시킨다는 것인가요?"

세린은 케이의 설명을 정리해서 다시 물었다. 세린의 물음에 케이는 고개를 끄덕였다.

"그래. 그리고 정확히 말하면 영혼을 복제하는 게 아니라 영혼의 기본 구조를 복제하는 거지. 신이 아닌 이상 무에서 유를 창조할 수는 없으니까."

"그렇군요. 그럼 영혼의 구조를 복제한다면 케이 오빠는 영혼의 구조를 알게 되는 건가요? 아니, 영혼에 구조라는 것이 있기는 한가요?"

세린은 궁금한 것이 많은 듯 케이의 대답에 다시 물음을 던졌다.

"아니. 가령 설명을 하자면 그렇다는 거야. 음… 예를 들어서 그래, 여기 찻잔이 있지? 찻잔 안에는 차가 담겨 있고. 이게 네가 가진 영혼이라고 치면 넌 태어날 때 이 찻잔만을 가지고 태어난 거야. 그리고 자라면서 차를 채운 거지. 그리고 크리에이트 에고는 너의 영혼에서 찻잔 부분을 비슷하게 만들어내는 거지. 이해가 가?"

케이의 설명에 세린은 모호한 표정을 지었다.

"저, 그러면 사람은 태어날 때 불완전한 영혼을 가지고 태어난다는 건가요?"

그 말에 케이는 고개를 절레절레 흔들었다.

"아니지. 내가 비유를 찻잔에 한 것뿐이야. 네 영혼의 그릇을 채운 너의 영혼은 네가 처음부터 가지고 있던 것일 수도 있지. 그게 네가 성장하면서 서서히 그릇을 채운 거고. 영혼이 어떻다는 것은 신만이 알고 있을걸? 나도 몰라. 막연한 것을 설명하자니 그렇게 비유하게 된 것뿐. 그러니까 나의 비유도 엄밀히 따지면 엉터리라는 거지."

"에휴~ 무척이나 어렵네요."

세린은 얼굴을 찌푸리며 말했다.

"사실 나도 그래. 내가 말하고서도 뭐가 뭔지 모르겠는걸."

세린의 모습에 케이는 머리를 긁적이며 웃었다.

"뭐, 아무튼 오빠가 시험하려는 마법에는 제 영혼이 필요하고 저에게는 아무런 해가 가지 않는다는 거죠? 중요한 건 그 둘이죠?"

세린은 이해하기를 포기한 것인지 고개를 흔든 후 밝은 얼굴로 물었다. 알지도 못할 것을 억지로 붙들고 앉아서 괴로워하는 것은 세린의 성격엔 맞지 않았다.

"그래, 굳이 말하자면 그렇지."

"알았어요. 도와줄게요. 어떻게 하면 되죠?"

영혼을 복제한다는 것은 어떻게 보면 무척이나 불쾌한 일인데도 불구하고 세린은 순순히 승낙했다. 그런 세린의 대답은 케이도 생각지 못했던 것인지 잠시 멍하니 세린을 쳐다보았다. 그러다가 정신을 차리고는 곧 세린의 손을 잡아끌었다.

"아, 고마워. 어려울 건 없고 그냥 침대에 누워서 눈을 감고 있어. 잠시 붕 뜨는 듯한 기분이 들긴 하겠지만 뭐, 크게 위험한 건 없으니까 그냥 편안히 있어."

케이의 말에 따라 세린은 침대에 올라가 몸을 누이고는 눈을 감았다. 케이는 그 옆에 은무를 뽑아 놓았다. 그리고는 곧 주문을 외우기 시작했다.

9서클의 마법인지라 케이로서도 상당한 집중이 필요했다. 한참 주문을 외우자 곧 은무와 세린은 밝은 빛에 휩싸였다. 주문에 따라 재배열되는 마나가 세린과 은무를 감싸 안으며 나타나는 현상이었다.

"크리에이트 에고!"

주문이 끝나자 케이는 시동어를 외웠다. 그러자 세린은 밝은 광채에 휩싸이더니 한줄기의 노란 빛이 세린의 몸에서 새어 나왔다. 그 빛은 은무를 완벽히 감싸더니 서서히 은무 안으로 스며들었다. 그 빛이 은무 안으로 완전히 스며들자 세린과 은무를 감싸고 있던 빛도 잦아들었고 원래대로 돌아왔다.

"이제 끝났나요?"

어떻게 알았는지 세린이 눈을 뜨며 물었다.

"어떻게 알았어?"

케이의 물음에 세린은 생긋 웃었다.

"뭐, 오빠 말대로 몸이 계속해서 붕 뜨는 듯한 느낌이었어요. 그러다가 갑자기 그 느낌이 사라지길래 끝난 줄 알았죠. 그런데 이제 이 검에 자아가 생긴 건가요?"

세린은 몸을 일으키며 자신의 옆에 놓인 은무를 보며 물었다.

"글쎄… 나도 처음 해본 거라, 아마도 생겼겠지."

"흐음… 신기한걸요."

세린은 은무를 반짝반짝 빛나는 눈으로 바라보며 중얼거렸다.

"뭐가?"

"결국 이 검이랑 저의 영혼은 같다는 거잖아요."

세린의 말에 케이는 고개를 가로저었다.

"엄밀히 따지면 달라. 너의 영혼의 형태를 빌어 자아라는 것을 만든 거니까."

"뭐, 그래도 결국은 저로 인해 만들어진 자아잖아요."

"그건 그렇지."

"그래서 신기하다는 거예요. 성장하면서 성격이 달라진다고 했죠? 어떤 성격을 가질지 기대가 되네요."

세린은 빙그레 웃으며 은무를 바라보았다.

"그건 나도 마찬가지야."

그렇게 말하며 케이는 은무를 검집에 꽂았다. 그러나 아무런 반응이 없었다. 정말로 자아가 생긴 것이 맞는지 의아하긴 했지만 케이는 별 내색은 않고 세린의 방을 나섰다.

"오빠, 은무가 말을 하게 되면 꼭 알려줘요!"

케이의 등 뒤를 향해 세린이 외치자 케이는 손을 흔들고는 방문을 닫고 나왔다.

"흐음… 에르데미안님에게 물어볼까?"

일단 만들기는 했는데 아는 것이 아무것도 없었기에 케이는 에르데미안에게 텔레포트했다.

"그래요? 이 검에 자아를 불어넣었다구요?"

케이의 설명을 모두 들은 에르데미안은 은무를 들어 이리저리 살폈다.

"그런데 아무런 반응이 없어서 정말 자아가 생긴 건지 모르겠다는 거죠?"

에르데미안의 물음에 케이는 고개를 끄덕였다.

"뭐, 걱정할 것 없어요. 앞으로 일주일 정도는 아무런 반응이 없을 테니까요. 굳이 말하자면 학습의 시간이라고 할까요? 인간의 아이도 태어나자마자 말을 하는 건 아니잖아요? 지금 이 검의 자아가 주위를 살피며 학습을 하고 있는 거예요."

그렇게 말한 에르데미안은 또 다른 마법에 대해 알려주었다. 그사이 새로 만든 듯했다. 케이는 에르데미안이 알려주는 마법들도 다 배웠다. 그것은 물건에 불어넣은 자아를 학습시키는 마법들이었다. 원래는 많은 시간이 걸릴 것들을 빠른 시간에 할 수 있도록 하는 마법이었다. 일종의 지식 주입 마법이랄까?

케이는 에르데미안이 알려주는 마법을 새로이 배우고는 자신의 영지로 돌아왔다.

그렇게 시간이 얼마나 흘렀을까? 대충 열흘 정도는 지난 것 같았다.

한창 명상에 빠져 혼원심법의 구결을 풀고 있을 때 케이의 머리를 울리는 소리가 있었다.

―주인님, 주인님.

갑작스러운 소리에 케이는 눈을 뜨고 중얼거렸다.

"누구지?"

주위에는 아무도 없었다.

―저예요, 주인님. 여기요.

다시금 울리는 소리에 다시 한 번 두리번거리던 케이의 눈길이 자신의 허리를 향했다.

"응? 설마… 은무?"

―예, 주인님. 그런데 은무라니 이름이 조금 촌스럽네요.

은무의 자아가 깨어났던 것이다.

'흐음… 과연 마법을 시행한 자와 영혼으로 묶인다더니. 그래서 내 머리에 목소리가 울린 것인가?'

―아마도 그럴 거예요.

케이의 생각을 읽은 것인지 은무의 목소리가 다시 울렸다.

"너, 내 생각을 읽을 수 있는 거니?"

―주인님이 거부만 하지 않으면요.

은무의 대답에 케이는 안도의 한숨을 쉬었다. 자신이 거부만 하면 생각이 읽히지 않는다는 소리였으니까. 누군가가 자신의 생각을 모두 읽을 수 있다는 것은 무척이나 기분 나쁜 일이었다. 그것이 설혹 검이라 할지라도.

그때부터 케이는 은무와 많은 이야기를 나누었다. 자신이 사용한 마법이었지만 실제로 검이 자아를 가진다는 것이 신기했던 것이다. 그 신기함과 재미에 빠져 어느새 케이는 명상을 그만두고 은무에게 흠뻑 빠져들었다.

똑똑.

자신의 방을 울리는 노크 소리에 세린은 대답을 했다.

"네, 들어오세요."

문이 부드럽게 열리며 들어선 이는 케이였다. 케이는 얼굴 가득 웃음을 짓고 있었다. 무언가 기분 좋은 일이 있는 듯했다.

"무슨 일이에요, 케이 오빠? 얼굴 가득 웃음을 띠고는."

케이의 얼굴에 맺힌 웃음은 세린의 물음에 더욱 환해졌다.

"깨어났어."

"예?"

밑도 끝도 없는 케이의 말에 세린은 의아한 눈으로 그를 바라보며 되물었다.

"은무 말이야."

이어진 케이의 대답에 세린은 그제야 그의 말뜻을 이해할 수 있었다. 일전에 자신의 영혼의 틀을 복제해 은무에게 불어넣은 자아가 깨어났다는 말이었다.

"은무의 자아가 눈을 뜨면 알려달라고 했잖아. 그래서 이렇게 온 거야."

케이의 말에 세린은 눈을 빛내며 케이의 허리를 바라보았다. 아니, 정확히는 케이의 허리를 휘감고 있는 은무를 바라보았다. 그 모습에 케이는 웃으며 은무를 뽑았다. 이런 사소한 이유로 검을 뽑았던 적은 없었던 것 같았다.

"자, 여기 손잡이를 잡아봐."

그렇게 말하며 케이는 검병, 즉 검의 손잡이를 세린에게 내밀었다. 세린은 조심스레 손을 가져가 검병에 올려놓았다.

―안녕하세요.

세린의 머리를 울리는 은무의 목소리에 세린은 흠칫했다.

"놀랄 것 없어. 머리에 울리는 그 소리가 은무의 목소리니까."

케이의 말에 세린은 고개를 끄덕이며 검병에 살짝 올려놓았던 손에 힘을 주고는 검병을 쥐었다.

―세린님이 제 자아의 틀을 만들어주셨다면서요? 정말 감사해요.

은무에 깃든 자아는 무척 예의 발랐다. 하긴 그 틀의 주인이 누구인데. 그런 생각에 세린은 가볍게 웃었다.

은무의 목소리는 무척이나 고왔다. 세린 자신의 목소리와 비슷한 듯하면서도 어딘가 달랐다. 세린은 은무를 쥔 채 궁금한 것들을 이것저것 물었다. 세린 역시 금세 케이처럼 은무에게 빠져들었다. 그렇게 셋의 대화는 시간 가는 줄 모르고 이어졌다.

케이가 은무에 자아를 불어넣고 신기해하고 있을 그 무렵, 왕궁에서는 누구도 알지 못하는 음모의 씨앗이 은밀히 뿌려지고 있었다.

아무도 찾지 않는 커다란 궁전. 궁전의 위용은 웅장했지만 찾는 이가 없었기에 무척이나 초라해 보였다. 궁전 안을 돌아다니는 시녀들과 시종들의 얼굴에도 활기라고는 찾아볼 수가 없었다. 궁전의 주인에게 영향을 받은 탓이리라.

활기라고는 찾아볼 수 없는 시종들과 시녀들이었지만 움직임은 무척이나 조심스러웠다. 궁전의 주인을 화나게 해서 좋을 것이 없다는 것은 그간의 생활로 체득하고 있었기에 저절로 몸에 밴 습관이었다. 이 궁의 주인은 게일 폰 카이렌.

버려진 땅의 반란 이후 모든 힘을 잃고 그저 홀로 남은 껍데기뿐인 왕자가 되어버린 그였다. 그가 기거하는 방은 그 밖까지 음산한 기운이 풍기는 게 무척이나 기분 나빴다. 게일이 부르지 않는 이상 그 방 근처에 가는 시종들은 없었다.

방의 입구를 지키는 기사들도 찜찜한 듯 얼굴이 그다지 밝지 못했다. 트빌리시 후작이 모든 권력을 잃고 은거에 들어간 그때부터 게일도 자신의 방 안에 틀어박혀 지내기 시작했다.

트빌리시 후작이 몰락한 그때부터 게일을 찾는 이도 없었기에 게일의 궁은 점점 더 음산해졌다. 찾는 이도 없고 주인의 모습을 볼 수도 없는 궁. 그곳에서 일하는 시종들만 온몸을 감싸는 기분 나쁜 기운에 몸을 사릴 뿐이었다.

"흐흐흐. 로이드, 자일론. 그래, 너희들은 처음부터 기분이 나빴어. 결국 나를 이 지경까지 몰아붙이다니. 흐흐흐. 그 대가를 치르게 될 것이다. 언젠가는 실행하려 했지만 말이야. 이 정도까지는 생각지도 않았어. 그런데 너희가 나의 모든 것을 빼앗아갔지. 결국은 너희가 자초한 결과야. 그러니 나를 원망하지 말아라. 크크크."

책상에 앉아 책장을 넘기던 게일은 기분 나쁜 웃음소리를 내며 중얼거렸다. 자일론과 로이드에 대한 원한이 무척이나 깊어 보였다. 그럴 수밖에 없는 것이 자신이 힘을 잃게 된 결정적인 원인이 자일론이 버려진 땅에서 가지고 온 장부가 아니던가.

그 장부를 그냥 묻어두었어도 될 것인데 구태여 문제화시킨 것도 자일론과 로이드였다. 무려 십 년도 더 지난 과거의 일을 들추어낸 것이다.

그 결과가 유령이 나온다는 소문이 돌고 있는 자신의 궁이었다. 두문불출 자신의 방에만 틀어박혀 있는 것 같지만 게일은 궁 밖의 소문을 모두 접하고 있었다. 기사들조차도 눈치 채지 못하게 궁 밖을 다녀오기에 가능한 일이었다.

언젠가 곤이라는 사내가 던져 주었던 책. 단지 흑마법서라는 이름만이 붙어 있는 기분 나쁜 책. 하지만 그 내용은 무서웠다. 하지만 이 책의 내용을 모두 읽고 얼마나 기뻐했던가.

단지 자일론이 가출하는 바람에 자신의 계획을 실행할 수가 없었다. 그리고 터진 반란과 때맞추어 돌아온 자일론. 자일론의 활약과 반란의 진압, 그리고 자신의 몰락. 모든 것이 톱니바퀴처럼 착착 맞물려 진행되었다. 그리고 자신의 계획은 모두 백지화되었다.

자신에게 힘이 없는 이상 계획을 실행시키더라도 남는 것은 아무것도 없었다. 그전에는 트빌리시 후작이라는 든든한 후원자가 있었기에 가능한 계획이었지만 채 실행도 못하고 스러져 버렸다.

그날 이후 게일은 이 흑마법서를 읽고 또 읽었다. 책에 적힌 주문을 자다가 일어나서라도 단번에 외울 수 있을 정도로 읽었다. 그리고 새로운 계획을 세웠다. 이전의 계획이 왕좌를 위한 것이었다면 새로운 계획은 복수를 위한 것이었다.

왕좌는 이미 자신의 손에서 영영 떠나 버렸다. 로이드가 죽는다 해도 자신에게 차례가 돌아오지 않을 것이다. 아마도, 아니, 틀림없이 제3왕자인 사이어 폰 카이렌에게 세자의 자리가 돌아갈 것이다.

트빌리시 후작이 힘이 있는 때라면 자신을 밀 수가 있었다. 비록 귀비 소생이라지만 자신은 분명 제2왕자였다. 그리고 그 명분에 힘을 실어줄 귀족들이 널려 있었다.

하지만 지금은 아니었다. 자신을 지지하는 귀족이라고는 그림자도 찾을 수 없었다. 그날, 실버 기사단이 수도를 뒤집어놓은 날 모두 처벌을 받고는 정계에서 사라져 갔으니까.

힘이 없는 이상 명분은 아무것도 아니었다. 제2왕자라는 허울 좋은 이름은 레시페 공작에게는 아무것도 아니었다. 로이드가 죽는다 하더라도 사이어가 그 자리를 이어받으면 되는 것이었다.

으드드득.

생각하면 할수록 분했다. 그 분함은 절로 이를 갈게끔 만들었다. 얼마나 힘을 주었을까? 잇몸 사이사이에서 붉은 핏물이 새어 나왔다.

"후우, 이럴 게 아니지. 새로운 계획을 실행하려면 조금 더 준비해야지."

분노로 물든 두 눈으로 책을 응시하던 게일은 한숨을 내쉬고는 자리에서 일어났다. 그리고 방 한쪽으로 가서 검을 뽑아 들었다. 언제부터 방 안에서 검을 휘둘러 왔던 것일까? 방 안은 거의 폐허처럼 변해 있었다. 가구는 이미 검에 잘려 산산조각이 나 있었다.

지금까지 누구도 게일의 방에 들어온 적이 없었기에 이런 사정은 모르고 있었다. 방 안에서 검을 휘두르다니 누가 상상이나 하겠는가?

게일은 열심히 검을 휘둘렀다. 자일론의 빛에 가려 누구도 알아주지 않았지만 게일의 검에 대한 재능은 상당한 것이었다. 천재라 불릴 정도는 아니었지만 영재는 되었다.

그런 그가 온몸이 땀으로 흠뻑 젖을 때까지 검을 휘둘렀다. 쉬지도 않았다. 땀이 검신을 타고 흘러 검첨에서 바닥으로 똑똑 떨어질 때도 그의 팔은 여전히 움직이고 있었고 검은 방 안의 공기를 갈랐다.

무엇이 그를 이렇게 만드는 것일까? 어떻게 복수라는 두 글자는 그가 이런 집념을 가지게 할 수 있었던 것일까? 그의 두 눈은 이미 새파란 독기로 가득 차 올라 있었다.

얼마나 검을 더 휘둘렀을까? 땀으로 젖다 못해 물에 빠진 듯한 그의 몸이 서서히 떨리기 시작했다. 떨림은 두 다리에서 시작했지만 곧 온몸으로 번졌다. 그리고는 결국은 뒤로 벌렁 쓰러졌다. 지쳐서 쓰러질 때까지 검을 휘두르는 그의 모습은 복수라는 두 글자로만 설명하기에는 무언가 부족해 보였다.

"헉헉헉헉……."

가쁜 숨을 몰아쉬며 게일은 방바닥에 누운 채 천장을 바라보고 있었다. 무슨 생각을 하고 있는 것일까? 그의 눈에서 서서히 초점이 사라졌다. 게일은 그저 멍하니 천장을 응시하고 있었다. 그러고 있는 동안 거칠어졌던 그의 숨소리는 점차 평온을 되찾았다. 그렇게 휴식을 취한 후 게일은 몸을 일으켰다. 그리고 문을 열고는 방을 나서 욕실로 향했다.

항상 같은 시간에 같은 모습으로 문을 열고 방을 나오는 게일. 그 모습은 이미 궁 안의 시종, 시녀들의 좋은 이야깃거리였다. 대체 방 안에서 무엇을 하길래 저런 모습으로 항상 같은 시간에 욕실을 향하는 것일까? 모두들 궁금해 죽으려 했지만 그것을 확인하려 하지는 않았다.

궁금해 죽을 것 같아도 진짜 죽지는 않았다. 하지만 궁금증을 풀려다가 정말로 죽는 수가 있었다. 그들은 그것을 잘 알았기에 그저 죽을 것만 같은 궁금증을 가진 채 하루하루를 살았다.

뜨거운 수증기가 가득 찬 욕실. 커다란 욕조에 게일은 편안히 몸을 누이고 있었다. 복수를 위해 살고 있는 나날 가운데 가장 편안한 시간이었다. 이 순간만큼은 로이드도 자일론도 잊을 수 있으니 어찌 편하지 않겠는가. 그저 따스한 물에 온몸을 담그고 두 눈을 감고 있으면 절로 마음이 가라앉았다.

얼마나 욕조 속에 있었을까? 몸을 일으켜 욕조 밖으로 나오자 미리 대기하고 있던 시녀 둘이 게일의 몸 구석구석을 깨끗이 닦았다. 게일은 시녀들에게 몸을 맡긴 채 그저 가만히 있었다. 고급 비누의 달콤한 향이 코를 간질였지만 그런 것 따위 게일에게는 아무것도 아니었다.

목욕을 마친 게일은 다시 자신의 방으로 걸음을 옮겼다. 그동안 게일은 단 한 마디도 하지 않았다. 그런 게일의 시중을 들었던 시녀들은 잔뜩 긴장한 채 삶과 죽음의 경계선을 오가고 있었다.

"후우~ 이제 곧이다. 로이드, 자일론, 너희에게 진정한 절망이 무

엇인지 가르쳐 주마. 나를 이 꼴로 만든 대가를 톡톡히 치르게 될 것이
다. 내가 가진 힘을 너희는 모르고 있을 테니까."

방 안에 들어서자마자 게일의 입에서 흘러나오는 음성. 스스로의 결
의를 다지기 위함인가? 그렇게 중얼거린 게일은 다시 책상으로 다가가
앉았다. 그리고 다시 '흑마법서'를 펼쳤다. 그리고 이미 수십 번은 외
운 주문을 다시 외웠다.

로이드와 자일론을 향한 복수의 집념은 그렇게 타오르고 있었다.

다음날.

비가 추적추적 내리는 것이 그다지 상쾌하지 않은 아침이었다. 아침
에 가장 먼저 눈에 들어오는 것이 검은빛을 띤 흐린 하늘이라니… 기
분이 좋을 리가 없었다. 그러나 게일은 그런 하늘이 마음에 들었다. 오
늘은 그동안 세운 계획을 실행하기 위한 첫날이었다.

그러기에는 더없이 마음에 드는 하늘이었다. 게일은 옷을 챙겨 입고
자신의 방을 나섰다. 그리고는 곧장 걸음을 옮겨 자신의 궁을 나섰다.
그런 게일의 뒷모습을 시녀들은 놀란 눈으로 바라보았다. 게일이 궁을
나간 것은 정말이지 오랜만의 일이었다.

자신의 궁을 나선 게일은 천천히 걸음을 옮겼다. 왕궁 안을 움직이
는 사람들은 게일을 알아보고 인사했지만 게일은 그저 무시하고 자신
이 갈 길을 가고 있었다. 얼마나 걸음을 옮겼을까?

게일은 혼잣말로 무어라 중얼거리기 시작했다. 그리고 나직한 한 마
디.

"인비져빌리티(Invisibility)."

그 말과 동시에 게일의 모습이 사라졌다. 스스로를 투명화하는 마법을 사용한 것이다. 이렇게 흑마법서에 담긴 스무 번의 마법 중 한 번을 사용했다.

오랜만에 자신의 궁 밖으로 나온 게일이었지만 누구도 그에게 관심을 두지 않았다. 그저 예의상 인사를 했을 뿐. 그런 인사조차 제대로 받지 않는 게일이었기에 곧 사람들은 그에게 신경 쓰지 않았다. 그랬기에 마법으로 갑자기 사라졌음에도 누구도 알아차리지 못했다.

그렇게 스스로를 투명화한 게일은 여전히 느긋한 걸음을 옮기고 있었다. 그의 목적지는 자일론의 궁. 급할 것은 없었기에 게일의 걸음은 여유가 넘쳤다.

얼마나 걸었을까? 게일은 어느새 자일론의 궁 입구에 도달해 있었다. 게일은 입구 옆의 적당한 곳을 골라 그 자리에 앉았다. 그리고 유심히 자일론의 궁 입구를 살폈다. 시간은 계속해서 흘러갔지만 게일은 꼼짝도 않고 자일론의 궁을 드나드는 사람들을 유심히 살폈다. 그중에는 로이드도 있었고 브라이튼도 있었다. 그리고 예전에 보았던 수많은 귀족이 자일론의 궁을 방문했다.

'후, 자일론을 찾는 저 추잡한 녀석들의 꼴이라니…….'

자일론의 궁 입구가 닳도록 찾아드는 귀족들의 모습에 구역질이 치밀었지만 게일은 인내를 가지고 자일론의 궁 입구를 지켰다. 그렇게 하루가 저물었고 게일은 자신의 궁으로 돌아왔다.

그런 게일의 행동은 다음날도, 또 그 다음날도 반복되었다. 그렇게 일주일을 보낸 게일은 인비져빌리티로 흑마법서에 담긴 마법 중 일곱 개를 사용했다.

그리고 또 다음날. 게일은 여덟 번째 인비져빌리티를 사용해서 자일론의 궁을 찾았다. 이번에는 입구에서 그저 지켜보는 것이 아니라 궁 안으로 들어섰다.

흑마법서에 있는 인비져빌리티는 일반 백마법의 인비져빌리티와는 달랐다. 보통의 인비져빌리티는 그저 자신의 모습이 보이지 않게 투명화하는 걸로 끝이었다. 즉, 움직이면 기척은 그대로 드러나는 마법이었다. 하지만 흑마법서의 인비져빌리티는 그런 기척마저도 지웠다. 체온, 냄새 할 것 없이 모든 흔적을 지우는 마법이었다. 그야말로 존재를 무로 돌리는 마법이었다.

그랬기에 게일은 거침없이 자일론의 궁을 헤집고 다녔다. 시종들은 게일이 자신들의 뒤에 바싹 붙어 움직임에도 전혀 느끼지를 못했다. 게일은 그렇게 일주일 동안 자일론의 궁 곳곳을 누비고 다니며 시종들을 유심히 관찰했다.

그중에서도 방문객들이 쉬지 않고 찾아오는 응접실을 유심히 살폈다. 로이드가 찾아오면 자일론과 이야기를 나누는 서재 역시 공을 들여 살폈다.

그렇게 이 주에 걸쳐 자일론의 궁을 살핀 게일은 슬며시 미소 지으며 자신의 궁으로 돌아왔다. 그리고는 다시 자신의 궁에 틀어박혔다.

게일은 대체 무슨 짓을 꾸미는 걸까?

게일의 차가운 웃음과 함께 음모의 씨앗은 서서히 그 싹을 틔우려 하고 있었다.

제   54   식

아아, 로이드

아아, 로이드

"아, 형. 어서 와요."

갑작스러운 로이드의 방문에 자일론은 반색하며 형을 맞이했다. 최근 무언가 이상한 기운에 찝찝한 기분이었는데 형의 얼굴을 보자 그런 것이 싹 날아갔다.

요즘 들어 아버지의 일을 거의 대부분 대신하는 로이드인지라 얼굴 보기가 힘들었다. 나랏일을 거의 도맡다시피 하니 눈코 뜰 새 없이 바쁜 것이다.

"오랜만이구나, 자일론."

"예. 형이 워낙 바빠서 얼굴 보기가 힘드네요."

서재로 로이드를 안내한 자일론은 자리에 앉으며 말했다. 자일론의 얼굴에는 웃음이 가득했다.

"그게 무슨 말이야. 한 열흘 전에도 한 번 찾아왔었는데. 네가 없어서 그냥 돌아갔다만."

자일론의 말에 로이드는 피식 웃으며 말했다. 바쁜 와중에 짬을 내어 자일론을 찾아도 자일론은 자신의 궁에 없기 일쑤인 것이다. 최근 들어 자일론의 궁을 문이 닳도록 드나드는 수많은 귀족 때문에 귀찮아서 피해 있는 것은 알았다. 하지만 바쁜 와중에 찾아와도 동생을 볼 수 없다는 것은 분명 섭섭한 일이었다.

"아, 케이에게 갔을 때 오셨나 보네요."

"요즘 들어 부쩍 지니어스 후작에게 자주 가는 것 같다만."

로이드의 말에 자일론은 씨익 웃었다.

"뭐, 그렇죠. 요즘 별의별 귀족들이 자꾸 찾아와서요. 상대하기도 귀찮고 또 케이하고 대련도 할 겸해서 좀 자주 찾아가게 되네요. 그런데 찾아오셨으면 말씀을 남기지 그랬어요. 시종들은 아무런 말이 없었는데."

"내가 일부러 그렇게 시켰다. 내가 왔다가 그냥 갔다고 하면 분명 네가 날 찾아올 테니. 하지만 내가 시간이 자주 나는 것도 아니고 아마 날 찾아오면 십중팔구 넌 그냥 돌아가야 할 테니까 말이다."

자신에 대한 세세한 것까지 배려해 주는 형의 마음 씀씀이에 자일론은 가슴이 뭉클해졌다. 항상 느끼는 것이지만 로이드가 형이라서 정말 다행이었다. 비록 어머니는 달랐지만 로이드와 자일론은 분명한 형제였다.

"그나저나 형 이제 곧 결혼한다면서요?"

자일론의 물음에 로이드는 어색하게 웃었다. 그 모습을 보는 자일론의 얼굴에는 짓궂은 미소가 떠올라 있었다.

"노총각이 드디어 장가를 가네요, 형. 기분이 어때요?"

자일론의 장난기 가득한 물음에 로이드는 그저 웃을 뿐 대답하지 않았다. 그런 로이드의 반응에 자일론의 장난은 더욱 심해졌다.

"자일론, 이제 그만 해라. 대체 날 얼마나 더 놀려야 만족할 거냐?"

참다못한 로이드의 말에 자일론은 크게 웃으며 몸을 뒤로 젖혀 소파에 기대었다.

"저야 형이 부러워서 그러는 거죠. 저도 이제 스물둘이라구요. 형이 결혼한다는 소리를 들으니 저도 갑자기 결혼이 하고 싶어져서요."

"녀석, 뭐가 그리 급하냐?"

자일론의 대답에 로이드는 혀를 차며 말했다. 자신의 동생 정도면 신부감이 줄을 서서 기다릴 것이다. 신분도, 능력도, 그리고 얼굴도 어느 것 하나 뛰어나지 않은 것이 없는 동생이니 당연한 일이었다.

"사실, 형 많이 초조했지요?"

"그게 무슨 말이냐?"

갑작스러운 자일론의 물음에 로이드는 고개를 갸웃거리며 물었다.

"왜 지난번 마케인에 갔을 때요. 그때 제대로 이야기도 못하고 돌아왔잖아요, 반란 때문에. 그때 나시아스 공주가 상당히 마음에 든 모양이던데 혹시라도 반란 때문에 일이 틀어지지나 않을까 초조하지는 않았어요?"

자일론의 물음에 로이드는 헛웃음을 지었다. 결국 자일론은 자신을 더 놀리고 싶었던 것이다. 하지만 자일론의 질문은 제법 날카로운 곳이 있었다. 사실 상당히 초조했던 것은 사실이었으니까.

"뭐, 솔직히 말하자면 초조했지. 이런 말을 하기는 뭣하다만 그때는 첫눈에 반했었거든."

그렇게 대답하는 로이드의 얼굴은 살짝 붉어져 있었다.

"우우~ 너무한 거 아니에요? 나시아스 공주는 저보다도 어리다구요. 왠지 형이 엄청 나쁜 사람처럼 보이는군요."

"녀석, 말하는 것 하고는."

자일론의 말에 로이드는 고개를 흔들었다. 가끔씩 보여주는 동생의 짓궂은 모습은 로이드 자신으로서는 감당할 수 없었던 것이다.

로이드의 결혼은 예정보다 많이 늦어져 있었다. 로이드가 마케인을 방문할 당시에는 당장이라도 결혼식을 올려 양국의 동맹을 확고히 할 계획이었지만 갑자기 터진 반란으로 인해 일이 틀어졌다. 반란을 진압하는 데는 많은 시간이 걸리지 않았지만 문제는 그 다음이었다.

반란을 진압하면서 알게 된 귀족들의 부정. 특히 카이렌의 실세 중의 한 사람인 트빌리시 후작이 연루된 사건이었고, 때문에 그 일의 파장은 무척이나 컸다. 카류일 국왕의 강한 의지로 일을 밀어붙이기는 했지만 그 일의 후유증이 가시고 완전히 정국이 안정되는 데는 일 년이라는 시간이 걸렸다.

그동안 가장 바쁜 이는 로이드였다. 카류일 국왕이 점차 로이드에게 넘기는 일이 많아졌고 그 일을 처리하며 로이드는 눈코 뜰 새 없이 바빠졌다. 때문에 나시아스 공주와의 결혼이 뒤로 미루어진 것이다.

마케인과의 동맹에 대한 외교는 양국의 이해관계가 맞아떨어졌기에 꾸준히 진행되었다. 그리고 그 마지막이 로이드 왕세자와 나시아스 공주의 결혼이었는데 카이렌 내부의 사정으로 미뤄지다가 드디어 다음달로 결혼식이 결정된 것이다.

로이드가 들뜰 만도 했다. 자일론에게도 이야기했지만 로이드는 나시아스 공주를 보고 첫눈에 반했으니까. 사실 그것은 나시아스 공주도 별반 다르지 않았다. 둘 모두 자국의 이익을 위해 하게 되는 정략결혼이었지만 서로가 서로에게 반했으니 무척이나 다행스러운 일이라면 일이었다.

원하지 않는 정략결혼으로 인해 평생을 한숨으로 살아가는 이들이 한둘이 아니었기에 둘의 경우는 무척이나 운이 좋은 경우였다.

"그런데 아까 보니 얼굴이 별로 안 좋아 보이던데 무슨 일이 있니?"

로이드는 자일론과 웃으며 대화하다가 처음 자일론의 얼굴을 보았을 때가 떠올라 걱정스레 물었다. 자일론답지 않게 얼굴에 어두운 기운이 어려 있었길래 걱정이 되어 물어본 것이다.

"아니에요. 다만⋯⋯."

"다만?"

"후우, 요즘 이상하게 제 주위로 어두운 기운이 흐르는 것 같아서요. 왠지 기분이 나쁘네요, 어떨 때는 등 뒤가 섬뜩할 때도 있고. 왜 그런지 모르겠어요. 케이에게로 가면 괜찮은데 제 궁에만 오면 그러네요."

한숨과 함께 나온 자일론의 대답에 로이드의 얼굴에 맺힌 걱정이 더욱 짙어졌다.

"왠지 예삿일이 아닌 것 같구나. 나는 잘 모르겠다만 너는 감각이 예민하니 그런 네가 기분 나쁘게 느낀다면 너의 궁에서 무언가 안 좋은 일이 일어나고 있는 건 아닐까?"

"사실 저도 그런 생각에 시종들을 시켜서 궁을 조사해 봤는데 평소와 똑같았어요. 이상한 것도 전혀 없었구요. 그러니 더욱 찜찜하더라구요."

로이드는 동생의 말에 턱을 괴고는 생각에 잠겼다.

"음… 혹시 저주 같은 게 아닐까? 누군가 네게 원한이 있는 사람이 몰래 사용한. 예를 들자면 트빌리시 후작 같은 사람 말이다. 그가 그렇게 된 결정적인 원인은 네가 가져온 장부이니 그럴 가능성도 있을 것 같은데… 마법사를 불러 확인은 해봤니?"

로이드의 말에 자일론은 고개를 절레절레 저었다.

"거기까지는 생각을 못했네요. 케이에게 가서 부탁 좀 해봐야겠어요. 혹시라도 저주라면 바볼랏 아저씨에게 부탁하고요. 신관이니까 잘 알겠죠."

"그래, 그게 좋을 것 같구나. 난 이만 가마."

로이드는 자리에서 일어서며 말했다. 자일론도 따라 일어서 로이드를 궁의 입구까지 배웅했다.

"오늘 즐거웠어요, 형. 다음에 또 시간나면 언제든지 찾아오세요."

"그래. 그러니까 넌 궁에 좀 머물러 있거라."

로이드의 말에 자일론은 머리를 긁적이며 웃었다. 미소 띤 얼굴로 그런 동생의 모습을 지켜본 로이드는 대전을 향해 걸음을 옮겼다. 아직 그가 처리해야 할 일들이 남아 있기에 남은 일을 마저 보기 위해 가는 것이었다.

형이 멀어지는 모습을 즐거운 마음으로 지켜보던 자일론은 오싹한 기운에 뒤를 돌아보았다. 그러나 아무것도 없었다. 모처럼 좋았던 기분이 방금 그 순간으로 인해 날아가 버렸다.

"젠장! 이거 정말 무슨 수를 써야지."

자일론은 투덜거리며 자신의 궁으로 들어갔다. 별로 들어가고 싶지는 않았지만 어쩔 수 없었다. 케이에게 가기 위한 마법진도 궁 안에 있었으니까.

자일론은 궁에 들어서자마자 지하로 내려갔다. 케이가 자신의 궁 지하에 마법진을 그리며 방을 하나 만들어주었다. 그 방에는 오직 자신만이 들어갈 수 있었다. 방을 나오는 것은 누구나 가능했지만 자일론이 없으면 누구도 그 방에 들어갈 수 없었다.

지하로 내려온 자일론이 어디론가 걸음을 옮겼다. 지하의 습한 기운이 가득한 가운데 자일론의 발자국 소리가 울렸다. 얼마간 걷던 자일론은 한 나무 문 앞에 멈춰 섰다. 자일론은 그 나무 문 한가운데에 자신의 오른손 손바닥을 갖다 대었다. 그러자 나무 문은 사라지고 그곳에 푸른빛의 장막이 드리웠다. 익숙한 듯 자일론은 그 빛 속으로 걸어 들어갔다.

그렇게 빛 속으로 들어오자 바닥에 제법 큰 마법진이 두 개 그려져 있었다. 자일론은 그중 오른쪽 마법진에 올라섰다.

"텔레포트."

자일론이 시동어를 말하자 마법진은 밝은 빛에 휩싸이며 작동하기 시작했다. 자일론이 마법진에서 나온 빛에 뒤덮이자 그의 모습은 곧 사라졌다.

"응? 자일론, 또 도망 온 거야?"

지하의 마법진에서 마나의 유동이 느껴지자 케이는 곧 지하실로 텔레포트해 자일론을 맞았다. 항상 귀족들 때문에 귀찮아 죽겠다고 투덜거리던 자일론이었기에 이번에도 그 일로 왔으려니 생각한 케이의 물음이었다.

"아니, 이번에는 아니야."

"그래?"

자일론의 대답에 케이는 의외라는 얼굴을 했다. 그것이 아니면 자일론이 이렇게 찾아올 일이 없었기 때문이다. 물론 케이와 대련하고 혼원검법에 대한 가르침을 받기 위해 찾아오기는 했다. 하지만 그것은 한 달에 고작 두 번이었다. 예전에는 거의 이틀에 한 번 꼴로 찾아왔었는데 언제부터인가 케이가 한 달에 두 번만 오라고 해서 그렇게 했던 것이다.

그러다가 귀족들의 잦은 방문으로 귀찮아진 자일론이 부쩍 자주 찾아왔다. 지난번 자일론이 케이의 영지를 다녀간 것이 겨우 삼 일 전이었다.

"그럼 무슨 일이야?"

"내 궁을 좀 조사해 줘."

"뜬금없이 그게 무슨 말이야?"

지하실을 벗어나며 자일론은 자신이 느낀 그 기분 나쁜 기운에 대해 설명하기 시작했다.

"그러니까 왠지는 모르겠지만 네 궁에 뭔가 이상한 기운이 느껴진다 그거지? 그것도 몹시 기분 나쁜. 가끔은 오싹하기도 하고 말이야."

"그래, 조금 전에도 그랬어. 그래서 바로 이리로 온 거라구."

케이의 말에 자일론은 힘없이 대답했다. 어지간히 신경 쓰이기는 했던지 어깨가 축 처져 있었다.

"그럼 진작에 말하지 왜 이제야 말하는 거야?"

"그동안 내 나름대로 조사를 해봤지. 그랬는데 아무것도 안 나오는 거야. 그게 어제였으니까. 그러다가 오늘 형이 해준 이야기에 혹시나 하고 찾아온 거야."

"로이드가 뭐라고 했길래?"

"저주가 아닐까라고 했어. 나에게 원한을 가진 사람들 중 누군가가 내 궁에 저주를 건 건 아닐까 하고 말이야."

자일론의 말에 케이는 심각한 표정을 지었다.

"그럴 수도 있겠군. 뭐, 트빌리시 후작의 경우라면 그러고도 남겠지."

"훗!"

케이의 말에 자일론은 가볍게 웃었다.

"왜?"

"아니, 내가 트빌리시 후작에게 그렇게 심한 짓을 했나 싶어서. 로이드 형도 그 말을 했었거든."

실소를 머금으며 자일론이 대답했다. 왠지 그 웃음이 자조의 빛을 띤 것 같아 케이는 괜스레 자일론이 안쓰러웠다.

"그때 그 일은 옳은 일이었어. 그러니까 마음 쓸 것 없어."

케이의 말에 자일론은 고개를 끄덕이며 웃었다.

"별로 신경 안 써."

"그나저나 저주라면 문제가 심각해질 수도 있어. 어쨌든 저주인지 아닌지 알아봐 달라고 부탁하러 온 거지?"

"그래."

케이는 턱을 만지작거리면서 말했다.

"난 흑마법 쪽에는 별다른 지식이 없어서 가봤자 도움이 안 될 거야. 바볼랏에게 말해 봐. 아무래도 그쪽은 신관들이 전문이지."

케이의 말에 자일론은 씨익 웃으며 말했다.

"안 그래도 그럴 생각이었어."

"뭐, 어쨌든 오늘은 이곳에서 좀 쉬어. 그렇게 기분 나쁜 상태로 네 궁에 있었다면 제대로 쉬지도 못했을 거 아니야."

케이는 자일론을 걱정스러운 눈길로 쳐다보며 말했다. 그런 케이의 눈에는 진한 정이 담겨 있었다.

"알았어. 그런데 요즘 잘돼가?"

"뭐가?"

"철없는 검 교육시키기."

자일론의 말에 케이는 한숨을 쉬었다.

"왜 잘 안 돼?"

케이의 얼굴에 자일론은 다시 한 번 물었다. 케이가 은무에게 자아를 심어준 것은 이미 케이 일행은 모두 아는 일이었다. 항상 세린과 붙어 쑥덕이는 것을 수상하게 여긴 바볼랏이 세린을 추궁한 성과였다.

케이에게 물어서는 아무것도 안 나온다는 것을 너무도 잘 아는 바볼랏이 세운 전략의 승리였다. 마음 약한 세린은 바볼랏이 계속해서 묻자 결국 이야기를 해줬던 것이다. 그 다음 순서야 뻔했다. 떠벌리는 것을 좋아하는 바볼랏이 모두에게 이야기한 것이다.

"점점 아는 것이 많아질수록 요구하는 게 많아져서 말이야. 세린은 안 그런데 이 녀석은 왜 그런지 모르겠어."

그렇게 말한 케이는 곧 얼굴을 찡그렸다. 왜 그러는지 짐작한 자일론은 킥킥거리며 웃었다. 분명 케이의 말에 은무가 무어라 소리쳤을 거다. 머리 속에 울리는 은무의 목소리였기에 여성 특유의 톤 높은 뾰족한 목소리로 소리치면 머리가 윙 하고 울리는 것이 제법 충격이 컸다.

그것을 아는지 모르는지 은무는 무언가 마음에 안 드는 것이 있을 때면 그 수를 사용했고 그 때문에 케이는 상당히 힘들어했다. 어떨 때는 밤새 은무에게 시달려 눈 밑이 검게 변한 채 있는 것을 본 적도 있었다.

"이번에는 뭐가 문제야?"

자일론은 또 이번에는 은무가 무엇을 요구하며 나섰나 하는 궁금증에 케이에게 물었다.

"이름."

"왜?"

"은무라는 이름은 자신처럼 다소곳한 여자에게는 안 어울린다나?"

케이의 대답에 자일론은 다시 한 번 킥킥거리며 웃었다.

"그거 걸작인데. 킥킥킥."

케이가 갑자기 열심히 웃고 있는 자일론의 손을 잡아왔다. 갑작스러운 행동에 의아해하며 자일론은 케이를 쳐다보았다. 케이는 그런 자일론의 눈빛에 아랑곳 않고 자일론의 손을 자신의 허리춤에 갖다 댔다. 그 순간,

—자일론~!!

뾰족하고도 날카로운 음성이 자일론의 머리를 울렸다.

"으윽."

머리를 강타하는 충격에 자일론은 저도 모르게 신음을 흘렸다.

"미안."

케이는 차마 자일론을 바라보지 못하고 간단하게 한마디 했다.

─뭐가 그렇게 웃긴 거예요?

잔뜩 토라진 은무의 목소리. 자일론은 황급히 변명을 시작했다. 이대로 두었다가는 어떤 일이 일어날지 몰랐다. 그동안 케이가 은무에게 별 쓸데 없는 마법을 다 걸어놔서 은무는 혼자서도 움직일 수 있었다. 은무가 검집에서 나와 이리저리 날아다니면 상당히 위험했다. 플라이언트 소드 그 특유의 특징 덕에 검끝이 어디로 휠지 몰랐던 것이다.

"아, 내가 웃은 건 말야, 은무 너 때문이 아니야."

─그럼요?

"케이의 작명 센스가 너무 형편없어서 웃었던 거지. 세상에 은무가 뭐야, 너 같은 다소곳한 레이디에게. 정말 형편없다니까?"

자일론의 말에 케이의 얼굴은 일그러졌지만 자일론이 신경 쓸 일이 아니었다. 일단 은무가 화가 나 날뛰는 것만은 막아야 했다. 이게 다 케이가 은무를 의지대로 날 수 있게 해준 것 때문이었다.

─그렇죠? 아무튼 우리 주인님은 작명 센스 하나는 정말 빵점이에요.

기분이 풀린 듯 은무는 자일론에게 조잘거렸다. 그리고 그 말을 끝으로 자일론은 은무에게서 손을 뗄 수가 있었다.

"휴우."

어느새 땀이 맺힌 것일까? 자일론은 손으로 이마를 쓸어 땀을 닦아냈다. 위험천만의 상황에서 빠져나온 것이다. 다만 케이의 심기가 좋지 않아 보였지만 얻는 게 있으면 잃는 게 있는 법. 자일론은 크게 신경 쓰지 않기로 했다.

"자일론."

"응?"

"난 작명 센스 꽝이니까 네가 은무 새 이름 좀 지어줘라, 알겠지? 은무 너도 그 편이 좋지? 그래? 기분 좋다구? 멋진 이름 기대하겠대. 그럼 수고 좀 해줘. 은무 새 이름 지어주면 그때 네 궁으로 가보자."

자일론의 대답이 채 나오기도 전에 케이는 자신의 할 말만을 쏟아내고는 어느새 은무의 동의까지 얻어버렸다. 자일론은 어이없는 표정으로 케이를 바라볼 뿐 어떠한 대응도 하지 못했다. 이미 늦어버렸으니.

'젠장. 케이 녀석 치사하고 속 좁기는. 겨우 그 말에 이런 보복을 하냐?'

차마 말로는 못하고 속으로만 투덜거린 자일론은 자신이 이곳에 올 때면 쓰는 방 침대에 누워 머리를 쥐어뜯었다. 도무지 좋은 이름이 떠오르지 않았던 것이다.

무척이나 귀찮고도 위험한 일을 맡아버렸다. 만약 은무가 마음에 안 든다고 하면 정말 죽을지도 몰랐다.

"여어~ 자일론, 너무 자주 오는 거 아냐?"

노크도 없이 방문이 열리며 두 사람이 들어섰다. 브라이튼과 카트린이었다.

"그 말 그대로 돌려주지."

자일론의 말에 브라이튼은 그저 싱글벙글 웃고만 있었다. 카트린은 그런 브라이튼의 옆에 찰싹 붙어 팔짱을 꼭 끼고 있었다.

"쳇, 둘이서만 신났군."

그 모습에 배알이 뒤틀렸는지 자일론이 한마디를 더 보탰다.

"어머! 자일론, 그럴 때가 아닐 텐데요. 케이에게 들으니 지금 은무가 기대에 들떠서 신이 났다는데요."

카트린이 짐짓 걱정스러운 표정을 지으며 자일론에게 말했다. 그녀의 말에 현실을 인식한 자일론은 다시금 머리를 쥐어뜯으며 침대 위를 뒹굴었다.

"자일론, 어떻게 할 거야?"

그때 문에서 또 다른 목소리가 들렸다. 바볼랏이었다. 이미 다들 자일론이 맡은 막중한(?) 임무에 대한 이야기를 듣고 그의 방으로 찾아오고 있었다. 어느새 세린과 퓨어, 발린도 와 있었다.

다들 소파에 빙 둘러앉아서 고민 가득한 얼굴을 하고 있었다. 어쨌든 평화롭게 넘어가기 위해서는 다들 자일론을 도와야 했다. 은무가 난동을 부리면 피곤해지는 건 자일론 하나가 아니라 그들 전부였기 때문이다.

"후우."

그때 세린이 깊은 한숨을 쉬었다.

"왜 그래요, 세린?"

퓨어가 세린의 모습에 걱정스레 물었다.

"제 성격이 그렇게 괴팍한가 해서요. 어쩌다가 은무가 그런 성격을 가졌는지… 만약 저도 할아버지, 할머니가 길러주시지 않았다면 저런 성격이 되었을까요?"

그렇게 말한 세린은 소파에 앉은 채로 허리를 숙여 무릎 사이에 얼굴을 파묻었다. 은무의 자아가 만들어진 과정을 모두 알고 있었기에 그런 세린의 모습에 아무런 말을 못했다. 어쨌든 은무의 자아의 기본은 세린에게서 나온 것이었으니.

그래도 한 손보다는 두 손이 낫다고 모두가 머리를 맞대고 고민한 결과 그럴듯한 이름이 나왔다. 카트린이 처음 제안한 이름을 손보고 또 손봐서 결정한 이름이었다.

이름이 결정되었다는 말에 은무는 스스로 케이의 허리에서 뛰쳐나와 자일론의 방으로 날아왔다. 그 모습에 모두들 긴장한 채 침을 삼켰다. 저렇게 기대하고 있는데 만약 은무의 마음에 안 든다면? 그 뒤는 상상하기조차 싫었다.

"실버레이(Silverray)."

잔뜩 긴장한 얼굴로 자일론이 천천히 말했다. 그 말이 끝나는 순간 방 안은 고요했다. 은무도 가만히 멈춰 있었다. 그 모습에 자일론은 서둘러 말을 이었다.

"말 그대로 은빛이라는 뜻이야. 순결하고도 순수하게 빛나는 빛, 은빛. 어때? 너한테 딱이지?"

자일론의 말이 끝나자 그때까지 가만히 있던 은무, 아니, 실버레이가 요동을 치기 시작했다. 그 모습에 모두들 안도의 한숨을 내쉬었다. 그 모습은 은무가 기분 좋을 때의 움직임이었다.

"그래? 실버레이인가?"

어느새 뒤따라 방에 들어선 케이가 중얼거렸다.

"난 은무가 더 좋은데 말야. 아쉽군."

케이가 그 말을 마쳤을 때 실버레이는 예기를 뿌리며 케이를 향해 날아들었고 케이는 재빨리 실버레이의 검병을 잡아챘다. 케이에게 잡힌 채로 실버레이는 검신을 요동치기 시작했다. 플라이언트 소드의 유연성 덕에 그 상태로도 충분히 케이는 상처를 입을 수 있었다. 케이는 재빨리 검에 마나를 불어넣어 검강을 일으켰다. 그러자 실버레이는 더 이상 움직이지 못하고 꼿꼿하게 서 있었다. 그제야 케이는 안도의 한숨을 내쉬었다.

"후우~ 오러 소드의 용도가 고작 검이 못 움직이도록 고정하는 것이라니……."

한탄 같은 케이의 말에 모두의 얼굴에도 케이와 같은 표정이 어렸다. 그렇게 실버레이의 새 이름 짓기에 대한 소동이 잦아든 후 모두들 기운 빠진 모습으로 응접실 소파에 몸을 뉘었다.

"아, 자일론. 케이에게 이야기는 들었어. 네 궁에 저주가 걸려 있는 것 같다고?"

"예."

자일론의 대답에 바볼랏의 얼굴은 심각해졌다.

"저주라고 한다면 흑마법밖에 없는데. 이거 어쩌면 큰 문제일 수도 있어. 흑마법사가 사라진 지 벌써 백 년이 넘었거든. 백 년 전부터 지금껏 대륙에서 흑마법이 사용된 흔적은 없었어. 그런데 네 궁에 흑마법으로 인한 저주가 걸려 있다면 다시 흑마법사가 나타났다는 거니……."

바볼랏의 심각한 어조에 자일론이 조심스레 물었다.

"흑마법사가 나타났다는 것이 그렇게 심각한 것인가요?"

"그렇지. 흑마법사들이 사용하는 힘은 모두 계약을 통해 마족들에게서 빌린 것들이지. 흑마법사는 마법을 쓰면 쓸수록 그 마족에게 종속되게 돼. 그러다가 간혹 마족의 힘을 이기지 못하고 영혼을 빼앗기기도 하는데 그러면 이곳에 마족이 강림하게 되는 거지. 다들 알고 있는 대로 흑마법사는 죽게 되면 영혼을 마족에게 줘야 해. 환생의 고리에서 벗어나는 것이지. 하지만 흑마법사가 살아 있는 상태에서 마족에게 영혼을 빼앗기면 그 육신으로 마족이 강림하게 되지. 그러면 큰일이야. 파괴와 살육을 즐기는 마족이 마계를 벗어나 지상에 나오게 되면 그건 곧 혼돈으로 빠지는 거지."

바볼랏의 설명에 모두의 얼굴은 심각해졌다.

"뭐, 미리부터 심각해지지 말자구. 아직 자일론의 궁에 저주가 걸렸는지 그렇지 않은지는 모르는 일이잖아."

너무 무거워진 분위기에 케이가 애써 웃으며 말했다.

"그래요. 확실한 것도 아닌데 말이에요."

카트린이 케이를 거들자 심각했던 분위기가 조금은 밝아졌다.

"오늘은 실버레이 덕에 모두들 피곤했을 테니까 다들 푹 쉬라구. 내일 일은 내일 생각하구."

그렇게 한마디를 남긴 케이는 자신의 침실로 향했다. 케이도 오늘 하루 실버레이와 씨름하느라 상당히 지쳐 있는 상태였다. 그렇게 그날 밤은 모두들 곤히 잠들었다.

날이 밝자 아침 식사를 마친 케이와 자일론, 바볼랏은 자일론의 궁으로 향했다. 모두가 우르르 몰려가 봐야 시선만 끌 뿐 특별한 수가 나지 않았기에 그렇게 셋만 갔다. 어차피 흑마법을 알아볼 수 있는 이는 일행 중 바볼랏 혼자밖에 없었다.

자일론의 궁에 온 바볼랏은 궁 구석구석을 돌아다니며 살폈다. 그의 표정은 무척이나 심각했다. 사안이 사안인 만큼 바볼랏도 평소와는 다른 모습을 보여주었다. 그 모습을 케이와 자일론은 초조하게 쳐다보았다.

바볼랏이 궁을 모두 둘러본 후 셋은 자일론의 서재로 향했다.

"어때?"

"흐음… 일단 저주는 없어요."

바볼랏의 대답에 두 사람의 얼굴은 밝아졌다.

"하지만."

둘의 얼굴이 밝아질 때 이어진 바볼랏의 한 마디. 두 사람은 다시 바볼랏에게로 시선을 고정했다.

"흑마법의 흔적이 궁 안 곳곳에 있었어요."

그 말에 자일론과 케이의 얼굴이 딱딱하게 굳었다.

"그게 무슨 말이야?"

다급한 케이의 물음에 바볼랏은 심각한 어조로 말했다.

"후우, 저도 잘 모르겠습니다. 하지만 누군가가 이 궁 안 곳곳에서 흑마법을 사용한 흔적이 있어요. 이곳 서재도 마찬가지고요."

"심각하군."

케이가 중얼거렸다.

"그래요. 일단은 돌아가서 대책을 세우는 게 좋겠군요."

"바볼랏의 말이 맞아. 일단은 내 영지로 돌아가도록 하자. 자일론,

너도 같이 가."

케이는 소파에서 일어서며 말했다. 자일론은 케이의 말대로 함께 일어났다. 바볼랏도 일어나 두 사람을 향해 다가왔다.

"텔레포트."

바볼랏이 시동어를 외자 빛과 함께 셋은 사라졌다.

그렇게 세 사람이 케이의 영지로 사라지고 얼마의 시간이 흐른 후,

"휴우~ 위험했어. 설마 자일론 녀석이 신관을 데려올 줄이야."

벽 한쪽이 일렁이며 게일이 모습을 드러냈다. 이 주간 자일론의 궁을 살폈던 게일은 이틀 정도 자신의 궁에서 틀어박혀 쉬었다. 아무리 마법서의 힘을 빌렸다지만 하루 종일 인비져빌리티를 유지하는 것은 힘들었다. 그 일을 이 주나 했으니 지칠 만도 했다. 그리고 사흘 전부터 다시 자일론의 궁으로 들어왔다.

오늘은 정말 위기 일발이었다. 갑작스레 나타난 신관 덕에 게일은 그를 피해 숨느라 정말 고생했다. 다행히 게일이 궁 안을 뒤지며 다닌 동안 남은 흑마법의 흔적 때문에 신관은 자신의 존재를 눈치 채지 못했다.

"흑마법에 대해서 알아버렸으니 조금 곤란하군. 뭐, 그래도 이미 늦었으니 큰 상관은 없는 건가? 어차피 오늘 실행하려 했으니 말야. 크크크."

스산한 웃음소리를 낸 게일은 소파에 편한 자세로 앉았다. 마치 누군가가 오기를 기다리는 듯 여유로운 자세였다. 게일이 소파에 앉고 나서 얼마 지나지 않아 서재 문이 열렸다.

서재를 청소하기 위해 시종이 들어온 것이다. 게일은 문소리가 들리자 몸을 일으켰다. 그리고 시종을 향해 돌아섰다. 자일론이 있을 거라

생각한 서재가 텅 비어 있다가 갑자기 누군가 나타나자 시종은 깜짝 놀라 눈을 크게 떴다.

"누, 누구……?"

그러다가 곧 낯익은 얼굴임을 알아차리고 안도의 한숨을 쉬었다.

갑자기 나타난 사람은 제2왕자 게일이었다. 안도하던 시종은 곧 이상함을 느꼈다. 게일이 자일론의 궁에 들어온 적이 없었기 때문이다. 아니, 언제부턴가 왕궁 안에서 게일의 얼굴을 보는 것은 무척이나 힘들었다. 그런데 자일론의 궁에 들어온 적도 없는 게일이 기척도 없이 자일론의 서재에 나타나다니… 무언가 이상했다.

아쉽게도 그 시종의 생각은 거기까지였다. 이상함을 느꼈지만 더 이상 생각이 이어지지 않았다. 어느새 뽑힌 게일의 검이 그의 심장을 꿰뚫고 있었기 때문이다.

시종은 눈을 치켜뜬 채 서서히 뒤로 넘어갔다. 그렇게 시종은 죽었다.

게일은 곧 시종의 시체에 손을 올리고 주문을 외우기 시작했다. 주문은 상당히 길어 시간이 제법 걸렸다. 드디어 주문을 모두 외운 게일은 나직이 시동어를 말했다.

"트랜스포메이션(Transformation)."

밝은 빛과 함께 게일의 모습이 변하기 시작했다. 바로 조금 전 게일의 손에 죽은 그 시종의 모습으로 변한 것이다. 게일이 그렇게 모습이 변하는 동안 서서히 시종의 시체는 사라지기 시작했다.

흑마법 트랜스포메이션.

케이가 사용하는 폴리모프와 비슷하게 모습을 바꾸는 마법이었다. 하지만 트랜스포메이션에는 한 가지 제약이 있었는데 바로 시체의 모습으로 변한다는 것이다. 물론 그렇게 되면 변신을 위해 사용한 시체는 소멸된다. 과연 흑마법이라 할 만한 마법이었다.

이제 게일이 사용할 수 있는 흑마법은 단 두 개였다.

몸의 변화가 끝나자 게일은 서재 한구석에 있는 거울 앞에서 자신의 몸을 확인했다. 완벽한 변화였다. 곧 게일은 목소리도 내보았다.

"아, 아, 아아."

목소리도 똑같았다. 진정 완벽했다. 변신이 완벽히 끝난 걸 확인한 게일은 싱긋 웃으며 서재를 나섰다.

"어이, 앤디. 어디가?"

평소보다 빠른 시간에 서재를 나서는 동료의 모습에 다른 시종들이 의아해하며 말을 걸었다. 그러나 게일은 그런 그들을 향해 가벼이 웃어주고는 자신의 걸음을 재촉했다. 게일은 어느새 궁의 입구에 이르러 있었다.

"어라? 앤디, 아냐? 자네가 이 시간에 여긴 웬일이야? 왕자님의 서재를 청소할 시간 아냐?"

"왕자님의 지시가 있어서요. 잠시 세자 저하 궁에 가봐야 할 것 같습니다."

"응? 그래?"

게일의 태연한 대답에 궁의 입구에 있던 기사는 심드렁히 말했다. 궁을 벗어난 게일은 천천히 세자 궁을 향했다. 오늘 이 시간이면 분명 로이드는 쉬고 있을 때였다. 지난 이 주간 자일론의 궁을 살피며 알아낸 것이었다. 이미 준비는 완벽했기에 게일은 자신에 찬 얼굴로 로이드를 찾았다.

"멈춰라!"

세자 궁 앞의 근위기사들이 게일을 막아섰다.

"저는 자일론 왕자님의 궁에 있는 시종 앤더라고 합니다. 자일론 왕자님의 지시를 받고 세자 저하께 전해 드릴 말씀이 있어서 찾아왔습니다."

게일의 능청스러운 말에 근위기사는 게일을 앞에서 기다리게 하고 곧 사람을 통해 안에 연락을 넣었다. 잠시 후 답이 왔다.

"들어가라."

근위기사는 길을 열어주었다. 게일은 기사에게 꾸벅 인사를 하고 세자 궁 안으로 들어섰다. 곧 세자 궁의 시종이 안내를 해주었다. 얼마 걷지 않아 로이드의 방에 당도할 수 있었다.

"그래, 자일론이 전할 말이 있다고?"

로이드의 방에 들어서자 로이드가 따뜻한 미소를 지으며 말했다. 그 모습을 보자 게일은 속에서부터 온갖 욕지기가 치밀어 올랐으나 겉으로는 태연했다.

"네. 자일론 왕자님께서는 세자 저하께서 자일론 왕자님의 서재로 찾아와 주셨으면 한다고 하셨습니다."

게일은 허리를 깊숙이 숙이며 말했다.

"자일론이 나를?"

게일의 말에 로이드는 고개를 갸웃거렸다.

"그 녀석이 나를 볼일이 있으면 직접 찾아올 텐데 웬일로 사람을 보냈지?"

평소와 다른 모습에 로이드는 이상한 듯 중얼거렸다. 그때 게일이 다시 입을 열었다.

"일전에 세자 저하께서 말씀하신 일에 대해 드릴 말씀이 있다고 하셨습니다."

게일의 말에 로이드는 고개를 끄덕였다.

"아, 그 일인가? 그럼 사람을 보낼 만도 하군."

저주에 대해 알아보라고 했던 것이 떠오른 로이드는 몸을 일으켰다. 아무래도 자신을 찾는 것보다는 자일론의 궁에서 이야기하는 쪽이 더 편할 것 같았다.

"그럼 가지."

로이드의 말에 게일은 허리를 깊숙이 숙이고는 앞장섰다. 그런 그의 입에 가는 미소가 걸렸다.

'흐흐, 모든 것이 생각대로 되는군. 로이드, 조금만 기다려라. 이제 곧이다.'

눈앞의 시종이 게일의 화신이라는 것을 까맣게 모르는 로이드는 그저 한가로운 걸음으로 게일의 뒤를 따라 자일론의 궁으로 향했다. 자일론의 궁에 도착하자 문 앞의 근위기사는 로이드를 알아보고 황급히 허리를 숙였다.

"아, 계속 수고해요."

기사의 인사에 로이드는 웃으며 답하고는 안으로 들어섰다. 게일은 여전히 앞장서서 로이드를 서재로 안내했다. 너무나 익숙한 행동에 로이드는 아무런 의심도 하지 못했다. 모든 것이 평소와 똑같았다.

이윽고 서재에 도착하자 게일이 문을 열고 옆으로 물러섰다. 로이드가 안으로 들어가자 게일은 따라 들어서며 문을 닫았다.

"자일론… 응?"

서재에 들어서서 자일론을 부르던 로이드는 무언가 이상한 느낌에 고개를 갸웃거렸다. 서재에는 아무도 없었다. 분명 자일론이 자신을 불렀다고 했는데 아무도 없다니 무언가 이상했다.

어떻게 된 일인지 알아보기 위해 황급히 몸을 돌리는데 자신을 이곳으로 안내한 앤디라는 시종이 어느새 서재 한쪽에 있는 탁자 곁에 있었다.

"자일론은 어디에 있지?"

로이드는 무언가 이상한 것은 느꼈지만 여전히 대수롭지 않게 생각하고 시종에게 물었다. 그러나 시종은 아무런 대꾸도 하지 않은 채 가만히 뭐라 중얼거리고 있었다. 입술이 무척 빠르게 움직이는 것이 무슨 주문 같은 것을 외우는 것 같기도 했다.

"자일론은 어디에 있냐고 물었다."

시종이 아무런 반응이 없자 로이드가 다시 물었다. 톤이 상당히 올라가고 소리 또한 커졌다. 로이드가 심기가 불편해졌음을 드러낸 것이다. 그러나 여전히 시종은 미동도 하지 않았다.

"네 녀석이 내 말을 듣지……."

무언가 호통을 치려던 로이드는 말을 채 끝맺지 못했다. 시종의 손에 들린 검을 본 것이다.

"네놈, 도대체……."

이제야 심상치 않은 위험을 감지한 로이드가 떨리는 소리로 무어라 말을 하려 했다. 그때 시종의 모습이 조금씩 변하기 시작했다. 기이한 현상에 로이드는 시종을 뚫어져라 쳐다보았다. 곧 변화가 끝나자 그 자리에 있는 것은 시종이 아니라 게일이었다.

"게일, 네가 어떻게……."

자신의 동생을 알아본 로이드는 믿을 수 없다는 표정으로 말했다.

"뭐, 알 거 없어, 형. 어쨌든 자일론 녀석이 없을 때 형을 이리로 불러온다고 고생 좀 했네."

"대, 대체 무엇을 하려는 거지?"

게일의 살기 어린 표정에 로이드는 떨리는 목소리로 물었다.

"이런~ 설마 몰라서 묻는 것은 아니겠지? 눈치 빠른 로이드 왕세자 저하가 말이야."

게일은 싱글거리면서 말했다. 얼마나 기다렸던 순간인가? 그 순간이 이렇게 눈앞에 펼쳐지자 게일은 온몸에 끓어오르는 기쁨으로 몸을 주체할 수가 없었다.

"날 죽이려는 거냐?"

"딩동!"

어느새 냉정을 되찾은 로이드의 말에 게일은 유쾌한 듯 대답했다.

"이유가 뭐지? 예전이라면 몰라도 지금은 나를 죽여도 네게 돌아오는 것은 아무것도 없을 텐데. 네가 비록 제2왕자라고는 하지만 내가 죽게 된다면 다음 왕세자는 사이어가 될 거다."

로이드는 침착한 눈길로 게일을 바라보며 말했다.

"그 정도는 나도 알고 있어. 나도 그렇게 바보는 아니라구. 그나저나 역시 대단해, 로이드 왕세자 저하. 이제 곧 죽을 텐데 이렇게 침착하게 날 보다니 말이야."

게일은 하얗게 빛나는 검신을 혀로 살짝 핥으며 광기 어린 목소리로 중얼거렸다.

"그렇다면 이유가 뭐냐?"

어느새 로이드의 목소리는 점점 커지고 있었다. 그 모습에 게일의 얼굴에는 비웃음이 떠올랐다.

"이런이런. 밖에 도움을 청하려는 것인가? 얼굴은 침착한데 속은 그렇지 않나 보군. 왕세자씩이나 되시는 분이 말이야. 설마 모르지는 않을 텐데 왕궁의 서재들이 얼마나 방음 시설이 잘되어 있는지. 내가 왜 일부러 이곳으로 너를 끌어들였는데. 이 훌륭한 방음 시설도 한 가지 이유라고"

게일의 여유로운 말에 로이드는 몸을 떨었다. 게일에게 완전히 당한 것이다. 게일은 이미 계획을 다 세우고 이리로 자신을 끌어들인 것이다. 어떻게 시종과 똑같은 모습을 할 수 있었는지는 모르겠지만 말이다.

그렇다면 틀림없이 문도 잠갔을 것이다. 밖에서 누군가가 들어오지 못하도록. 보통 시종들은 서재의 문이 잠겨 있으면 곧 돌아간다. 문이 잠겼다는 것은 안에서 무언가 중요한 이야기가 오간다는 뜻이었기에 문 근처에는 얼씬도 하지 않는다. 괜히 문 근처에 있다가 엉뚱한 오해를 사 죽을 수도 있기 때문이다.

게일의 위치는 소파의 테이블 옆이었지만 현재 로이드와 문 사이의 중간 지점이었다. 이 위치에서는 도망도 불가능했다.

"대체 왜 나를 죽이려는 거지?"

어떻게 할 방법이 없다는 것을 깨달은 로이드는 다시 게일을 향해 물었다. 이제 그의 목소리는 조금씩 떨리고 있었다.

"뭐, 간단해. 복수. 너와 자일론 덕에 내가 아주 제대로 물먹었거든. 그렇게 완벽하게 내 모든 힘을 없애 버릴 줄은 몰랐어."

게일의 목소리에는 농도 짙은 살기가 배어 있었다. 어렴풋이 예상은 하고 있었지만 저런 모습의 게일을 대하자 마음 한 켠에서 두려움이 몰려왔다.

"이곳에서 나를 죽이면 너 또한 무사하지 못할 텐데."

로이드의 말에 게일은 씨익 웃었다.

"다크 오러(Dark Aura)."

게일의 짤막한 시동어에 검은빛이 게일의 검을 감싸 안았다.

"이건 흑마법으로 만든 다크 오러란 마법이야. 그런데 성질은 오러 블레이드와 아주 똑같지. 이 검으로 너를 베면 네 시체에는 어떤 흔적이 남을까? 곧 너의 사망 원인을 밝혀내겠지. 카이렌은 뛰어난 실력자들이 많으니까 말이야."

게일의 말에서 그의 의도를 짐작한 로이드는 얼굴을 찌푸렸다.

"아마도 오러 블레이드에 당해서 네가 죽었다고 생각할 거야. 현재 카이렌에서 오러 블레이드를 사용하는 자는 단둘이지. 아~주 훌륭하신 네이팜 유크 콘티넌트 공작님과 너무나 천재적이신 자일론 폰 카이렌 제5왕자님이시지. 그런데 이런, 곧 대전에서 회의가 있을 시간이군. 그렇다면 우리 공작님께서는 지금쯤 대전에 계시겠군. 신하가 주군보다 먼저 나와야 하는 것은 당연한 예의니 말이야."

게일은 싱글싱글 웃으며 이야기를 계속했고 듣고 있는 로이드의 얼굴은 점점 어두워졌다.

"그런데 우리의 천재 자일론 폰 카이렌 왕자님은 어디 계셨나? 아! 이런, 서재에 계셨군. 서재에 들어가시고 나오지를 않으셨어. 어떻게 된 걸까? 어라? 그런데 자일론 폰 카이렌 왕자님의 서재에서 오러 블레이드에 죽은 카이렌의 왕세자 로이드 폰 카이렌 저하의 시체가 나오잖아! 이거 누가 죽인 거지. 어느 미친놈이 이런 엄청난 짓을 저지른 거야? 크하하하하하하!"

게일은 커다란 웃음을 터뜨렸다. 이제야 게일의 의도를 완벽히 파악한 로이드는 신음을 흘렸다.

"크음… 네놈이……"

그러나 로이드는 더 이상 말을 하지 못했다. 그저 입가에 한줄기의 핏물이 흐를 뿐. 어느새 게일의 다크 오러를 입힌 검이 로이드의 심장을 관통해 있었다.

"아, 말해 준다는 걸 깜빡했는데 다크 오러는 흑마법으로 탐지되지 않아. 왜냐면 오러 블레이드랑 특성이 거의 똑같거든. *크크크크!*"

로이드의 시체를 보며 기분 좋게 웃던 게일은 곧 중얼중얼거리며 주문을 외웠다. 그리고 주문을 모두 외우자,

"텔레포트."

마지막 스무 번째 마법을 사용해서 사라졌다.

자신의 서재에서 무슨 일이 일어났는지 모르는 자일론은 케이들과 함께 갑작스레 나타난 흑마법에 대한 대책을 세우느라 잔뜩 고민하고 있었다.

그동안 로이드의 시체는 자일론의 서재에서 쓸쓸히 누워 있었다. 두 눈을 감지도 못한 채로.

〈8권으로 이어집니다〉

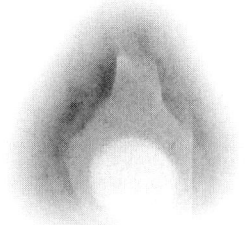

특별편

케이 : 안녕하세요!

@신가™ : 어라? 케이, 어쩐 일이야?

케이 : 오늘은 『케이』의 등장 인물을 대표해서 @신가™를 인터뷰하러 왔지요.

@신가™ : 그래? 두들겨 패서 납치하러 온 게 아니구?

케이 : 아하하하하 ―.―;; 3권 때 일을 아직까지 마음에 두고 계신 건가요? 벌써 7권인데 말이죠.

@신가™ : 홋. 자기가 당한 게 아니라구 말은 쉽게 하는데 말야, 그럼 네가 한번 당해볼래? ―.―.

케이 : 하하하하, 정중히 사양하죠.

@신가™ : 뭐, 좋아. 그런데 갑자기 무슨 바람이 불어서 인터뷰를 하러 온 거야?

케이 : 음… 5, 6권은 뒤에 특별편이 없었잖아요. 그래서 물어볼 게 잔뜩 쌓여 있다구요.

@신가™ : 그래? 그럼 물어봐.

케이 : 예. 우선 5, 6권에 특별편이 없었던 이유가 뭡니까?

@신가™ : 음… 그건 말이지. 5, 6권은 내가 마감에 상당히 쫓기며 바쁘게 썼거든. 그래서 특별편을 넣을 시간이 없었어. 뭐, 5, 6권 다 마감에 아슬아슬해서 담당 편집자 분도 고생 좀 하셨지.

케이 : 정말인가요?

@신가™ : 그럼, 정말이지. 왜 그래?

케이 : 아, 제가 개인적으로 얻은 정보에 의하면 5, 6권은 분량이 충분하게 나와 특별편이 빠졌다는 이야기가 있어서요. 3, 4권은 분량 땜빵용으로 넣었다가 5, 6권은 땜빵할 필요가 없어서 빠졌다더군요. 가만… 그러다가 이번 7권에서 인터뷰를 한다는 것은? 설마 또 분량이… ─.─

@신가™ : 무, 무, 무슨 소리야! 어디서 그런 말도 안 되는 헛소문을…
(─.─) (─.─) ; ;

케이 : 흐음…….

@신가™ : 자자, 그건 됐고 다음 질문.

케이 : 뭐, 좋아요. 그럼 그렇게 넘어가도록 하고요, 이건 독자 분의 질문이에요. 인터넷에서 접수된 거죠.

"저, 케이 6권의 134쪽 밑에서 네 번째 줄의 로이드가 하는 말 중 세린이란 이름이 나왔는데… 이거 오타인가여? 아님, 세린이란 확신을 갖기 위한 로이드의 유도인가염? 로이드의 실수(?)는 아닐 거 같은데… 이 부분이 궁금해염. 케이도 못 느낄 정도로 자연스럽게 나온다는걸…….

케이 : 자, 어떤가요? 대답해 주시죠.

@신가™ : 흐음… 그건 단순한 오타야. ─.─ ;; 어쩌다가 내가 잘못 치고 수정하면서도 못 보고 지나쳤군. 출판사에서도 빠뜨리고 말이야. 그리고 오타 이야기가 나와서 말인데… 104쪽 밑에서 셋째 줄에 보면 말이지, 세린이 자일론에게 "호호. 그러게요, 쟈이 오빠." 라고 하는 부분이 나와.

케이 : 엥? 어떻게 된 거죠? 세린이 자일론보다 나이가 많지 않나요?

@신가™ : 많지. 이것도 오타야. 아니, 오타라기보다는 멍청한 작가의 실

수지. 애들 나이를 워낙 복잡하게 꼬아놔서.

♠ 독자 분들 이런 실수가 나와 정말 죄송합니다. ♠

케이: 쯧쯧. 처음에 나이를 이리저리 복잡하게 할 때부터 알아봤지.

@신가™: 시꺼! 너, 다음 권에서 확 죽여 버린다!

케이: 훗, 어차피 다음 권이 완결인데 하나도 겁 안 나요.

@신가™: 으으, 완결이 다가온다고 한낱 주인공 따위가 작가에게 개기냐?

케이: 자자, 다음 질문. 이렇게 인터넷을 통해서 오타에 대한 지적도 들어왔는데 대체 어디로 가면 그런 지적을 할 수 있어요? 인터넷 연재도 3권을 끝으로 중단했는데. 뭐, 이번에 이벤트도 했다면서요?

@신가™: 아아, 그건 모기라는 작가들이 모인 사이트가 있어. 정확히는 '작가와 독자가 함께하는 커뮤니티 모기 카페' 라는 긴 이름을 가진 곳이지. 주소는 http://mogi.dasool.com이야. 여기에 내 카페가 있어. 물론 주인은 나고. 엄청 썰렁하지, 주인이 워낙 게을러서. 카페 검색에서 @신가™ 로 검색하면 돼. 뭐, 검색하기 귀찮으면 http://mogi.dasool.com/c/shinga 이리로 바로 가면 되고. 단, 모기 사이트에 가입을 하고 내 카페에 다시 가입해야 글을 쓸 수 있어. 이곳에 내가 케이를 쓰기 전에 쓰던 습작이랑 케이 후속작도 올리고 있으니까 한 번쯤 와볼 만할 거야. 물론 두 개 다 아~주 극악 연재지만.

케이: 잠, 잠깐. 후속작이라니요? 케이, 아직 끝난 거 아니잖아요?

@신가™: 뭘? 다음 권이면 완결이라고 배 째라면서 죽이라고 개긴 게 누군데 그래?

케이: 아니, 그게 아니라 케이 시작할 때 첫 계획은 3부작이었잖아요. 그

중 1부만 출판하기로 한 거구. 근데 다른 후속작이라니요?

@신가™ : 으음… 너한테 질려 버렸어. ㅡ.ㅡ; 잠시 너 좀 안 볼래. 빨리 완결 짓고 지긋지긋한 너랑 잠시 떨어져 있고 싶어.

케이 : 무슨 그런 말을…….

@신가™ : 뭐, 후속작 제목은 '사이몬 家 전기'로 이제 겨우 원고지 한 60장 정도밖에 안 적었으니까 후속작이라고 하기도 우습지만 케이 완결나는 대로 좀 더 빠른 속도로 인터넷에 연재할 거야.

케이 : 응? 사이몬? 어디선가…….

@신가™ : 그래, 7권에 브로스넨의 과거 속의 인물. 사이몬 진. 사이몬 가 전기에 나오는 인물을 살짝 따온 거야. 물론 사이몬 가 전기와 케이는 전.혀. 관계가 없어. 그냥 이름만 가지고 왔지.

케이 : 으음… 그렇군요.

@신가™ : 뭔가 다른 질문 없어?

케이 : 자, 그럼 다음 질문. 7권 마지막에 로이드를 죽이는 만행을 저질렀는데 대체 8권에서는 어떻게 진행을 할 거예요?

@신가™ : 노 코멘트. 그런 건 물으면 안 되지. ㅡ.ㅡ^ 다음 질문.

케이 : 쳇, 그럼 이제 특별편이 없었던 5, 6권으로 넘어가서 5권에 혜성처럼 등장했다가 6권에 유성처럼 사라진 소미니엔과 셔니라는 자매에게 무슨 내막이 있다면서요?

@신가™ : 있지. 레인이랑 브라이튼과 같은 경우야.

케이 : 그럼, 역시 실존 인물?

@신가™ : 그래. 소미니엔의 모델이 과 동기인데 5권 쓰던 중에 MSN으로 채팅하고 놀다가 출연시켜 달라고 해서 그냥 결정. 출연. 그리고 셔니는 실제 여동생. 그러니까 실제 자매지. 동생도 같이 출연하고 싶다고 해서 같이

출연 결정.

케이 : 상당히 충동적이었군요.

@신가™ : 그때 소재가 달려서 글이 안 나가고 있었거든. 뭐, 여담이지만 5권을 읽어보고 상당히 만족해했다구. 아참. 그리고 서니의 실제 인물은 지금 고3이야. 공부 열심히 해서 좋은 결과가 있기를 빌어주자구.

케이 : 설마… 어떻게… 만족을 할 수가. 아, 그리고 서니 씨! 수능 잘 치세요! 대박날 거예요~!

@신가™ : 진짜야. 만족했다구! 자, 다음 질문.

케이 : 에, 그럼 다음 질문은… 다시 7권으로 넘어와서 반란군과의 전투 장면. 왠지 날림으로 대충대충 쓴 거 같은데 아니에요?

@신가™ : ㅡ.ㅡ;;; 시, 시끄러.

케이 : 자자, 진실을 털어놔요. 어떻게 된 거예요?

@신가™ : 후… 그러니까 그게 말이지. 사실 나도 현장감 넘치는 생생한 전쟁 신을 쓰고 싶었어. 그런데 아는 게 있어야지. 나름대로 책도 찾아보고 인터넷도 뒤져 보고 조사를 했는데…….

케이 : 했는데?

@신가™ : 마감 날짜 맞추느라 시간이 없었어.

케이 : 호오? 7권에서는 마감을 어겼다던데…….

@신가™ : 너, 그런 건 어디서 듣냐? ㅡ.ㅡ;

케이 : 그건 알 거 없고 사실대로 털어놔요.

@신가™ : 휴우… 일단 한 가지 이유는 전쟁에 쓰이는 전술, 전략을 짜는 게 상당히 힘들고 머리 아픈 작업이라서 내 머리의 용량이 따라가지 못한 거지. 그리고 또 하나는 분량 문제. 8권이 완결인데 7권의 반란이 너무 길어지면 8권의 분량이 너무 늘어나 버려. 한 권을 넘어버리는 수가 생기지. 완결까

지의 분량을 조절한다고 조금 짧게 쓴 것도 있어. 이제 한 권 남았으니까 대충 분량 조정은 끝났어.

　케이 : 그렇군요.

　@신가™ : 그래, 그럼 다음 질문.

　케이 : 으음… 어디 보자… 으음… 없군요. 이걸로 끝이에요. 수고하셨어요. 그럼 8권 잘 부탁해요. 완결인데 유종의 미를 거둬야지요.

　@신가™ : 그래, 수고했다. 앞으로 한 권만 더 수고해 줘. 그럼.

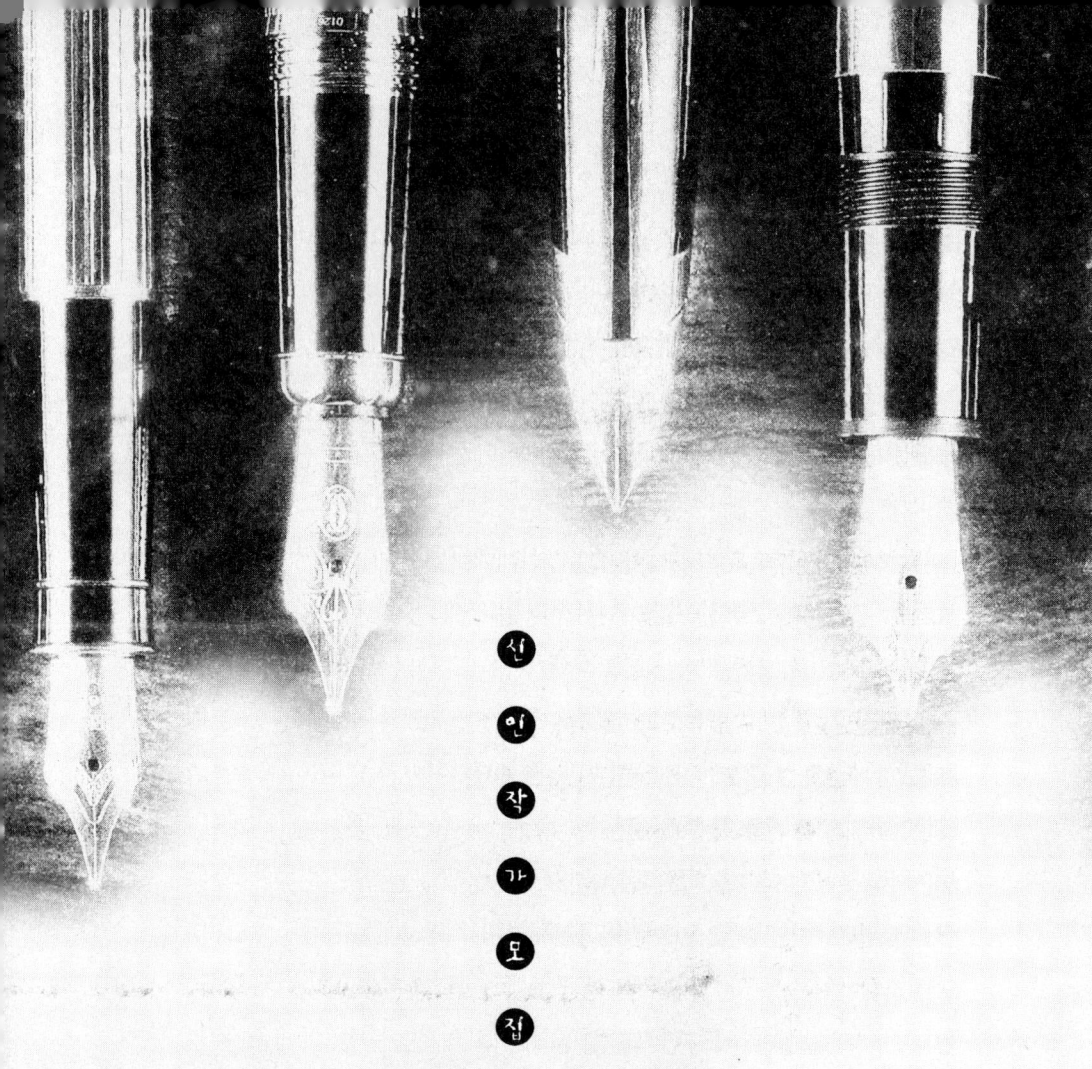

신

인

작

가

모

집

시작이 반이라고 했습니다.
작가의 길에 대한 보이지 않는 벽을 과감히 깨뜨리십시오!
청어람은 작가 지망생 여러분들의
멋진 방향타가 되어드리겠습니다.

저희 도서출판 청어람에서는
소설 신인 작가분들을 모집합니다.
판타지와 무협을 사랑하시는 분들의 많은 참여를 바랍니다.
소정의 원고(A4용지 150매)를 메일이나 우편으로 보내주시면
검토 후 출판 여부를 알려드리겠습니다.

주소:경기도 부천시 원미구 심곡1동 350-1 남성B/D 3F 우편번호420-011
TEL:032-656-4452 · **FAX**:032-656-4453
http://**www.chungeoram.com**
e-mail:chungeoram@chungeoram.com